校长问课

张义宝 著

辽宁人民出版社

图书在版编目（CIP）数据

校长问课 / 张义宝著．　-- 沈阳：辽宁人民出版社，
2024．9．--（校长说）．-- ISBN 978-7-205-11309-4

　Ⅰ．G637.1

中国国家版本馆 CIP 数据核字第 20243D1Z64 号

出版发行：辽宁人民出版社

　　　地址：沈阳市和平区十一纬路 25 号　邮编：110003

　　　电话：024-23284325（发行部）　　024-23284300（发行部）

　　　http：//www.lnpph.com.cn

印　　刷：沈阳海世达印务有限公司

幅面尺寸：170mm×240mm

印　　张：14

字　　数：220 千字

出版时间：2024 年 9 月第 1 版

印刷时间：2024 年 9 月第 1 次印刷

责任编辑：张天恒　王晓筱

装帧设计：识途文化

责任校对：吴艳杰

书　　号：ISBN 978-7-205-11309-4

定　　价：68.00 元

目　录
Contents

如切如磋，如琢如磨

锚定高标：在拼搏中争分夺秒

——在 2021—2022 学年度八年级质量调研及新老初三经验交流会上的讲话（2021 年 9 月）

感谢老初三教师用言、行、变成就了过去，又协助学校完成了新初三的交接工作。对新初三老师的期待方面，首先我要说的是一定要打好根基。先入为主，锚定高标。从质量分析可以看到存在的差距，但是更多的是通过质量分析可以找信心、找勇气、找方法、找目标。题目中"争分夺秒"的"分"一方面说明了时间的紧迫性，也蕴含着学生质量的增值分、加工率。而"秒"也有双重含义，是指时间和秒杀。面临中考的挑战时要以压倒性的优势，一击即中，要在极短的时间产生剧变。

新学期，我对大家有"三新"期待：

首先是新目标。志当存高远，一定要鼓励学生定一个长远的目标来激励他们进步，而不是满足于现状。这个目标既是"双减"政策下的目标，又是面向学校新十年发展的目标，也是教师自我专业规划发展的目标。

其次是新气象。盛德在于新气象。新的学期，教师要在自身变化和指导变革的基础上，带领学生一起发生质的改变。新学期的第一天课、第一堂课、第一次课一定要是全新的。

最后是新招数。新学期"双减"实施策略要有招，主要体现在"勤慧志"。教师也要善于使用小技巧，很多时候巧妙的招数可以帮助大家更精细地指导学生，更细致地关注关心学生。新的学期要带给孩子积极的精神状态，满满的正能量。

作为教师，在引导学生学习态度和自我成绩等方面都要有细节要求，"目标表、折线图、满分率、错题本、书面分、课堂变革、思维导图、导师制度、奉献精神"等九个具体"招数"都会给大家更好的引领指导。

让"双减"成就"双尖"

——在 2021—2022 学年度第一学期七年级第一次质量调研分析会上的讲话

（2021 年 11 月）

1. 定准"天花板"。认真落实"双减"政策，利用教学处绘制的"双尖生"模板表格，细化三年教育目标，立足立德树人，找准成才成人"天花板"。

2. 均衡"难易度"。教师在习题设置上，要均衡难度系数，贴合期末要求，确保整体的有效性。

3. 勇做"攻坚团"。七年级团队要延续原九年级团队的奉献攻坚精神，团结一致，传承战斗作风，积极进取。

4. 创新"实验田"。在教学工作上，要有创新精神，积极改革课堂，建构"问学课堂"，及时变革评价方式，主动参与"语文主题学习"、国学课程等项目实验，积极浇灌教学质量跨越式进步的肥沃土壤。

5. 争做"鼓舞者"。在教育工作上，讲求策略性，永远做学生争做"学习的小主人、创新的小主人、管理的小主人"的鼓舞者、激励家！充分发挥学生的主体作用，构建健康的师生关系，调动学生的积极性，发挥激励鼓励功能。

居危思进：任重道"近"的责任理清与智慧拼搏

——在 2021—2022 学年度第二学期八年级期末质量调研分析会上的讲话

（2022 年 3 月）

今天解读一下题目，其中，我把这个任重道远的"远"改为"近"，加双引号，也是有这样几个要义：一是进入九年级了，距离中考的时间不是长了，而是更近了；二是高效率了，不仅快了，而是要又快又好。下面我从两个层面做分析、建议和分享。一是对今天的会议做"四多"的总结点评；二是对下一阶段工作做"四个务必"的建议分享。

一、"四多"的特点——质量分析会总结点评

本次会议从充分筹备到今天的顺利召开我觉得有"四多"的特点。

（一）多原因提前了

很多老师思考为什么把原来开学前夕或者开学初举行的新九年级的八年级下学期质量分析会放在假期当中开，包括前面学生总结表彰会和九年级新学期动员会，是 8 月 5 号开的，应该说跟往年比提前了一个月，老师这个会也提前了半个月左右。今天是 8 月 15 号，之所以提前，我想有几个要义，实际上是体现三个导向：问题导向、目标导向、前沿导向。

1. 问题导向

这是指本次八年级下学期的期末大考。这次考试是在各个学科所有老师，以及学生和家长都经历了广泛动员之后进行的，而且学校还有幸成了朝阳区的抽样学校参加统测，这个成绩是具有极高精准性的，是极具数据分析参考意义的，为准确的分析提供了更加精准的"度量"，因此，学校高度重视。从数据上看，学校突出的问题是拔尖学生群体，也就是特别顶尖人群，还有提升空间！从某种意义上讲，你们这一届进入了一个特别严峻的形势，跟同时期的七年级比，也就是现在的新八年级比，他们在七年级寒假测试的时候，有一名同学进入全区前 3%，

同时前5%、8%和10%都有人群，而这一次，他们有两名进入全区前2%，同时在前5%，8%、10%、12%都有人员分布，呈"雁阵"状态。与这两个数据对比，你们这一届可是有压力的，是需要反思的，是要想清楚以后的教学要怎么安排的，这是学校要提前开会的一个原因。

2. 目标导向

这一届承担了学校"十四五"质量强校的历史重任，一定要在拔尖创新人才数量上有增加，即实现进入全区前3%、5%、8%人数零的突破，实现进入前10%、15%等的人数再创历史新高。随着今年中考的变化，出现了高分众多，整体"水涨船高"的趋势。值得欣喜的是，在这样的整体趋势下，刚刚毕业的这一届同学不仅顶住了压力，而且很好地完成了学校创新的目标，第一名的同学更是与高位线分值仅差1分，这说明了什么？说明学校培养拔尖创新人才策略非常有效，方式方法非常精准，拔尖创新人才的加工率逐年提高，因此要有信心，更加坚定地高标冲尖！想要完成学校第二个发展阶段"质量强校"的使命，"能否更好地培养拔尖创新人才""能否培养出更多的拔尖创新人才"等问题是必须要思考和解决的，它是学校发展的风向标，决定了学校的未来。所以，你们这一届是必然要在这个问题上，有突破，有增长的，这将是你们无法推卸的责任，是必须完成的。当然，不只是你们，家长、学校会全力帮助你们、推动你们，共同努力将学生培养成为拔尖创新人才，共同达成"质量强校"的使命。

3. 前沿导向

因为去年的"双减"新政，今年的新课标，标志着拔尖创新人才培养要更加坚决！更加鲜明！而且这是区域及学校绩效考核的变革方向，要更加坚定！更加清晰！所以在这种背景之下，拔尖创新人才的培养，特别是新课标倒逼的新中考命题变化，如果某些学科跟不上，会制约拔尖人才的培养成效。当然，面对问题也要有信心，因为拔尖创新人才的后备人群数量在增多，加工率在大幅度提升，说明以前阶段拔尖创新人才培养的战略效果显著。所以，今天质量分析会应该说是拔尖创新人才的专题研讨会。针对20个孩子的分析，大家言之有物、言之有据、言之有话！这说明这个聚焦是正确的。责任理清，针对重点学科，采取一系列举措，包括数学学科等丰厚师资的调配加盟，更需要瞄准前沿变化，着力智慧拼搏！

（二）多波次研讨了

针对今天的质量分析会，从领导到干部团队，再到管理团队，已经多次召开会议进行研讨，全方位准备。关于学科全面质量分析，结合新的区域数据，开学后各个备课组、教研组还要二度分析。聚焦今天的质量分析，会后大家还要取长补短，教学处、年级组和备课组还要聚焦重点、难点和热点，继续深入研讨，完善分析报告，针对今天的分析，不管是前期还是后续，都要体现多波次精准化、整体性深度研讨，高质量的管理才会有高质量的效益。

（三）多目标分析了

多维度目标，多角度比对分析是本次质量分析的一个特点，这一点尤其表现在冯主任的教学处分析报告当中，对相关数据做了前后照应、动静变化的分析比对，对于基本结论判断的多要素分析，更加精准了。主要聚焦关键核心目标比。特别是目标比，咬住中考目标比，对准达标情况比，联系往届横向比。今天还仔细分析了八大学科的贡献程度或者拉垮程度，八大学科贡献率都有大的提升空间，相对来说，道德与法治学科和英语学科是最接近目标的，物理与数学绝对分值拉的最大，这是特别严峻的。因此，今天这样的全方位分析，更容易也更鲜明地找准了学科问题。

（四）多层级精准了

今天的专题研讨会，重点聚焦各学科拔尖创新人才培养，今天主要聚焦的前五名，前二十名的学生被大家反复提起。赵可晴、高林谦、张栩喆、高若谷等多位拔尖创新人才成为时刻关注，成为人人关注，成为学科关注。相信，这样的多层级聚焦，就是体现精准化的分析导向，借此机会，感谢九年级团队假期以来的辛勤奉献与智慧付出。

二、四个"务必"——需要保持和改进的地方

根据上面的总结分析，针对下一阶段的工作我还想提出"四个务必"的建议

和要求。这里用"务必"一词，意味着责任理清，强调的是智慧拼搏。

（一）转型务必到位，培养拔尖创新人才要"理直气壮"

1. 硬指标

目前国家北京市朝阳区教委，包括学校都提出来高质量发展，都明确地提出来拔尖创新人才的培养，特别是顶尖人才的突破。当下最主要的体现就是学校新九年级务必要实现 650 分甚至 655 分的突破，在这届要实现全区前 3%、5%、8%、10% 区域绝对数值和位次值的双达标。2020 年已经实现了区域位次值目标的跨档升级，2021 年已经实现了拔尖人才校本绝对值目标，2023 届的目标是实现绝对值和相对值的"双达标"，这是我们这一届的硬指标，更是责任清单，要毅然决然，旗帜鲜明，理直气壮地培养全面发展、五育并举的拔尖创新人才。

2. 新双减

双减新政要求减负增质，引导激发学生的自主自强，是"双减"的导向，务必用"高效率和高效益"来倒逼自己的专业精深和课堂变革，加强作业设计与分层教学的融通综合。

3. 新课标

新颁布的新课标带来了素养导向，强化了学科实践，注重了跨学科融通综合，这无疑将成为 2023 届中考命题方向，会影响高考中考的难易度，包括阅卷评卷的维度变化。因此，这个竞争既给我们带来了压力，也给我们提供了可能。提供的可能是什么？卷子不会太难。为什么成绩在 650 分以上的有那么多人呢？说明太难的题目不会太多。只要基础性扎实、灵活性增强，综合性强化，就能取得高分，这给我们这样生源的学校，提供了敢于变革创新、善于建构建模的跨越发展的可能性。因此，转型务必到位，学习务必到位，变革务必坚持。

（二）目标务必到位，聚焦高端目标分析要"精益求精"

我结合今天的分析，再强化几个目标。我们的目标分三类：一类是绝对位次目标；一类是绝对分值目标；一类是相对分值目标，就是现在出现的游动目标。

1. 绝对位次目标

给 2021 届提出的是区域位次的"保五争四创三"的目标，他们经过拼搏实现了"创三"的跨域发展目标，这里指的是区域保50%争40%创30%的位次。那么这一届目标可以确定为"保三争二创一"，原来定的是3年后实现，因此，大家当时认为是特别高的高标，但完成了高标达成，相信这一届，经过责任厘清，也一定能够实现理想及梦想目标。

2. 绝对分值目标

拔尖人才要实现绝对分值目标。比如按今年标准650、655这个分值不仅是零的突破，而且要有数量的增长。这一届应该是保三争五创八，这里指的具体人数。但是我也要给大家建立一个信心！我统计了近3年来学校的分数数据，发现由原来的距离大家心目中的最高分差距六七分，缩短到了这一届只相差一两分，这说明什么呢？说明即使所有的人都在"水涨船高"，但是进步的脚步从未停歇，而且越跑越快，一步步逼近甚至即将超越绝对分值。老师们，我对你们充满希望，充满信心，保持现在的奋斗节奏，一天天超越，你们的未来必定可期。

3. 相对分值目标

相对就是随着试卷的难易批阅程度，原来的600分变成650分了。那明年怎么样呢？这都难说，是难一点呢？还是保值呢？肯定会有微调，稳中有进！希望大家能够进一步明晰目标！特别强化的目标就是两个"三五八十"，即一是这届在全区前3%、5%、8%、10%一定要有突破；二是3、5、8、10的数量目标。

（三）贡献务必到位，清晰三类生源规划要攻坚克难

强调学科的贡献率，八大学科的贡献务必到位。对种子生的八大学科更加强调贡献率，针对学生的教学分层要落实到课堂，作业分层、学科分层整合落实。对于学生的生涯规划，要从孩子的兴趣和实际情况出发，积极稳妥，优化组合，因材施教。积极从尖子后备学生中孵化出"黑马"，同时又要杜绝"落马"，让拔尖人才培养，务必做到"拔尖不落马，顶尖创黑马"。

（四）责任务必到位，重点学科拔尖顶尖要攻城略地

1. 狠抓数理科

数学、物理等重点难点学科务必安营扎寨，攻城略地。对这些拔尖顶尖学生的每次目标达到情况，我们要进行清单梳理。班主任要统筹起来，大胆负责起

来，要管八个学科。班主任要时刻关注种子生在八大学科当中，哪个学科拉后腿了。让种子生关键学科 98 分以上，其他学科都是满分。

2. 精细导师制

要给予学生心理疏导。一定要跟家长交朋友，跟学生交朋友，一定要做到心坎里，增强亲和度、信任度，加强模拟演练，克服心理魔障。

3. 打好整体战

学科团队要深度集体备课，加强命题作业设计，教师拔尖创新人才培养的基本功需要进一步突破。拔尖创新型教师人才培养的基本功培养，要通过团队攻关，教师多研究，多创新，多转变。要研究好学生如何在进步之后继续保持高位，学科老师研究要聚焦学科最前沿，最顶端。

希望大家今天的质量分析研讨会后，各项工作更有精进，后期还会再进行二次三度分析。总之，务必要信心十足，一起攻克艰难，高标突破，打一场全优创尖的人民战争！打一场"居危思进"的攻坚战！打一场"创造历史"的智慧战！

量多质高：拔尖创新人才培养的高标必达

——在 2022—2023 学年度第一学期八年级 9 月质量调研分析会上的讲话（2022 年 9 月）

八年级现在已经进入了"小中考"年份，后年将成为学校 2024 届的毕业班，按照学校"十四五"和 2035 发展规划，这一届要实行全面的胜利，所以我用《量多质高：拔尖创新人才培养的高标必达》这个讲话题目来表达我的心情。一是源自于大家七年级时期整个的精神状态和实际成果很是鼓舞人心，二是大家的工作干劲，包括今天的分析会精准度以及言谈举止当中表达出的心声都折射出了一种蓬勃的志气，一种求变适应，敢于接受挑战的勇气，这些都让我特别高兴。下面，我主要从两大方面与大家进行分享。

一、关于本次质量分析会的点评，传递四点感受

今天八年级的质量分析会，我认为体现出了"四化"。

（一）数据化

从今年开始，各类分析都特别强调数据化的连续性使用。这一点特别体现在毛校长助理作为年级主管领导的分析当中，有很多创新点。他就种子学生的 9 次考试做了横向、纵向各个角度的分析判断，而且最终使用这些数据，分析得出了结论，这就是一个非常完善的闭环分析。如果只是数据罗列，而不对数据进行不同角度的比对分析，是无法形成柱状图、折线图、扇形图等统计图表的，更无法对学生进行有效的评估判断。一定要在数据基础上进行对比分析，最终获得结论进行判断，而且还要大胆与大家分享判断结论，集思广益，碰撞智慧。

（二）个性化

今天八年级的分析会有一个很好的亮点，比如在对种子生这个群体进行分析的时候，年级组长王绍梅老师随时跟某个学科的老师或者某个班级的老师就某一个孩子的某个细节方面进行联动交流，彼此进行经验分享，引导出了很多的反

思，甚至现场就形成了不少改进的举措。这不仅仅体现出了王老师自己对所有的学生都非常熟悉，能够对他们的情况如数家珍，精准发力，更反映出了今天八年级所有参会老师对这些种子生的关注度很高，因此才能形成如此迅速且精准的条件反射，说明大家在日常的课堂中、办公室的交流中，甚至是双休日和放学之后的互动中一定都是精准发力的。我相信大家不仅对种子生，对不同的学生群体一定也能够做到同样精准。

（三）类别化

刚才王老师的发言当中提到了"x+y"，"x"叫作必答题或者叫规定动作，这是相对固定一学年或者一学期不变的，而且是要排好顺序的。而"y"是动态的，是配出来的和新增的。具体到八年级，比如毛校长助理，我希望你以后分析的时候要分析到"10+x"，因为你们年级种子生人数多，要实现 655 分从零到有的突破，那么就要分析到位到人。开学初，年级制定过目标了，但是现在要根据目前的情况变化和明年年级的新目标再次调标，重新精准布置。不只是八年级，其他三年级的"一分三率"和拔尖创新人才的具体数字标准都要重新梳理，请中学主管刘校长助理牵头重新落实到位。今年学校的教学工作会议要重新调整绩效评估方案，按照新对标来设计低标、达标、超标的要求。大家一定要有一个概念，有标比没标好，高标比低标好，精标比粗标好。王老师作为年级组长可以重点分析"20+x""20+y"，这个 y 是变化的，对于这些顶尖的孩子，你要随时都可以如数家珍地介绍情况，就像今天的互动一样。还有一个就是一定要分析"一分三率"，特别是今年"三新"（新课程方案、新课程标准、新质量评价）和"双减"之后的首次中考这种高分值密集出现，市里面已经有明确表态，当初命题导向的这个方向还将保持下去。这一点同时也在"三新""双减"的会议上，市区教委的有关领导也都做了明确的表态定性了，所以大家一定要清醒地了解这意味着什么。比如，刚刚举行的全区教育领导小组会议上提出了五个大讨论题，第一个就是拔尖创新人才的贯通问题，这个贯通是要解决朝阳高考的，而且要首先解决朝阳高考能够考入北清和国际顶尖名校的总人数，绝对数字和比例，绝对数字要过百人大关，要超过三位数。2020 年，朝阳区是个位数，今年出现了两位数，明年要冲击三位数指标，而且都已经指标到校了。指标到校意味着什么？意味着肯定会有奖励表扬，也肯定会有惩罚批评，这就是分层分类呀！对于学校来讲，拔尖创新人才不仅要培养，还要让这些顶尖的能够停留在中考的 655 分、650 分的孩子要留在朝阳区高中，这是必须完成的区域统筹任务。如果学校不能解决分配到的问题，还谈什么贡献呢？所以一定要先让分配的任务达标，对于这一届来说就要解决量多的问题，要达标超标，要多数量。首先是零的突破，然后是数量的增长。目前来说，650 分就是绝对达标，当然也会有相对达标，学校内部的评价一定要"比优不比烂"，必须随时瞄着身边优秀的，随时向上的，保持动态的，相对的。所有的孩子以类别来划分进行分析，抓住他们的共同特点，分层分档，内化于心，外化于行。

（四）前置化

前置化是体现在命题创编上的，比如说吴老师刚才说分数高的原因跟命题有关系，因为大部分来自目标检测。那么既然命题是以基本题为主，没有太大的难度，那么这里老师的预期目标就应该是高分多，满分多，多给学生增加信心，这样的设定就很准确，因为第一次考试不必要太难。那如果是在其他需要强化的学科上，比如说上一次考的有点高了，信心也给足了，这次一些知识点上要给学生降降温了，那么考试命题的时候，就要关注基础题安排更加开放灵活，有一定的实践考查性。但是一定要注意降降温，不等于为难孩子，打击自信，还是要以增加信心为基本出发点的。关于命题创编，一定要少找套卷组合，多进行创新编写，作为重要的基本功之一，老师们一定要着力提升自己的命题创编能力，以原有题目为基础，创编形成新的题目，与作业、日常的学习内容、时事事件紧密结合。前置化就是"教学研评一体化、流程化、衔接化"，特别是新课程方案和新课程标准、新质量评价的导向。上一次我跟大家专门谈过"学业质量评价"的话题，体现在各个学科上，首先表现的就是每一节课、每一个单元或者每一次限时作业都要评价前置，先于教学设计评价，这就是我为什么反复跟教学处的干部说，一定要先下目标书。包括让学生、老师在学期开始写的规划书，都属于前置化的目标导向。本学年我特别强调评价，刚刚冯主任把期中考试的时间提前公布了，这个时间安排得好，提前说大家才能提前规划，将一切前置，这才是有智慧的，也是以后所有活动安排的导向。

二、关于下阶段努力方向的点明，提出六点建议

接着就下一阶段需要继续保持、加强的地方和改进方向，我要提六点建议，具体来说是"六者"。

（一）做使命担当者

这一届八年级要担当学校实行三个全面胜利的光荣使命。要获得真正的质量优秀奖，这个任务是很难的，但是这是目标导向，高标必成，高标必胜，这就是这一届要承担的历史责任和光荣使命。这一届从七年级起就做得很好，把七年级就当毕业班来要求，我相信你们不会低于九年级的水准，上上一届毕业班创造了总优秀率达到92%的成绩，上一届已经实现了总分优秀率的100%，那么这一届的目标必然要更高，到九年级中考毕业的时候也许就要达到各个学科单科优秀率的100%了吧。所以大家现在就都要拿着这个目标来要求自己，一定要记住你们要突破的问题不是量多，而是量多质高！是顶尖分数高和全优，全优就包含了"一分三率"必须100%，学校绝对位置要排进同类学校和全区前30%、20%、10%的位次，拔尖创新人才的数量目标要覆盖各个学科，这是我们的共同使命！如果我们现在不能把目标理清楚，那我们就达不成使命，学校新十年打造质量强校第二阶段的目标就攻不破。不要觉得日子还长，我们今年就面临着小中考了，地理、生物、英语的口语已经到了决胜负的关键时刻了。刚刚毕业的那一届学生的英语口语当时表现有些不理想，和全区英语口语40%以上的满分率是有距离的，这一届一定要提前清醒，决不能让它再次成为拉胯的学科短板。

（二）做学习应变者

作为学习应变者，第一个就是一定要研究"双减""三新"，今年"双减"后的第一次中考已经有了一个趋势，"三新"就是新课程标准、新课程方案、新质量评价，这将是未来中考命题的方向，大家怎么能不研究呢？第二个就是一定要研究学校的"6+4"，即我在拔尖创新专题研讨会上说的"六个着重研究"以及"四个必分析"，这个必须领会并落实，每个人都有任务，都有责任清单，比如我们三

个年级，哪个年级、哪个学科、哪个管理者是把之前会议所说的东西真正落地落实了，只要我们落实了，一定就有新的亮点地方出现，我就一定能看到。作为学习应变者，要关注拔尖创新人才的课堂化，一要定其心力，二要心中有数。当老师就是要对学生的情况如数家珍，当干部就是要对学生、老师的情况如数家珍。

（三）做生涯规划者

八年级对学生的生涯规划来讲是一个重要的时期，他们未来的去向如何？参不参加中考？在不在北京参加中考？他们的智力、家庭氛围适不适应？现在都是要定下来的，要把生涯规划这项工作做好，要主动去规划，巧妙去规划，这是一门大学问，一定要认真研究，做到三方协同，确定一个不能少，一个孩子不能放弃。当然这也指向了及格率，一个学科也不能差，一个班级也不能差，最后做到一分也不能丢，当然这主要是指要有让满分尖子学生基础分是"一分不能丢"的意识。生涯规划一定要做，各个层级都要做，而且要抓紧做，理直气壮做，大家要认真深入地学习最新高考包括职业高考新政策文件，跟孩子、家长真心沟通，沟通的事情不会是一次就能成功的，是需要坚持，细水长流。面对不同层次、不同特点的孩子要进行分层分流，要清晰地了解孩子，比如说他们是否某一方面有特长，还要积极地帮助参谋在北京的中考成绩外地认不认等问题，作为老师、干部，这些都要研究，不要一推了之，要跟学生、家长一起深入地思考研究到底适合的是什么？比如适合什么样的职业学校？我有什么样的资源可以提供给你？什么样的资源，这个路怎么走？大大方方地去共同探讨，学生、家长自然就慢慢接受了。

（四）做命题创编者

刚才冯主任也讲了这一点，这要作为今年的重中之重，有两个坚决反对，坚决反对教什么不考什么，坚决反对用过去的套卷或者套卷组卷临时应急"拼图拼盘"。真正的命题要有加工，要有创编！我特别在教研组长和备课组长会议上提出来，大家要认真研究以后中考的命题，跟努力做到跟明年的考试能有吻合度，能有超前性。很多事情为什么预判之后，能跟实践吻合，甚至超前呢？这就是学习思考的深度，提前预判，提前行动，其实就是赢得了主动。比如学校的 AI 课程就是学校提前预判，提前行动的，是不是就赢得主动了，2020 年刚开始做的时候，大家都是疑疑惑惑不敢下手的，但是事实证明我们准确地预测了未来的变化；再比如说戏剧课程也是这样，学校果断把元旦的普通联欢会改成"9+9"经典戏剧节，然后还强化了跟学科融通、学科融合，这也是在现在的要求之前就开始倡导并行动了的。所以作为命题创编者一定要研究新课标，一定要研究新课程方案，一定要研究新质量评价。你的学科如何跨学科实践？如何学科融合？如何学科育德？等等，这些都必须是你要提前预判、规划、行动的内容。大家一定要抓住三大重点，特别是马上要进行"小中考"的生物、地理和英语40分的口语机考，请教学处和各个备课组加大这三个学科的满分标准。为什么要有满分标准？因为这些学科不满分，就会成为明年中考的负担，会影响整体战略，比如如果不解决英语口语40分的满分问题，就解决不了655分和650分的突破量多质高，这个道理是很简单的。请这三个学科的老师们一定要认真执行，我很欣赏历史汤老师和地理黄涛老师都有的一个共同的观点和做法，就是会不断改变自己，不断变革课堂学习，不断积极吸收新东西。作为老教育工作者还能有这样一种主动的自我学习力、反思力和变革力，是很令人感动的，我想这也是他们的学科成绩能够一直保持向上或者说达到优秀理想状态的一个重要原因吧，也希望大家共勉之。

（五）做平台应用者

今天，我看到了一个很好的现象，大家都能够利用平台生成的数据去进行整合分析，这个数据可以演化出无限多的数据分析系统，请大家一定要继续加强对这个平台的应用，同时也要加强对这个平台应用的培训，要把它作为教研活动，作为大学部、教研组和集体备课的重中之重，要将它逐渐引入老师的基本功中，成为老师的基本功之一。我在区教研中心工作的时候，就很强化教研员利用数据平台自创体系等工作，这后来也成了朝阳区教育教学质量高升的秘诀之一。某个学科或某个班的老师要是不用数据平台来作质量分析的常规武器的话，就不可能成为高手或领先者，只能是庸者、落后者而已。学生过去的所有成绩这个系统里都有，一定要和数据服务合作部门打好招呼，把这些数据都提供给老师们。教学方面，年级负责领导一定要组织好这方面的专业培训，把组长首先培养好，让他们会用，"知道有什么？""知道我需要什么？""知道我创生什么？"这样所有的投入才能真正发挥应有的作用，才真值得。教育部一直讲"应用为王"，数字化就是"应用为王"，唯一的难度就是坚持使用、坚持研究，久而久之自然就成了高手。从今天开始的所有成绩都要输入其中，每个孩子都要进行个性化分析，特别是对于种子学生和弱势的孩子更要精准分析。

（六）做高师创生者

"高师"在学校特指"拔尖创新型"的老师。为什么今年的基本功把"8+1"改成了"1+1"？保留了上课，但是对课堂提出了"四个落实"的新要求，除此之外八个基本功去掉七个，只保留了过去市区级学科带头人才能参评而今年是面向所有人的"试题创编"，而且这学期积极鼓励大家马上落实，一课多做不给大家增加额外负担，广邀各级各类专家老师为大家进行多个角度不同学科的网上讲座、教研、培训，唯一的要求就是大家一定要主动学习、深入研究、融通整合。回忆这些进行讲座的专家老师，为什么他们能够把教学内容转化为模拟题或者中高考题，而且得到市区应用和必选呢？自然是因为他们高超的试题创编能力和过硬的经验。回过头来说，你能够提升自己试题创编能力吗？能够进入到区级命题组或者把握住他们的命题方向吗？我希望大家都能争取，成为市区命题组的候选者、备用者。高师的创新者就意味着我们必须要过这个关，想要培养出拔尖创新型的学生，就必须有拔尖创新型的老师；想要培养出拔尖创新型的老师，就必须有拔尖创新型的备课组长、教研组长和教学管理干部；想要培养出拔尖创新型的组长、干部，就必须有拔尖创新型的副校长；想要培养出拔尖创新型的副校长，就必须有拔尖创新型的校长和书记，所以包括我和书记在内，大家都要练功，都要不断学习研究，都要争做拔尖创新型人才。我对这一届的八年级寄予厚望、充满期待。今天的质量分析会，主题鲜明，重点清晰，详略得当，我能够清楚地看到不管是发言者还是倾听者，大家都是认真投入的，都在积极交流，这就说明八年级的全体老师都已经具备了成为一个"高师创生者"的基本特征。

就像刚才大家定位的主题说到的一样，我希望今天是一个优秀的新开端，希望大家将高标前置，祝愿和期待大家在期中考检测当中取得优异的成绩，努力实现拔尖创新人才培养"量多质高"的高标必达！

集群矩阵：拔创人才的"高标冲尖"与"一分不能少"

——在 2022 学年度第一学期八年级期中质量调研分析会上的讲话

（2022 年 12 月）

题目中的"拔创人才"就是"拔尖创新人才"，是我话语体系中的简称，题目中其他关键词，我在后面的点评和建议中还会解读的。根据大家今天的质量分析发言情况、学校的战略目标定位和期末的线上教学策略等方面，我要分两个层次来说。

一、对今天的活动做一个点评——"四有"

关于今天总体质量分析，我的总评价是特别振奋！体现在"四有"方面。

（一）主题确实有底气

我看年级组长王老师今天定的题目是《拔尖创新人才培养在路上》，我认为这个定位定得好，原因是什么呢？因为你们的很多数据说明问题，比如说拔尖创新人才的"风景"：这 8 个学生是不相上下、分差不大的，而且是高位的均衡，不是低位的；你们还有 17 项合格，高端达标率超过 26%，满分达标数据分析也超过了 25%，可以说是初步形成了"集群矩阵"，十分难得！在初中的三个年级中是显著的，这一点特别好，看出来你们的主题确实有底气！

（二）各级分析有质量

首先是毛校长助理的分析特别好，我不仅认真记录了笔记，还给你打了五星！你的拔尖创新人才分析数据既有纵向也有横向，既有条形统计图，也有折线统计图，而且还有七年级以来的最新数据的折线体现，真的太好了！然后是冯主任对于八年级整个数据平台的采集应用很有说服力，这个平台是专门给大家用的，一定要成为每个老师的基本功。一要迅速会用，二要创生使用，并主动提出需求和开发新的数据统计维度。最后年级组长王老师的组织互动很有特色。之前我就发现了，尽管现场互动时间不长，代表发言只有三四个人，但是细心数下来，发言覆盖率已经接近一半，互动的老师们讲话或长或短，但句句精准，一看就是用心反思过、设计过的，绝不是随便说说的，是基于数据支持背景下的互动生成。我今天为什么要邀请另外两个年级的组长来一起听八年级的分析，就是想让大家互相借鉴。分析会的主持人不是报幕员，是升华者，是要专心设计，精准倾听，认真听取每一个人的发言，随时可以总结提炼升华。各类分析，重点聚焦，点面结合。

（三）教师互动有干劲

大家的分享都很到位，无论在互动的时候问到哪一位老师，都能够迅速应对，对学生的情况、学科的状况等如数家珍，分析的针对性也很强，这些一听就知道是基于老师自己认真分析的基础之上的。比如说英语刘老师，上一次分析会时我曾经建议过她，并要求她的班级一定要有进入年级前列的学生，刘老师有志气、有干劲，不惧批评、认真反思，这次果然达成了目标，班级"拔尖创新人才"进入了高位。我想这其中刘老师一定是付出了辛苦地劳动的，特别值得表扬。再比如，刚才介绍培养"拔尖创新人才"经验的时候，宗老师班级就设立了拔尖创新人才群，建立了班级铁三角小老师，这是相当有创意，很精彩的！我觉得其中一定充盈着一种彼此竞合，共同进步的良好氛围的。在这样的氛围中，每个孩子都能够互动碰撞，取长补短。比如像李羽桧这样好品质的孩子，不仅是学业上对自己、对老师、对同学有帮助，以后德育上也可以为她整理材料去竞争校区"十佳学生"等荣誉称号。

（四）组织安排有落实

这一点表现在年级会议的组织，包括毛校长助理作为分管领导的组织安排很恰当，比如说我前期提醒了教师线上发言集体合影落地，这一点做得很到位，再比如后期的新闻稿的撰写宣传，诸如此类的相关工作，人人分工，责任到人。因为质量分析会是年级全体老师的事，不是那几个代表发言老师的事而已。这次没发言的老师，做好托底工作，做好听众，像这样每次会议，每次活动，大家都做到"人人有事干，事事有人干"，在这样的氛围下，战斗的群体自然而然就形成了，这就叫真正的竞合。年级内的竞合是为了与其他学校竞争的，不是为了内部互相下拽的，一定要互相鼓劲，团结起来，共生共赢。这一次大家不管是介绍经验还是提出想法都毫无保留，充满了正能量。

二、对后面的工作提一些建议——"八个坚定，八个务求"

关于下一阶段的工作，特别针对目前线上教学及期末复习迎考，我提八句话建议及配套数据目标，希望大家做到"八个坚定，八个务求"。

（一）坚定"必胜"信念，务求"三五八十"翻一番

首先，一定要相信自己，相信八年级的教师团队，相信八年级的全体学生。我就非常相信你们，因为你们从七年级开始，包括历次的会议，都给我这种感觉，让我觉得有底气。其次，我完全相信你们的团队有力量、有志气、有办法、有结果！所以我给大家提出的目标叫务求"三五八十"与去年比，总数翻一番，务求就是务必追求，我们要求学生要给自己制定高位目标，我们老师更要如此。

（二）坚定"高标"满分，务求拔尖集群 50% 达标率

今天我听毛校长助理说到了 26% 这个数据，也就是说年级已经有 17 项合格了，占比 26%。那么我希望你们期末能够达到 50%，也翻一番，尽量超过一半。所以在这种背景之下，用什么来作为标准呢？就是满分！每个学科都要针对考试领取自己的任务，悉心地分析每一名学生，确立保几争几创几的目标，保是本次的目标，争是下一次的目标，创是第三次的目标，就是第一年、第二年、第三年，这样就叫微缩景观的近、中、远期目标，是有体系的。八个学科，哪一个学生是你这个学科需要重点关注的满分对象，你就一定要把握住，这也就是我在今天讲话标题中说到的"一分不能少"，"谁的孩子谁抱走，谁的学科谁负责，谁的拉分谁补齐"。

（三）坚定"混合"有道，务求线上教学规范 100%

上一周，我专门找了时间把中学部所有年级、班级的课都巡视了一遍，我认为做得最好的就是八年级。我给每个班都进行了截图，甚至个别班级我巡视了好几遍，就为了看看全程的结果。在当前这种线上教学的情况下，要求 100% 的开麦开视频，老师、学生都要 100% 开，没有任何理由可讲，这件事情必须是首先要做好的！不做是坚决不行的，不答应的！遵守线上教学规范必须是 100% 的。

而且在这里我要强调集体备课的"4+4"研究，你们必须强化这一点，将它作为集体备课的重点研究问题。

（四）坚定"命题"创编，务求期末考题命中 1~3 题

期末复习我们一定会搞模拟练习，请大家务必认真进行试题创编。3 个年级 8 个学科，一定要争取与区里出的卷子有重点题命题的命中率，保底也要碰到 1 题，争取关键题有 3 题命中率，特别是最后几个重点大题，这是我给大家定的 1~3 题的命中目标，就是要提升自己的试题创编能力，提高命中率。如果各个年级不在命题上先走一步，提高命中率，是绝不可能实现拔尖创新人才的 650 分及以上的目标的，要知道天上是不会掉馅饼的，在新课标的"教学评一体化"后，命题创编能力更是其中重要的一项。各个学科一定都要研究课程标准的专门一章叫"学业质量评价"。它主要有三个层次：第一个是过程性评价，第二个是结果性评价，第三个是水平性评价。暂时主要看第二个，期末考试就是一个阶段性结果评价，怎么才能明确考什么？这个就要发挥备课组的作用了。研究试题创编还与学校今年"和谐杯"的命题结合，所以这一次我特别邀请了外面的专家来进行评定，就是要看到大家真正的高水准。

（五）坚定"导师"真导，务求"塞翁不失马"的 80% 稳定率

我特别愿意看到八年级高分位的小差距和高位并列，尤其是并列第一。高分并列的时候导师应该做什么？当然是真导，面对学生的心理问题、心态问题、学科问题，甚至偏科问题，认真研究进去。就比如刚才英语赵老师说他们班的一个孩子，理科很好，文科尤其是英语却相对偏弱，面对这样的情况，孩子的心理就会有明显的偏差，她就抓住孩子这个弱点积极帮助他，帮他补齐短板。

（六）坚定"宣传"全面，务求师生家校全方位融合度覆盖面达到 50%

但凡做了工作，就要把它做好，而且还要把它宣传报道好，要时时刻刻把最好的声音发出去，不怕别人借鉴。有好的做法，没办法广而告之是最可惜和遗憾的事情，所以要加大宣传力度！不仅是跟现在在校的学生、家长宣传，还要和周边的人群大胆地宣传，宣传优点，不要颤颤巍巍，要理直气壮！自己首先就要有坚定的信心！所以每次新闻报道，有家长的、老师的、学生的，一定都要积极

宣传推广，让覆盖率上去，保底 50% 以上！尤其是有学生感言的，那些被表扬、被激励的孩子所写的让人感动的小文章，在学校公众号发表之后，一定要推给学生、家长，这对孩子有很好的激励作用，事事皆教育，处处皆教育，无时无刻不鼓励，无处不在多夸奖。单一的方面是培养不了真正的拔尖创新人才的，真正的好就一定是德智体美劳全面发展的，但要寻找突破点，率先以点带面，点面开花。

（七）坚定"重点"学科，务求数学、物理、体育等满分大翻身的"保三争五创八"

我建议数学和物理两个学科可以将自己的满分数"保三争五创八"，希望咱们几位数学和物理老师好好地商量沟通一下我的这个建议！另外还有体育，在现在线上教学有所限制的情况下，体育老师们一定不能松懈，要抓住一切有利的时间，确保体育成绩的提升，为以后的中考打下坚实的基础。

（八）坚定"全员"分析，务求"一分四率"集体备课分析的 100%

之前我就讲了，今天这个会其实是"拔尖创新人才"培养的研讨会，只不过是拿八年级期中考试来做依托罢了，它还不是真正意义的全面的质量分析，什么才是呢？是至少两人两班或两个年级共同进行内部交流，全面分析"一分四率"。大家知道 2021 届及格率达到了 100%，优秀率超过了 90%，去年这一届及格率也是 100%，总体优秀率也达到了 100%。所以这一届目标就是站在前人肩膀上，及格率必须是 100%。当然我也知道现阶段线上线下，难点很多，但还是希望大家能够人人都发挥自己最大的能力，工作到位，确保年级共同高端目标的达成。

已经过去的时间证明了你们能够成功，也一定能够成功，我无比地相信你们！热切期待你们期末复习的"集群矩阵"滚雪球般壮大，最大限度地实现期末区测的拔创人才的"高标冲尖"与"一分不能少"！

乘胜追击：创生新七年级区测"三五八十"的翻番新奇迹

——2022—2023学年度第一学期七年级期末质量调研分析会上的讲话（2023年1月）

今天是七年级最大规模的一次高质量期末考试分析会，开得很成功，既是一个总结会、分析会，更是一个聚焦"拔尖创新人才"的研讨会、加油会，同时更是一个寒假及下学期和未来三年整体工作的动员会、部署会。

我想用"5+4"来进行下面的讲话，即五方面点评，四方面建议。

一、五点点评，点点精准

今天的质量分析会，特色鲜明，我感觉数据精准，结论可喜，具体体现在以下五点。

（一）三五八十，开局漂亮

从冯主任和宋组长的分析当中，可以清晰看到一组数据呈现，那就是七年级在"三五八十"几个分段中都有零的突破，数量与往届相比都有历史超越。我大体测算了一下，大概有15名学生进入了"三五八十"。我记得现在的八年级第一次考试中只有一个"3"，第二次考试有了两个"2，2"，这样相比的话，在数量上七年级并不弱，而且是在"三五八十"每一个分段上都有均衡分布。今天，无论是冯主任、宋组长还是备课组长、学科代表、班主任代表，大家的发言都准确聚焦了"拔尖创新人才"这个切入点，毫不回避，可以说是下好了"先手棋""起手棋"。

（二）比点众多，精准好强

冯主任今天有多重身份的发言，既作为教学处的教学干部代表进行整体分析，也作为年级分管领导进行年级"拔尖创新人才"工作的报告分析，还作为学科先进代表进行经验分享，我很高兴地看到她每一个发言都精心准备，内容充实，尤其是都通过大量的数据进行同比、环比、自比、类比等，这一点是特别好的。希望大家一定要多做数据的反复对比，从反复的比对当中就能找到自信、找到信心，就能找到阶段性努力付出后的回报。在质量分析筹备会，我提出要"亮点找足，不足找准，比点找多"，这些在冯主任和宋组长的分析中都有很好的体现，七年级的分管领导和组长都有这样的高实站位让我很高兴。我相信精准地分析会助力大家"好强要强"的工作作风，一定要始终处于变化的状态，始终呈现上升的态势，始终锚定高标的定位。我之前用了"矢志"，冯主任在这里用了"锚定"，其实这两个词意义相似，"矢志"是"矢志不渝"，"锚定"带着好强的意味，都代表着大家会经历千锤百炼，风吹雨打，坚不可摧。

（三）上传下达，新策传创

今天的会议还没有结束，宋组长就已经非常迅速地把冯主任在当前分析中提到的"导师"匹配完成了，而且形成了表格，发布在了年级群里，这就体现了行动力，也是我上午在九年级质量分析会中提到过的"赢在中层，贵在执行"。

我这里所说的"新策"，有国家级的，有区级的，更有学校这几年经过宝贵探索形成的校本新政新策，包括"约课制""三表""三兵合一""四本"等。我听到王老师刚才在讲话中已经将日记纳入到了寒假语文的作业安排中，作为了语文教学的一个项目了，这是智慧的，这才是真正体现素养导向背景下的教学新、实的举措，因为她找到了一个很好的载体。我听到冯主任、张老师在经验介绍过程当中，都谈到了"拔尖创新人才"不是天上掉下来的，而是经历了他们广泛的调研，精准的分析，反思的琢磨，细致的培养之后才产生的。面对任何事情，尤其是新事物的时候，一定不要随意做判断，更不要消极懈怠推诿不做，特别是面对学校上传下达的新要求及新做法的时候，一定要习惯面对先接受，然后经过思考之后领会内化，如果你对这些要求和做法有疑虑，要么直接提出更好的做法，要么率先进行实践验证，在实践当中证明校本、区本各种政策的正确性或者错误，或者是在实践中验证你有更好的建构，这才是正确的应急表达、处置方式和思考方向。

上学期学校一直在要求大家做试题创编的工作，这一次大家在进行试卷评析的时候，都提到了自己的模拟试卷与正式区测试卷之间的试题匹配度，这也是学校非常关注的。所以刚才我追问宋组长关于"英语复习三大题"备考精准的原因，是备课组集体研讨，碰撞出的智慧？还是从区学科教研员话语中反思出来的信息？又或是自行琢磨新课标学业评价标准的解读细稿时的收获？大家一定也要这样去追问自己，问得越细，后面的道路越好走。上至国家的"三新"——新课程、新课标、新评价，到"双减"背景下，学校承担学生"德智体美劳"教育的主体担当，无一不说明着老师责任的重大，这是我们的使命担当，也是我们的应有要义，不可推卸，也推卸不了。刚刚我看到了教委的关于领导干部代课兼课的制度，党政主要领导都要兼课，同时还对干部代课的质量水平、学科匹配、听评课等都有具体要求，这说明什么？说明"课堂"永远是学校领导干部最不可丢弃的根本阵地。在这一点上，我们学校又走在了前面，这两年学校已经率先实施了中层、副校长及党政正职的兼课制度，领导干部学科领导力、课堂变革者、学术示范力和质量优秀者已经成为新十年校园的一道美丽风景线。

（四）你追我赶，名师成长

我高兴地看到七（3）班、七（4）班的公开"竞合"，而且张老师和李老师两位班主任之间也在友好"竞合"。七（2）班班主任游老师从去年到现在，放下过去，虚心学习，改革课堂，变化也特别大。七年级的你追我赶，名师成长是公开的，所有人都是"竞合"关系，所有人都在共同成长。

辞旧迎新之际，七（3）班、七（4）班共同举行学生主导的线上联合元旦联欢会，老师们隐于幕后，积极调控，虽然种种安排尚显稚嫩，但是绝对是值得大力赞赏的。以这次班级联合联欢会负责人刘仲尧这个学生为例，他这次班级第一、年级第二名，但是我相信年级第一名一定距他不远。而且这个学生是已经确定的未来的国际生拔尖创新人才，我个人考虑，对他就应该要涉及北京中学的国际部这个渠道，要鼓励他将那里当做梦想的归属地，同时为他提供精准奔向这个梦想的规划设计和帮助支持。如果我们能把他输送到北京中学的国际部，不仅能够成就学生的愿望，更能够体现出年级名师高师，你追我赶、共同提升的好势头。

（五）冷静清醒，高标不降

宋组长在分析中提到，面对学生，七年级绝对要"一个不能丢，一班不能弱，一科不能差"，我觉得这一点是相当清醒的。七年级的学生不过十三四岁，

"舞勺豆蔻"之年，青春期刚刚开始，怎么能够轻易给他们价值观、人生观定性？作为老师，一定要坚定对学生教育的信心，正确看待这次线上考试、居家考试、自我阅卷背景下的成绩。老师们刚才的发言中，面对成绩，都表现得非常冷静清醒，同时又特别强调高标不降，这也是为什么刚才我为这次讲话起题目的时候提到了"三五八十"翻番的要求。面对成绩，不改冷静清醒的态度，不改勇创更高位的魄力，不改踏实进取的作风，这是特别难得的，更是以后获得更优秀成绩的最大保障。

语文王老师刚才发言中说到了过程性评价，实际上这是学业质量评价的三方面载体的具体体现，或者说新课程学业质量评价标准特别强调过程性的评价、结果性的评价和水平性的评价，它们是"一体化"的，是相互关联的。这种思想贵在什么？贵在"教学评一体化"和基于整体架构的教学评价前置。这种"评价量表积分"就是一种机制建设，就是评价前置的结果，包括教学评价、学业评价，包括学生的非智力因素、智力因素，包括学生的知行一体，包括学生的生理心理。比如我上次在学生会上讲到"第一魔咒"，其实就是一种心理问题，只要能够合理制定措施，帮助学生稳住心理，那么年级第一、班级第一、学科第一，自然就稳得住。再比如冯主任刚才分析到了涂卡有误的学生有马虎问题，这实际上是心态问题，是习惯培养的问题，要赶紧想办法去弥补这个漏洞缺失，一旦放过，以后漏洞会越来越大。就像前两天我跟宋组长说，你给我发的这些信息中出现了很多细节上的"小毛病"，这些细节上的"小毛病"如果体现在你的学科上，那你就会失去大量的满分，宋组长也很虚心，接受了这个意见，我期待他的跨越改变。老师们，"贤者以其昭昭，使人昭昭"；如"以其昏昏"，绝不会"使人昭昭"。希望大家坚定地继续保持这份难得的冷静清醒。

二、四条建议，条条入心

就即将到来的寒假及下学期和未来三年整体工作的方向重点，我做四条建议。

（一）要紧紧牵住"拔尖创新人才"培养的"牛鼻子"

一是做事情一定要"抓纲举目"。我说"一纲四目"，"纲"是什么？纲是"拔尖创新人才"的培养。"目"是"一分三率"，是为"纲"服务的，这个四要素的质量数据分析是为"一纲"服务的。我再次理清，在这种背景之下，因为要培养拔尖创新人才，所以我倒逼"一分三率"的平均分、及格率100%、满分率要大突破，要进行这四个维度的架构，实现服务拔尖创新人才的培养的高质量达成。

二是七年级伊始一定要寻找"人人都是拔尖者，个个都是创新人"的实践载体。"德智体美劳"五育，"七星少年"的七个方面，都可以是它的突破口。而唯有抓住突破口，才有可能助力学生在最后成为"大黑马"，成为"千里马"。我经常说"人人都是拔尖者，个个都是创新人"，如果把这句话作为理论，南师大吴康宁教授指出：培养"创新人"的理论基础，至少包括两个子假设，一个是"人有与生俱来的创新欲望，希望通过创新超越自己的过去，若有可能则超越别人"。这句话告诉我们，创新是人的自然本能，超越自己，继而超越他人也是与生俱来的自然本能，这种欲望本能挡不了、刹不住。教师可以是这种欲望的发现者、引领者、鼓舞者、鞭策者，但却不能做扼杀者。如果扼杀了这个与生俱来的欲望，那就培养不出拔尖者。另一个是"人有与生俱来的创新潜能，即超越自身力量的潜能"，也就是说创新是有"潜在性"的，它是一个潜在的"富矿"，是埋在地下的"石油"，是埋在沙地深处的"黄金"，而且它也是"与生俱来"的。既然是"与生俱来"，那么自然是每个孩子身上都有的，无非是潜能点不同的区别，所以教师要多角度、多层级去寻找他的闪光点所在。

对于学生是这样，对于老师也是如此，刚才我与七（4）班班主任李老师相约班级中下学期诞生一个年级总冠军，这是相约也是指标。对于各班级来说，你们也有不同的指标，比如七（1）班要回归前五，七（2）班要冲刺前三，七（3）班、七（4）班要竞相出现冠军或并列冠军。我一直坚定地认为想要成为"拔尖创新人才"、成为"大黑马"和"千里马"的培育者，自己必定要是矢志高标的争先者，而不是"最弱短板"的拉垮者。

（二）建静静反思"自我革命"学习的"信息窗"

"自我革命"是党内提出的新的使自我进步，提高执政能力的第二个秘诀。我认为在学校和全区，特别是今年寒假，在1月6日教师结业之后的干部大会上，我已经收到了来自各个层级的 10 余份文件了，其中有一个关于"拔尖创新人才"培养和考核的文件已经下来了，这是一场朝阳教育的战略转型。如果大家不能够适应，没有"自我革命"的意识，就不会成为这次战略转型阶段的合格者。我为什么要称其为"信息窗"？这些信息如何去落地？只有学习，不断地学习，深入地学习，创新地学习，因为"学习可以改变一切"，这是"让一切皆有可能"的唯一路径、第一途径、最佳捷径。学习更是一种革命，一个不断学习的人一定是时刻都在变化、在进步的人。改革课堂需要学习，培养"拔尖创新人才"更需要学习，因为它是个新课题，对所有人来说都是新课题，目前它没有标准答案，也没有正确答案，更没有唯一答案，这就需要我们首先进行静静地反思。有一本书叫《静悄悄的革命》，是日本课程专家佐藤学撰写的，在书里，他特别强调课程是学习的旅程，并指出，只要"课堂改变，学校就会改变"，在学校"创造一种活动性的、合作性的、反思性的学习"。这些自我革命的信息窗口，精准精要，因此，我们要通过学习，优化家校沟通能力、家校社资源整合能力、师生朋友圈的"真情告白"的正向宣传力。学校作为课堂主阵地，作为教育主阵地，这是教师的必然担当。如果说家庭有这样那样的困难和问题，要选择以我为主，以学校为主，以老师为主，去帮助解决，体现教育的神奇，体现教育的责任和使命。

（三）做狠狠落地"区校新策"举措的"达成者"

我刚才举例了语文王老师带领新七年级学生写日记这件事，前一阶段我跟七（4）班李老师单独交流时要求她要在班级带领学生写日记，当她说王老师已经在做的时候，我就特别提醒她，作为班主任也必须上手抓这件事。今天在这里，我再次对全年级进行强调，一定要从七年级起手就抓写日记，因为抓住了写日记，就找到了"元认知能力"培养的载体与突破口，就能够促进反思力与高阶思维能力的提升，就能够促进"拔尖创新人才"培养的内驱力、主动力、自主性的焕发。一定要清醒地认识到"拔尖创新人才"实际上不是我们教出来的，而是激发引导了孩子的自主能动性之后，他们自己"脱胎换骨、凤凰涅槃"一般呈现出来的。就像我在被邀参加学生元旦联合联欢会的时候，就觉得像刘仲尧、任屹这些孩子一定能够获得拔尖型的成绩，因为在他们身上体现出了很好的主动性、创新性，面对像他们一样的孩子，一定要精准培养，落地生根。

在这里我也想问问大家，这几年学校一直在探讨的很多事，比如"三表"，到底有没有达到落地？老师们是不是引导学生都做了？比如"三本"，到底有没有落地？特别是在"拔尖创新型"的孩子身上，有没有确保人人做到？如果好孩子都做不到，班里就不可能出现"拔尖创新人才"，偶然出现，也不过是"昙花一现"，难以持久。再比如，"三兵合一"，班级管理和学科管理的时候是不是落实"三兵合一"了？是不是形成学生之间"你追我赶""良性竞合"的学习氛围了？我过去自己担任数学教学的时候，就曾经认真地落实"三兵合一"，让团队中最好的孩子，以"满分"作为自己的尖兵，激发孩子内在的学习潜能，这些既是提升学业的机制，更是培养"拔尖创新人才"机制建设中不可缺少的一环。贵在为学生营造这样的时空，这就是课堂变革。说到这里，我就特别想问问老师们，学校一直强调的课堂上三五分钟的"限时作业"你坚持落实了吗？"课堂分层"，给拔尖孩子单独设计作业、问题以及任务驱动，你落实了吗？每堂课上给予孩子们成就感和自豪感，你落实了吗？如果你没有落实，那你又如何成为"拔尖创新人才"的优秀引领者和培养者呢？刚才我为什么表扬宋组长，就是因为他把会上提的"导师制"当场就完成了，这就是落实了，而且迅速反应，立刻落实。班主任李老师和张老师课堂上出现孩子"你追我赶、宏论滔滔、互为补充"，这肯定是她们的引导落实了。冯主任任课的班级诞生了数学满分，这必然是她对学生多方面的培养落实了。就像学校要求老师们必须认真研读标准和解读"1+1"，那么在此之前就要先落实为每一个老师配齐标准和解读"1+1"。可见，万事万物，唯有真落实，才会有真收获。

既然说到了学科课程标准和解读"1+1"，在这里我要强调标准和解读"1+1"必须成为老师们的案头必备，随身携带，就跟大家的备课本放在一起。大家一定要手不释卷，反复看、认真学，最少反复学看三遍，再带圈画的看三遍。今天我说了这两个要求，开学后，我要看大家的学习状况，我会随即找老师沟通交流，就"学习质量评价标准"学得怎么样，包括解读里面落实的细节怎么样？一句话要让所有的要求都落实，都落地生根。

宋组长你们上一届九年级的时候创生了"约课制"这个制度，"约课制"的核心是什么？是孩子的主动学，主动问。学生带着问题找老师说明什么？说明孩子信任你的学术，信任你的人格。如果学生什么都不问你，那就很有可能跟你隔着一层，你还没有走进这个孩子的心灵。我相信每一个学生都有打算打开自己心灵的窗户，就看你找没找，找不找得准。比如说"问学课堂"的"三问"，这种问学是问题解决方式，能不能体现在每一节常态课上？"思维导图"到底是不是每一堂课上学科的学生行为和教师行为？还有老师跟家长的"朋友圈"是不是真正形成了？

（四）争早早创生"质量优秀"高标的"弄潮儿"

我很高兴今天七年级的质量分析会上，大家都毫不犹豫地把"拔尖创新人才的培养"作为年级的"起手棋"，而且坚定不移，这一点相当漂亮。所以我才提出来到2023年6月，七年级参加区统测的时候要达成"三五八十"的翻番任务，甚至能争取有"1"的突破。在这里，我再强调一下，体育一定要满分，特别是年级"二十佳"一定要确保满分，体育组要全力投入，在下学期的线下课上巩固和提升体育成绩。以此为例，语文、数学包括未来物理都要把满分作为重要标志，史、地、政等相关学科务必满分，大家务必要有"精益求精"的"更上一层楼"的意识。同时，今天在这里，我也有两个对七年级的小小建议。

一是在寒假召开一次"班级学生家长质量分析会"。由班主任牵头或者学科教师牵头，分层分类，哪怕只有三五个人参加也可以，召开一次类似老师质量分析会的带有数据比对的班级质量分析会，让学生、让家长也都能够来参与到"拔尖创新人才"培养的工程中来。为什么我每次都要鼓励学生当着同学们的面，当着老师的面，大声地说出自己的目标，说出自己的梦想，这其实是一种内在赋能的表现，召开这个班级质量分析会也是为了达到同样的目的。就像有的老师把自己的备课本、课标、教学材料提供给了有层次的学生，就是为了培养他们成为小老师，而这些小老师就实现了"学习金字塔"最好的达到了90%效率的两种情况之一："向别人讲授"或"在实践中学以致用"。

　　二是在寒假召开一次"学生学习经验交流分享会"。可以邀请获得优异成绩和进步大的、有学习特色创新的学生，甚至家长参加。我相信这种相互激励的氛围一定会赢得家长对孩子的信心。就像刘仲尧和任屹组织的联欢会一开始只有三五个人参加，那为什么到最后全员参与、全员支持了，就是因为在真实情境当中，孩子彼此激励，受到了感召，继而有了改变。还可以邀请在大会上受到表扬的孩子，以及主动积极、有诚意参加的孩子，让他们都进行分享，让这种分享成为一种学生、家长的荣誉，因为这本来说的就是他们的功劳和成绩呀。利用分享会，树立班级典范，本班没有，就树立一个外班的，就好像学校教师的"大家讲堂"，广邀外面的各个领域的专家，这就叫"大家"引领，这就叫典型示范，这就叫正面影响。只有促进家长共同体，才能让家校协作真正落到实处，让家长成为你最好的支持者和鼓舞者。

　　这两个小建议供七年级相关的班级、学科能够借鉴、尝试和探索，形成经验。我希望大家在寒假中认真阅读和学习上学期几次中学部学生表彰会、教师质量分析会的学校公众号上的专题新闻，包括这次表彰会和分析会的新闻，多多反思体味，我特别期待七年级成绩可以大力宣传，主动宣传。尤其是表彰会上发言、受表彰的学生感悟体会，要多多征集，可以精准定位约稿不同的学生，这样就会对学生产生更好的鼓舞作用。下学期学校也会出台宣传方案，因为宣传学校、宣传学生的本身，就是塑造"精尖、拔尖、顶尖"的一种方式。哪怕是孩子出现了偶然精彩的表现，也不可放过宣传，因为这是不可预约的精彩，要知道在教育上不可预约的生成往往比预约的更加精彩，更加光辉夺目。我更希望大家在创生高标满分上做时代的弄潮儿，在大浪淘沙的过程中做弄潮儿，始终站在时代的潮头，奋勇拼搏！

　　感谢全体七年级同人，在七年级目前的生源基础上，大家的"高标"实现，大家的自强自信，特别是带着毕业班的精神，团结奋斗，取得了优异的成绩，创生了七年级目前以来的一个新标杆。我完全相信各位老师能够继续努力，乘势而上，再接再厉，乘胜追击，一定会创生2023年7月区统测"三五八十"翻番的新奇迹！

向您致敬：质量优秀奖的呼之欲出与矢志高标

——在 2022—2023 学年度第一学期八年级期末质量调研分析会上的讲话（2023 年 1 月）

一、主题词思考解读

题目的开篇词语用什么，我思考了很久，也淘汰了很多的词语，但是参加这次八年级的质量分析会之后，有一个词语就那么鲜明地出现在了我的眼前——向您致敬！此时此刻我只想向八年级团队致敬！我要代表学校领导班子感谢八年级的干部管理团队，感谢八年级的全体学科老师，感谢八年级的所有班主任老师，你们真的太优秀了，向您致敬！正所谓"磨刀不误砍柴工"，今天的质量分析会再次说明了这一点。八年级真是"霞光满天"！你们赢在了管理、赢在了执行、赢在了团结、赢在了竞合。

我认为八年级可以把"质量优秀奖"作为 2024 年中考要"保"的目标了，因为我相信到时候八年级必然还会有更高的"争"的目标、"创"的目标，还因为这就是学校发展的需要，也是战略的需要。就目前八年级的发展形态来看，不论是七年级的"先手"起步的继续，还是现在的巩固提升，都透出了神奇不凡，所以我用"呼之欲出"来形容它，我认为你们这一届是足够优秀的，获得这样的奖项就是"顺势而为"。有的老师可能会觉得我这个目标定得高了，话说得满了，可是不把决心喊出来，又怎么会去争取？不制定一个高位的目标，又怎么能够创造润丰新历史、新辉煌呢？所以，我认为八年级的全体老师现在就要把"质量优秀奖"作为必须要达成的"保"的目标，就像学校要求九年级的全体老师必须要实现"拔尖创新人才"顶尖"三五"突破一样。从目前来讲，学校对八年级的很多发展预设目标都已经实现了。因此，提前把"保"的目标给大家定好，即让大家来实现所有学科都成为"贡献学科"，什么叫"贡献学科"？就是全部数据都高于区平均。而且不仅是整体要有"三五八十"的目标，单独的学科也要有

"三五八十"的概念，力争每个学科都出现"三五八十"，因为"三五八十"本身就是超越区平均分的存在，那么到那时候，"质量优秀奖"的获得就是必然的。

同时，我今天在这里，把这个目标提前说出来，也是希望大家在这个寒假就要做规划，现在就要瞄准2024年6月份的中考，现在刚刚进入2023年，也就是说八年级还有小两年的时间，"早规划、早下手、早突破"。现在我给八年级的提了这样一个"高位"目标，就是希望大家要有大志向、大格局、大视野，共同协作、矢志高标。那么之后具体的细节，请毛校长助理，包括教学处以及中学管理团队领会精神之后，落实落细。下面为今天的质量分析会，我做五点点评，并说四个建议。

二、五个"三"的点评总结

（一）"三找"到位

之前学校召开的管理团队预备会上，我曾特别提出"三找"，即亮点要找足，不足要找准，比点要找多。在今天的质量工作上，年级组长王老师的整体分析，毛校长助理前八名的分析，臧副主任代表教学处的分析，都非常出色。毛校长助理的分析，总体架构清晰明了，越听越是清醒，越听越是明白，这是已经身处高峰的"玉树临风"的人才能带来的感觉，充盈着"谦受益，满招损"的谦恭、反思、自省。臧副主任代表教学处的分析，不管是在之前的七、九年级还是今天的八年级都同样高质量，清晰的同比、环比、自比、类比，数据满满。不过，刚刚开设的物理课还可以找到往届同期的成绩比对或与其他理科对比。总之，所有的分析数据清晰，定位准确，质量很高。

（二）"三进"创举

什么叫"三进"呢？就是"小进、中进、大进"。八年级是最容易出现下降趋势的年级，在这段时期能稳住局面就已经不错了，但是你们现在不仅稳住了，而且还在"拔尖创新人才"的数据上有所增长，打破了八年级的"魔咒"，在中学三个年级中第一个达标，跨过了两位数，实现了"三五"顶尖翻番，而且我还特别高兴地看到大家在分析中都自然而然地流露都有一种强力"达标"的喜悦情感，非常难得。这就是达成了"小进"，即稳中一个小抬头。同时在这次期末考试中，八年级还实现了前 1% 这个天花板级别的目标，而且有 4 人次，可以说是历史性的突破。之前学校为什么一再提要有满分意识？就是为了实现前 1% 的突破。这就是达成了"中进"，即"稳"中一个大突破。说完了"小进"和"中进"，那么什么是"大进"呢？"大进"就是年级整体的跨越式发展，不是一时一刻就能表现出来的，而是要在不断的"小进""中进"之后，量变产生质变之后，呈现出来的。现在的八年级，"小进"做到了，"中进"做到了，我相信"大进"也一样做得到。"三进"是一个创举，正如八年级自己总结的那样历史最多、历史最高、历史规模最大。

（三）"三高"有法

大家介绍的经验、做法等体现了"三高"，即"高效率、高效益、高水平"。

"高效率"就是让学生能够自主学习，八年级现在"班班皆行，科科皆有"课时学习任务单。而且我刚才听过你们在分析"拔尖创新人才"的时候，专门把"书写"也放置在了任务中，自从我提过一次之后，八年级就一直都在强调"书写"，日常的书写、作文的书写、考试的书写，充分利用"十佳书写奖"引导了孩子们，现在认真书写已经是八年级的主流，这就是所谓的"落地生根"，这就是真正的高效率的执行，为八年级点赞！

"高效益"主要体现在集体备课。干部的总结体现了这一点，语文李老师、英语赵老师和数学宗老师刚才的分析也表现出了"三大学科"平时的集体备课状态。充分的集体备课，让大家形成了团队作战的态势，这是取得拔尖的一个标志。请大家一定要保持这一点，单打独斗、各自保守、内部分歧永远成不了大气候，唯有凝聚集体智慧，才能培养出真正的"拔尖创新人才"。语文的李老师和毛校长助理配合默契。刚才李老师的发言中反思做得特别好，教学相长的切身体会，让人感同身受。虽然李老师身体不太好，但仍然在语文教学上精益求精。毛校长助理虽然是学校干部，但在学科教学上丝毫不放松，一直都坚持努力学习，勇敢接受挑战，打破了干部代课就成绩差的旧观念。数学的宗老师和郭老师简直是"绝配搭档"，老大有老大的样子，小的有小的的谦逊，教学上相互帮衬，各有受益，共同成长。一起从最弱的起点开始，将年级的数学一点点带到了有满分出现。英语的赵老师和刘老师有共同的爱好——热爱学习，赵老师是英语组最年轻的老师，但是自从担任大学部部长以来，几次教育教学活动组织得特别漂亮，有血有肉，有章有法，有张有弛，道术相彰。英语刘老师特别有进取精神，三届科研年会，从读书分享、案例分享到研究院分享，届届都是优秀分享代表，而且特别肯虚心听取意见，并积极寻找方法解决。她们两个人相互学习，一起提升。她们两个的经历，也给我一个启示，那就是很多年轻老师真的很有活力，很有想法，也敢于担当，要大胆起用年轻人，让他们承担起责任。

"高水平"就是八年级的内部治理体系和管理有道有术，每次的学生表彰会、老师质量分析会都安排得井井有条。比如每次的会议新闻稿，八年级总是完成的最快而且质量最好，这说明什么？说明大家没有将这件事只当成一个"差事"，而是作为整体总结后再次梳理内化的闭环环节，所以才能完成得这么好。只要保持这样的心态，保持这样的内驱力，什么事情不能做好呢？如果内部不搞明白，对安排的工作总有排斥，不能认真思考其背后的意义和价值，那什么事情都是推不动，做不好的。

作为九年一贯制的学校，同样一件事情，如果小学很重视，开展得很好，但是中学不重视，开展得不理想，那就是中学管理的问题。同样一件事情，如果中学三个年级，有的能做好，有的做不好，那就是年级管理有问题。大家必须要有意识，你身处什么位置，就应该承担好你对应位置该承担的工作。之前我谈过自己进京之后挂职阶段给有关领导做副手的事情，在此之前我从来没有做过副手，但是既然组织上安排了我在这个位置，做这份工作，那我就踏踏实实地将工作做完做好。那段时间我接触了很多文件，通过对这些文件的学习，我以最短的时间了解了朝阳教育的核心和全貌，现在再回想起来，我非常感谢这段经历，也感谢那段时期踏踏实实、工作出色的自己，更骄傲的是，6年前学校项目组起草的"拔尖创新人才"方案现在仍在被吸纳选用。那时候，我还曾经跟有关领导说，我们作为教育研究部门，在拔尖创新人才培养上应该有所作为，可以先行探索启动，坚持"十六字原则"，即"只做不说""边做边说""少说多做""做完再说"。那时候，也做评价，当时初中有一套质量评价体系，内部研究怎么改的时候，我建议只做加法不做减法，就是原有基础上再增加一个"教学创新奖"，后来反响相当好，成效显著，那年中考拔尖创新人才人数首次进入全市前列，名列第二，创造了突破性、标志性、历史性的好成绩，极大地鼓舞了斗志，增强了本领，从而建立了自信，改变了战略，优化了战术！我说这些是为了证明很多时候工作出现了问题，是因为管理先出了问题，比如这次考试中及格率指标降低了，为什么出现这个问题？就是因为现在，学校在管理上更多的都是在号召大家培养"拔尖创新人才"，都在聚焦"高手"孩子，对于其他的孩子精力略有不逮，这就肯定出现问题了。那如何在"拔尖创新人才"抓得住的背景之下，提升及格率呢？这就是大家要思考的问题了。

我现在谈到八年级，会经常使用"八年级管理团队"这个词，什么叫"八年级管理团队"呢？首先，学校现在实行的是分管干部负责制，八年级的分管干部就是毛校长助理，其次，是年级组长，然后是四个班主任，接着是各个备课组的组长，这就是一个管理团队。年级分管干部毛校长助理有权有责召集这些老师来开年级管理小会，率先商讨年级相关的各种制度，然后向中学部报备，还可以直达我跟书记汇报研讨，这样的管理安排，就是自主管理、高效管理、高水平管理，也会成为助力你们取得更好成绩的重要原因，我相信你们一定能做到。

今天，我看到年级组长王老师的会议 PPT 的时候是很高兴的，一个是因为她按照我之前的要求，昨天晚上就提前将 PPT 发给了我；另一个是因为她的 PPT 与之前发给我的不同，而且内容更丰富，质量更优秀。我还记得她昨天晚上发给我的 PPT 题目叫作《"拔尖创新人才"培养在路上》，但今天的题目改为《精诚团结，勇创拔尖新高度》。一夜之间题目换了，内涵多了，说明什么呀？说明她的管理有水平有高度，对比今天会上分析的八年级绩效，《精诚团结，勇创拔尖新高度》的这个题目显然更加合适，兼顾对今天成绩的总结和对未来努力方向的定位，精诚合作之下，收获"拔尖"成果，鼓舞信心勇气，再创新的高度！"精诚合作"用得好，"创"字选得妙，"拔尖"抓得准，"新高度"有骨气有底气！

同样，今天，我提到语文李老师谈"教学反思"，我也很高兴。我一直倡导大家要做"教学反思"，因为我始终认为反思就是一种"自我革命"。我经常鼓励学生写日记、周记，今天我要建议全体老师也都要尝试去写教学日记、教学后记。当年，朱永新教授曾说过，坚持写三年教学反思就是教学名师，谁也挡不住。以前有位英语梁老师就坚持写教学日记，写了10万余字，对她的教学、管理等多方面工作产生了巨大的正面影响，注意积累，还准备出书。希望大家也多多积累，包括每一次质量分析会上的发言，大家都可以在会后进行再次整理，整理的过程实际上就是学习提升的过程，包括我自己，我将每次修改讲话稿的定稿过程，都当作一次学习提升、反思演绎、逻辑再新的好机会，不断提升自我的工作的执行能力、创新能力和反思能力，然后从中为学校谋划新的方向，为大家提供新的意见和建议，并精准适时地提出。关于这一点，我并不要求人人做得到，但是希望有心的老师可以每周写2~3篇的优质教学日记积累下来，如果以后著书立传，这将是一个很好的基础。

（四）"三动"竞合

一是互动准。今天，我看到大家在PPT上都进行了预设，谁要为大家分享什么，预设很精准，简明扼要，又点点入骨，很好地体现了八年级团队的团结竞合，这才是"真和谐"。那什么是"假和谐"呢？不好却互相说好是"假和谐"，彼此不敢竞争，看起来一团和气，其实是在怂恿大家都不干是"假和谐"。"真和谐"就是像大家这样公开亮相，你追我赶，不避讳问题，不忽略优点，互相补台，彼此学习，不以年长论高低，而以才高为榜样。这里我想特别举例生物吴老师，吴老师是老同志，是市级骨干教师，科研能力很强，但前期在教学上也有需要"自我革命"的地方。可贵的是吴老师不沉迷于过去的成绩，主动邀我听课，主动与我约谈，主动对自己的课堂进行变革，现在的他更敢放手锻炼学生的能力了，更能精准地把握学生的心理了，也更能全面地进行当堂知识的落实反馈了，教学成果更加显著了。所谓"互动准"，既是大家彼此协力，共同配合，更是一方诚恳精准地提出建议，另一方虚心接纳并改正提升。提建议的人不需顾虑，大方坦荡；接受建议的人真诚感激，内心欢喜。能做到这两层才是真正的配合到位。我看今天八年级的分析会，大家的表现已经有这层味道了。

二是行动快。注意留心的人一定会知道，每次质量分析会我一定有"新招"

建议，建议大家听到我及别人的"新招"建议时，切不可听听就算，一定要马上行动尝试，这个习惯在八年级特别彰显。一切要求，在八年级执行起来都是畅通无阻，这就是"赢在中层，贵在执行"，比如"三兵合一"这件事情的引导，我觉得八年级做得特别好。所以我经常说要相信学生、相信老师，我认为相信大家永远是没错的，大家也要对自己有这个自信，一出现问题就怪学生，这的确也可能是问题的原因之一，但是我想问题的根本更多的是在这样负面的情绪上，是在这种向外人、外界推诿的态度上。出现问题，我们就进行变革解决问题，教育教学本来就是一直变化着的，课程更是多次进行大的变革，只要行动快，变革自然进行快，难度必然降低快，问题肯定解决快，有什么大不了的呢？所以请大家务必保持行动力，闻令而动，闻风而动，永远不当"拖拉机"。

三是主动多。今天，我听到数学宗老师分享的针对期末试卷的 8、16 和 26 题的研究，太精彩了，这段分享很有价值。应该说八年级今天三个学科的分享都很精彩，选得精准，说得到位，示范意义太好了，完美地体现了主动学习的精神，而且主动学习的老师还特别多，如果按"先干的当先进，后干的被批评，不干的被处分"来说的话，那八年级的老师必是先进。大家的主动，正合了学校"和谐"理念本质是"竞合"的内涵，"和谐"的"谐"是"人人皆言也"，个个主动，人人皆言，也就是说每个人都要发表意见，每个人都行动起来，体现了决策的科学化和民主化，这是高水平的。

（五）"三实"成功

一是落实。上次质量分析会，我给八年级的讲话跟别的年级都不一样，专门把讲话后面的建议都变成了数字目标，要求年级要把"拔尖人才数量翻一番"，现在不仅达到了，还超过了，达到了 62%，翻一番后还多出 10 个百分点，多漂亮的数据呀！这就叫目标导向，目标意识。有了这个目标，在心上反复琢磨，认真地去落实每一个细节，最终收获结果。

二是夯实。夯实表现在语文李老师分享的"课时作业单"和"作文教学"批改的几个环节。在这，我建议大家培养"拔尖创新人才"要形成自己独特的资源库，特别是要把每一次的"限时作业"都作为提升创编题目能力的机会认真对待。如果每一次创编题目的时候，都能够足够用心，甚至在平时作业授课的时候都考虑到创编题目的倾向，那么"久而久之"，就能够形成自己的资源体系，自然也就能够成为学校校本的资源体系。大家一定要虚心学习，借鉴一切可借鉴的优点，比如刚才年级组长王老师在分析的时候，就使用了付老师在七年级创生的学科名次进退表，这个工具用的漂亮！已经超越原来设计者的初心功能，大有生发功能，真用"活"了！

三是真实。真实是指什么？真实就是正确地认识自己。比如我之前评价英语刘老师，她是真学习、真进取。我记得我刚来润丰的时候她就邀请我去听课，很积极，生物游老师也是，为什么要邀我听课？当然是为了提升自己而汲取更多的意见，然后认真思考这些意见，改进自己的课堂。比如王老师开始第一次做年级组长，中间也有很多磨合的过程，王老师自己带头认真干，安排合理，有商有量，后续大家自然就紧紧跟随上来，现在整个年级的老师彼此团结，相互信任，只要进入八年级，就给人很舒服的感觉，这就是管理有道，这就是真情换真情，真实换真实。再比如现在进行线上考试，一定要反复给学生强调诚实诚信，将来回到线下考试，是不是可以尝试创造"无人监考考场"，"无人监考"是给学生莫大的信任，那么如何达成？就在倒逼大家将真实夯实来落实。

三、"四个满"的建议

（一）满腔热情地为实现"质量优秀奖"而立志奋斗

学校明确提出八年级2024年的"教育教学质量奖"要用"优秀"来表达，教学成绩是首要标准，还要兼顾"德智体美劳"全面发展。干部的思想也要解放，不是说到了九年级，到了八年级小中考前后，就不能参加各类竞赛。对于这一点，各级"拔尖创新人才"都是有鲜活例子的。我曾经在名师展上也讲过自己的例子，在还有一个月就升学考的情况下，照样带领孩子们去参加市省全国大赛，三位选手创造了大赛"双第一"好成绩的同时，升学考试同样包揽前三名的神奇成绩，"双喜临门"，打破了常规，创举了拔尖人才的成长信心信念的自强路径！所以思想一定要解放。"质量优秀奖"是全方位，有教学，有德育，有课后服务，有各种硬指标，正因为如此，我提前两年就给大家提出这个目标，就是号召八年级团队为润丰创造历史，建立丰碑。如果能够实现，将成为润丰办学史上的永远记在丰碑上的一件事，大家也要被写入润丰历史功绩簿的。当然，我相信随着学校的发展，这件事总会实现，但是我一直就觉得你们这一届具有这种最大可能性，具有这种发展性，具有学校整体战略的目标性。尤其是今天参加这次质量分析会，听到了大家的发言讲话，我更是从中获取了巨大的信心，大家这种相互鼓舞、互为支柱的态度让我更加坚定了这个想法。

（二）满怀信心地为"一三五八"而智慧拼搏

我之前一直说的都是"三五八十"，今天第一次提出了"一三五八"，并不是把"十"丢掉了，而是增加了"一"的目标。上次三个年级的总扣分，八年级是最少的。在这种背景下，要与总扣分少的孩子再次相约，从总扣分相约10分，到5分、3分，实现"1"的希望是不是就越来越大了呢？所以今天我也给"三五八十"赋予一个新的内涵，总扣分在3分、5分、8分、10分之内。那么，在这里我也想跟王组长和毛校长助理做一个相约关于"1"的数据目标，就是到今年6月份区统测时稳中有进，达到稳三争五。希望大家一起努力，加油！当然，这是一个倒推出来的目标，也许现在看起来很艰难，但是唯有以高位目标激励自己，才有创造奇迹的可能。大家不要一下就关注到最终的这个大目标上，而是可以将它分解为一个个小目标，然后逐层击破。首先大家要做的就是利用"相约"的方法，推进学生一次次进步，强化他们无限进取的决心和意志，还是那句话，"王侯将相，宁有种乎"？大家要有自信，对自己、对学生，不要将目标当成压力，而要作为思想的聚焦，行动的助力，这个目标不是目的，而是目标管理法的工具，是通往某个目的的手段。

（三）满而不溢地为"小中考首战"而"开门红遍"

八年级马上就将迎来小中考，这与2024年的成败有极密切的关系。地理、生物、体育50分测试，英语机考都将纳入最后的分值，而且是不加试，是不复考的。英语机考满分率低一直是学校的一个大问题，希望英语赵老师和刘老师在这上面多多想办法，下功夫，把这个作为培养"拔尖创新人才"的一个重难点突破问题去攻克，为整体实现"开门红"做贡献。一定要强化"拔尖创新人才"的孩子的满分意识，绝不允许他们在这些小中考科目中失手。我特意使用"满而不溢"这个词，它是指器物满盈而不溢出来，也就是很有才能又不骄傲。几次大会上，我在夸赞大家的同时，也在一直提醒大家要冷静客观，也是这个意思。

今天，八年级所有干部、老师的分析中都有一种自信，我很欣慰！也特别向你们致敬！但还是要再次提醒大家一定要客观看待成绩，在这个最长寒假中，不断线，继续冲，早规划，走在前，我相信这会是八年级创造奇迹的首要条件。

而且不仅是教学，现在教育部和区教委已经对"五大学科"竞赛项目及教育部44个"白名单"发出参赛号召了，这也将是中学整个管理团队都要思考的问题，下学期学校也将会有多次节庆活动，层出不穷，大家要如何面对也是需要思考的。一件事如果不想做，找一个理由就可以不做，同样，一件事如果想做，那么就有九十九个能做并做好的理由。所以是主动还是被动，大家不妨慢慢斟酌。

（四）满腹经纶地为"高师名师大师"的成长而收获成功

这一点是贵在行动的，刚才已经总结了八年级的很多优点，希望大家继续保持和发扬。但也有几个小细节，想给大家一些建议，希望八年级进一步落实。

一是举办一次寒假期间的"班级学生质量分析会"。可以分层分类做，把说给老师听的话，也说给学生听听，将相关的数据提供给学生，将这些数据分析给他们听听，让他们也参与。一下子就全部进行可能不太现实，但是可以尝试组织三五个孩子先开一次小型学生质量分析会，我建议4个班都进行尝试，先做好筹备，筹备的过程也是提升的过程。

二是"让写日记成为每个班的学生常规"。我为什么一直要强调让学生写日记，近一段时间还开始建议让老师们写教学日记呢？因为这是大师、名师、高师成长的必经之路，或者说是有效捷径。师生共同记日记，是在成就学生的同时成就自己。我完全相信八年级团队，经历这些年，从干部到老师，都绝对是"高师名师"的"种子"，学校也会为大家在这方面继续不断地去搭台子、争机遇、抢机会。我建议记日记这件事要班主任牵头，语文老师落实，因为日记不光是语文能力的体现，还是"德智体美劳"各个方面的综合表现。假设你们开了一次学生质量分析会，然后马上让参与的孩子写一篇日记出来，感受肯定是不一样的。所以近期我也跟年级组长王老师建议，凡是学生表彰会，一定要让学生写感言，可以是学生的自发，也可以是老师的约稿，特别是那些被重点表扬和举例的孩子，一定要趁热打铁，让他写感言，甚至是请他的家长来写。我刚才为什么表扬八年级的新闻稿写得快、质量好，就是因为之前我与负责学校公众号的赵老师就新闻宣传等进行交流研讨的时候，赵老师因为八年级学生表彰会包括校长讲话部分在内全部由学生自主独立撰写初稿这件事情非常激动，连续发信息表示太感动了！这固然说明八年级的学生很优秀，更说明八年级内部有一套优秀的管理机制在运行。今年4月份，学校会开展"阅读写作节"，这个节将纳入学生优秀作品集的评选，也纳入班主任和语文学科教师的绩效考核，希望大家一定要鼓励学生写作，写日记、写小说、写童话等，也鼓励学生将写的东西汇编起来，形成自己的小册子，从小做起，人人争做"未来小作家"！

三是组织一次学科备课组集体教研活动。假期当中以总的教学计划、复习规划书的拟定和新课标的"学科学业质量评价标准"那些细目章节的深度学习，因为我看那些地方都有学段清晰具体表格设计内容，十分具体精准，大家一定要学习，深深地学习，做到"点圈画"，做到"反复悟"。我在七、九年级这次期末质量分析会上也都提到这一点，一定要做到人手学科课标和解读书"1+1"，手不释卷。昨天我讲了区数学教研员曹老师圈画课标的故事，真是真真切切，作为数学教研员，数学课标随身携带，反复圈画，已经成"古董"了，所以才有他全区数学成绩跃居全市第一的奇迹，原来"这本数学一年四季，手不释卷课标"深度研读，就是他成功的"秘密武器"，我们寒假的教师学科备课就要这样的"标本"合一，因为区教委肖主任也反复说过未来中高考的命题方向就是"以标定考"。

四是举办一次年级拔尖创新人才的研讨会。我经常说"人人都是拔尖者，个个都是创新人"，如果把这句话作为理论，那么它包括两个子假设，一是人有与生俱来的创新欲望，希望通过创新超越过去的自己，若有可能则超越别人。这句话告诉我们，创新是人的自然本能，超越自己，继而超越他人也是与生俱来的自然本能，这种欲望本能挡不了、刹不住。如果扼杀了这个与生俱来的欲望，那就培养不出拔尖者。二是人有与生俱来的创新潜能，即超越自身力量的潜能，也就是说创新是有潜在性的，它是一个潜在的富矿，是埋在地下的石油，是埋在沙地深处的黄金，而且它也是与生俱来的。所以，一定要坚信我们人人都是拔尖的，个个都是创新的。

五是统筹梳理"各项校本新策责任清单"落地。及早规划统筹，细化清单主体，强化落实，比如规划"三表"、"三兵合一"、"四本"、行楷体书写等近几年探索的行之有效的校本新政策、新举措、小妙招、小技巧，在假期中大家还要做进一步的规划，让它们在班级中、在学科中强化落实。

最后，希望大家学习、学习、再学习，实践、实践、再实践，创生、创生、再创生，创造属于八年级管理团队的伟大奇迹，为实现学校"质量优秀奖"而努力拼搏。再次向八年级团队致敬，不仅是因为"质量优秀奖"的"呼之欲出"和"高标定位"，更是对你们满满的信任和殷殷的期待，也是一种光荣的拜托！把这个任务交给你们，因为你们有优秀的战斗力，是尖刀连，是穿插班，是爆破组，是突击手，我完全相信最后的胜利一定属于你们！

高标赋能：在攻坚克难中拔尖创新

——在 2022—2023 学年度第二学期三年级第一次阶段性诊断分析会上的讲话

（2023 年 6 月）

一、"四个注重"的亮点

从教学处的分析，年级组的分析，还有 3 个学科备课组长的分析，可以看出来老师们定位比较精准，要求也比较高，贯彻落实的比较好。尤其是数据的对比分析比较鲜明。具体在这几个方面。

（一）命题注重了"三新"导向

在教学处和年级组以及 3 个学科组长的分析当中，都把学科新标准的核心素养作为命题创编的导向，这种创编的理念体现的比较充分，而且落实到具体的题型上，既关注了过往的历届的试卷，又能研制基于新方案、新标准、新评价"三新"理念下试题编创，这一点是特别好的。

（二）分析注重了"三维"数据

首先就是关注了满分率，关注了三科的满分要义。虽然及格率百分百还没达到，但是分析学困生也是很有必要的。分析中各个老师除了聚焦"一分两率"的平均分、及格率、优秀率，都增加了满分率，既统计了满分的数量，也计算出满分率。语文满分率还没有零的突破，但是数学跟英语有个位数的突破。从满分率的视角、及格率的保底和三科满分的高标中，可以看出老师们在试卷的分析中都是关注这些点，尽管成效的体现暂时还是不够充分，但能有这样的一个注重，尤其是对三科满分的关注，说明教师意识在转变。

（三）协作注重了"三方"共育

学科之间的协作，班主任和学科教师之间的协作，学校和家长之间协作，都注重了学生的成长。另外也特别强调了优秀生和学困生两个"一个不能少，一个不放弃"的思想，要求两端学生的一个不放弃，都给予了高度关注，体现了学校、家庭、班主任、任课教师之间的共同协作，以及对每一个学生都负责任的态度。通过刚才老师的个案分析，包括对于两端的特殊学生、个性学生，如数家珍的分析，是比较充分的，尤其是体现了家校之间的协同理解，这是一个很好的导向。贵在孩子通过复习能够有进步，能够有提升，有保底的要求，有满分的培养策略分享，拔尖意识落实行动，两端靶向定位，保底不封顶。

二、"三个不够"的努力点

（一）数据成绩还不够理想

刚才大家在分析中，感觉可能在命题上是有一些难度或者容量加大因素，这是一个客观的，如果是这样一个定位，结合成绩是匹配的，也是可以理解，但总体上达成目标度不是特别高，还有很大的提升空间。

比如说现在满分率总体不高，去年六年级的数学和英语的满分全区都达到40%左右，就是一个信号。这个信号就告诉大家要关注满分率。虽然去年是线上测试，各个学校自己阅卷，但上一届已经关注了优秀人数和满分的人数。从分析的数据看，这次模拟整体数据成绩不高，还有就是语文还没有满分，主要是在阅读上突破还不够。再有就是三科全满分也没有突破，我们在分析的时候要聚焦哪几个孩子应该是三科满分的种子，这也是我在上一次的筹备会上特别强调的事情。这样的种子学生，大家要有拔尖创新人才在小学向下衔接向上贯通的概念。目前在中学部和小学的六年级都提倡三科或全科满分，这些三科满分人数必须下到各班，班主任要心中有数，班级中哪些学生能够达到三科满分。定目标的时候就是高标满标，别小看学生，其实他们是有这个实力的，标准一定要高，应该是三科满分。为什么我今天说这话，学校进入集团了，大家都有目共睹了"基础学科拔尖人才"的识别甄选，这也是今年3月份教育部新闻发布会强调的新政策导向，通过这次成绩选拔三年级到四年级的拔尖人才，特别是进入集团之后，要把这个数据转化为给年级的具体数量目标的，而且必须迅速落地，年级指标落下去之后，每个班级根据孩子的实际情况，确定三科满分的人是几个，要有三科满分保底人数，及三科满分最高人数。就比如上次在参加初三的分析会时，吴老师续任班主任，当时他们班一直没有年级冠军，在多次和吴老师谈话的过程中，希望他们要出现新的年级冠军的高目标。开始吴老师还没有信心，她说实在困难，难以完成。我建议，从现在开始，不管是月测、模拟考试，必须有一次的目标达成，不试试，怎么知道不可以？这次二模，他们班就实现了年级冠军的目标，班主任老师有时认为不可能的事，经过高标定向，动力增强，高目标实现就变成可能了。看来只要高标分下去了，把这件事落地了，就能有全科满分的目标实现的历史突破和奇迹创造，因为，孩子的潜能无限，老师的教育奇迹潜能同样无限。当然，三年级的这次模拟卷子难度或容量可能是大了一些，但是如果不难的话，我们就找不准目标。最后就是数据上不够，主要体现在及格率还不是百分百，可以看出各班还是有特别学困的孩子，从刚才英语武老师和数学杨老师的分析当中，可以看出困难重重，我们还有很长的路要走，大家要坚定信念，放手干，确保合格率百分百。

（二）命题编制还不够前瞻

在数学杨老师和英语武老师的分析当中均提了一个点，即命题编创，这也是给大家一个导向，我们既要自主创编题目，还要在出题的形式内容上有前瞻性。

问学思想落实到这张试卷当中还不充分。这次的模拟试卷我都进行了审阅，能看出数学和英语在问学方面有基本的体现。这个提问的理念也是我在区教研中心担任书记的时候提出的。三科都推进情况现在还没有突破，尤其是在语文上确实没有提问设计，或者说卷面上的问学思想体现的不充分。回过头现在追根溯源就是命题不充分。比如说语文下一次模拟的卷子一定要出什么题目，至少有一题是提出问题的，只让学生提问题不解答，可以借助阅读的短文，或者给学生一个场景，让学生提出一个语文类的问题，当然题目是开放性的。

今年的高考刚刚落下帷幕，大家肯定关注了。今年高考题的全国卷和北京卷的主题就有助力拔尖创新人才的问题，另外一个就是增加了发现问题和提出问题并且让学生解答的题目。高考试卷中出现的问题就是我所说的问卷课堂中的自问自解，学校目前就有两个突破正好与高考中的题目相契合。所以在第二次模拟中语文至少要出一道让学生自问自答的题目，教师要想在前，思考在前。

数学的编创题要向什么方向发展？除了这个问题之外，要学生说明理由的题目现在也很多。数学第一次模拟试卷中有两个点体现出来：第一个是，请你结合上面的信息，还想继续研究什么问题？这类的题型，还可以在情境当中让学生提一个数学问题，当然这是有难度的。另一个就是提一个反思矫正性的问题。上一次我在四（4）班上课，在说算法的时候我让学生借助算法提问题，临近课堂尾声有名学生站起来发言，他说到了课堂快结束的时候，又改变了原来的想法，我让这名学生到黑板上把他原来的想法及改变后的想法都说出来，并且让学生说说为什么改？这就是反思性问题，这就是高阶思维。这个就提示大家在创编第二次模拟题的时候，要有提问，要有反思矫正性的问题，不管区里面考不考，大家要先编出来。根据往年的抽测试卷，常规题目大家都练习，说理题目也都很重视，现在追加一个反思矫正性的题目作为创新点。不管学生考得好不好，首先先做着再说。实事求是地讲，当年抽测卷中的让学生提问题的题目就是我们倒逼设计的，这个试题创编当时是给三年级提出来的，后来慢慢就延续到六年级等区级监测，所以你们在提问题的题目上还要加大数量，比如说原来一题增加到两题，或者在其他的题型当中增加，进而强化这种问学的思想。问学思想在考试中有什么好处？好就好在老师们平时落实问学课堂，尤其是家长和学生，也对问学课堂的评价落地了，在历次的总结表彰会上，我还会给大家做这方面的点评或者表彰。刚才武老师他们提的很好，借助两个真实情境的题目让学生提出问题。我当天在审阅卷子中就讲了出的题目要跟时政结合，要与时事热点、国家大事相关。尽管三年级学生还很小，但是孩子们也对天宫、对党的二十大感兴趣，还有创编的题目可以与我们校园生活相关，比如学校开展的英语口语节、科技节、读书节、文化节等，校园发生了很多事，创编的题目可以借助这些情境。这个导向是什么？就告诉孩子们学科考试就在身边，这些都会给他带来一个影响，就是要关注国家大事，关心校园生活和家庭生活。学生经历过，感受到以这些题材为素材的考试，就会时刻联系生活。

（三）课堂变革还不够彻底

刚才大家的分析中都提到了拔尖创新人才的培养，那么怎么在课堂上去落地？刚才武老师讲了一点，我觉得很有意思，就是说他提到时事政治，有的孩子在这方面还不太懂，还有的孩子根本不清楚政治。那我就要问问大家，凡是这些考点的内容，要不要在平时课堂中落地？怎么落地？要鼓励学生回家听新闻看新闻，讲国家大事。也可以在课堂中安排每周讲一次或者课前三分钟演讲，与同学分享你感兴趣的或者刚刚发生的国家大事，比如人工智能、太空站最近发生什么，夏奥会、冬奥会的知识等，这样就把拔尖创新从内容的角度在课堂上真正落地。

下面再说说 ABC 三层互动，问学课堂就是 A 层同学讲给 BC 层同学听，BC 层同学是提出问题的学生，有困惑的，他们不懂的问题尽量提出来，由 A 层同学去回答。我在行督课上有过专门的论述，并且在公众号里面发了。

最后就是课堂变革可以借助 AI 赋能课堂评价进行落地。要实行什么？就是把这个要当成一个重要的评价的依据，进行"自分析、自评价、自改进、自提升"。我在后面还会说，特别学校作为 AI 赋能课堂评价的全国实验基地，希望这一届的三年级做的时候关注这个点。

三、"六个需要"建议点

（一）夯实双基需要"百分百"达标

你们今天的题目很好，叫夯基提优。首先要解决及格率、达标率的百分百，这是不能商量的，不管孩子基础怎么差，只要他人在学籍在，就要负责到底，就要保证百分百达标。刚才大家表的决心也挺好，继续努力，具体不再阐述。

（二）以标定考需要"一体化"前置

"以标定考"是"三新"之后的命题大原则、大方向，这个思维要前置，试卷命制既要"前瞻"更要"顾后"，也就是既要看以前市区出过的试卷，更要关注未来的命题方向，要能够预测今年及今后命制的新变化、新题型。今年试卷特点是要高度关注"学业质量评价标准"，这也是新课标中新增的内容，大家一定要拿着学科新课标，对照学业质量评价以及相对年段学业评价标准的具体要求和细节来反复研究研磨模拟试卷。再次重复一遍，不能只看过往的考卷，要特别学习的是新课标的解读稿，例如《义务教育英语课程标准（2022 年版）解读》第136 页"表 8-2 一级（3—4 年级）学业质量标准"的"学业质量描述"的"1—

5"是这样界定的"对英语有好奇心，在阅读配图故事、对话等简单语篇材料时，能积极思考、尝试就不懂之处提出疑问"，这就是模拟命题时需要研制的考题依据和关注重点，这是英语学科拔尖创新人才质量评价点，也是体现学校"问学课堂"思想的考点，要善于命制这样新方向的试题，才能精准对标，这就是"以标定考"。因为，今年三年级由区里面统一命制试题，我个人认为他们会关注到这个角度。"以标定考"就是"教学评一致性"的评价前置、目标前置，这是为什么这次课标变化简称为"三新"的特色，因此"一体化"首先要落地评价前置的目标定位。前置目标在哪里？这就是这次所有学科新增的"学业质量评价标准"。2021年版的课标提出的新的"双基"就是基本方法和基本思想经验，新的"双能"就是发现问题能力、提出问题的能力，也是这次2022年版课标的继续保留和今年高考拔尖创新人才选拔的重点题型、创新题型，因此，这些不管这次区里面考不考，语数英三科的复习迎考都要落实。我现在提出新的要求，不能总是刷过去的卷子。因为过去的卷子是要转型的，大家一定要自主创编试题，尤其后面学校命制的第二次模拟试卷要充分体现这些内容，等到期末考后，大家可以对照自主创编的卷子跟区里面这张卷子的匹配度，哪些题目是预估到的，哪些是还没有打开思路，没有创编出来的。

我记得去年与数学高老师一起研磨六年级的迎测试卷，就给他们提出了几点建议，后来对比后，就有预测到几个核心题和难点题，而且这些题目从素材内容到考核方式都被预测出来了。研磨题目还要紧跟时事，在出试题时可以谈谈去年的冬奥，谈双奥之城北京，或者结合党的二十大、全国两会以及科学发明、神舟六号、中国空间站等，而这些内容，学校平时都会给学生落实在课堂上，学生考试时遇到这些情境试题时，就会感到亲切，解决问题时就会觉得似曾相识，增加做题的信心。

（三）难点答题需要"模型化"示范

刚才分析模拟题的时候，像这些说明理由的题目，提出问题、发现问题的题目，反思矫正类的题目，包括语文的阅读理解这样的题目，以及英语发现问题、讲好中国故事情境等这方面的题目，总之就是你们所说的难点题目，要给学生形成解决问题的基本流程和范例模板，要让学生清楚第一层说什么，第二层说什么，第三层说什么。就像数学"马芯兰教学法"经常用的分析法、综合法这种指导解题思路的"三段论"的"一套话"的数学语言表述是有其内在结构模块的。所以这类问题解决要模型化，给学生提供解决问题模板，不同层级的学生可以参考、借用、创新使用，学困生也可以得到保底的示范，高标掌握。我所说的模型化不是模式化，是示范、是引领、是保底、是高标。

（四）书写指导需要"行楷体"早行

从现在开始要倡导"行楷体"，现在的书法教育既纳入语文，也纳入艺术。学校倡导"行楷体"，从三年级开始就做，是"东方欲晓，莫道君行早"的早行人。因为楷体写起来太慢，行书写起来又太草，"行楷体"写起来则又快又好看。我将在这里提书写方面的四点要求，这是特别给你们三年级提出来的。

一是整洁不涂改。卷子上不涂改，特别是在答题卡上的书写也是这样的要求。

二是认真不潦草。特别是草稿纸，草稿纸也不潦草地书写。教师要对草稿纸有要求，每题在草稿纸上体现，这个我以前给大家培训过，这里就不赘述了。

三是字体要美观。怎么样做到美观？要引导有条件的学生或者老师写行楷体，老师要练行楷体，也就是要学"书法体"。

四是版式要适中。跟刚才的答题模板是有同工异曲之处。比如脱式计算题，需要列竖式计算的，可以竖着画一条线，线里面答题，线外侧写竖式计算。答题的时候还要把答题写在答题区居中的位置，上下左右留空，这样的答题设计版式比较漂亮。

（五）AI课堂需要"双分析"赋能

我希望这一届三年级的老师要积极参与AI课堂评价的诊断、改进、提升。市区级教科院"儿童问题引领数学教学"课题实验项目，这次获得国家级教学成果二等奖，这是市教科院张丹教授主持的课题项目，是很前瞻的，体现素养导向的课程改革方向的，实际上也是与学校现在正在研究的"问学课堂"有着相同理念和实践操作的。期末复习期间，也请三年级老师每人至少准备一节AI的常态复习课随堂录制，学校后期会随着项目的深度推进，结合最后成绩的数据进行自诊断、自分析、自评价，可以监测出课堂教学质量的数据成绩的匹配度。比如只有武老师所教的英语考得很好，就可以从武老师的 AI 赋能课堂评价中找到人工智能给他的课堂评价，如果是都优，那匹配度很强了。如果说考得很好，AI 评价不好，赋能评价体制就需要接着研发与改进。这个"双分析"，后期的三年级区里面的质量分析，比别的年级要多一个维度，就是多一个 AI 赋能课堂的分析报告。在专题复习课，以及 ABC 三层学生课堂互动专题复习课上，学生自主能动学习的积极性被调动起来。这样才能实现 AI 赋能课堂评价"双分析"研究新成果新阶段的进阶，要把复习课当成一个变革的拐点，一个创新点。

（六）精心指导需要"爱智慧"生成

高标是什么意思？就是说在家校协同共赢上，要以学校为主，以老师为主，因为学生的大量时间在学校，包括课后服务的指导工作全在学校，老师可以利用这些时间给学生辅导，如果不行就留在学校，不要让学生带着问题回家去做，要以学校为主。三科满分，由班主任牵头，要具体到种子学生，学校要有保底的总数目标，班级分目标，比如年级要有多少个三科满分，然后每班几个，先把目标数分发下去。再有就是及格率百分百和优秀率的区位和集团进阶目标，这是进一步强化两端学生个性化的指导成果。这是需要"拼智慧"的，什么意思？第一，不是拼的埋怨，而是拼的爱心，刚才大家说得很好，拼的是服务的方式，拼的是教师对学生的非智力因素的转化，这样才能够实现所有孩子一个不能少，顶尖孩子成群结队的高标。

最后，相信并期待小学部及三年级全体老师通过这一次质量分析会，在最后 10 天的奋力冲刺下，在期末复习大刀阔斧的课堂变革中，团结奋斗，多维赋能，攻坚克难，落实拔尖创新的高标实现！

抱真守墨，求用虚心

行督 2.0：基于"两高"落地的年度行动"2531"

——在 2021—2022 学年度第二学期体育大学部行督课上的讲话

（2022 年 3 月）

我认为体育大学部今天的行督课可以总结为"三有"：

一是体育先行有担当。作为本学期第一次行督课，体育大学部率先行动，第二周就开启，体现了担当精神。有担当才能实现"高效率"落地，值得点赞。

二是行督主题有亮点。本次两节行督课的主题是贯通的，也各具特色亮点，小学部马老师的体育课"小篮球游戏"，体现了"问学三问"，突出了"自主导向和问学导向"，在体育课中大胆探索建构，难能可贵；中学部的体育课，体现了"双研三师"，突出了"中考导向和改革导向"，三位体育老师同年级分层分类，满足个性化需求，精准教学。有亮点才能见证"高效益"落地，值得表扬。

三是体育学部有力量。一年来，体育大学部的教师团队，虚心学习，积极变革，大胆尝试。从今天的体育大学部的"终身体育"中小学贯通主题研究和课堂呈现，折射出体育大学部的团队力量是可喜的。大家基于"体育满分"的远景目标追求，敢于对课程结构进行变革，善于体育节的全员演练，勇于对课堂的教学进行研究，体育面貌焕然一新，团队力量与时俱进。有力量就能"高品质"落地，值得发扬。

结合今天的体育大学部的行督课的顺利举办，我也要提出本学期的行督课 2.0 版，即基于"两高"落地的年度行动计划"2531"的具体要求：

"2"：基于"两高"落实落地——严实高效率，夯实高效益；

"5"：继续"五个侧重"建模——侧重区域课堂评价标准的最新导向，侧重体现问学课堂的思想，侧重项目研究院的主题研究，侧重思维导图设计，侧重分层和限时作业设计；

"3"：突出"三个重点"建构——突出合作学习与分层教学，突出当堂精练与限时作业，突出环节完整与效益监测（不拖堂，随堂目标达成度小检测）；

"1"：建立"一个展评"机制——将行督课的年度主题体现、"四八"流程落实、现场组织管理、展评效果等纳入考核系列，形成流程机制。

小组建设：合作学习与限时练测的必备工具箱

——在 2021—2022 学年度第二学期语文大学部行督课上的讲话

（2022 年 3 月）

我想从整体感受和策略聚焦两方面来对今天语文大学部的行督课进行评价。

一、整体感受——体现"两高三督"

今天是学校本学期第二次行督课，我感到特别高兴，也特别振奋！这源于学校开学提到的"两高"目标已经在短短三周之内的行督课践行中落地了。上一周体育大学部的行督课展现了一个"快"字，这就是高效率。今天语文大学部的两节课彰显了一个"准"字，这就是高效益。今天语文大学部最大的亮点，无论自评、互评、干部评等都体现了主题聚焦，围绕"语文主题学习"这个项目实验，对常态的行督课，从内容层面、主题聚焦予以精准发力。在双减时代，如何体现高效率、高效益很重要。所以我用简单三句话对今天行督课的情况做一个点评。

（一）行督主题，聚焦融通

语文大学部行督课很敏锐也很敏感的聚焦"语文主题学习"，不仅如此，还把跟大单元学习、结构化学习、学部学段贯通学习以及问学课堂，学校的"2531"新策略紧密结合在一起。我很高兴地看到两个起始年级，小学部一年级和中学部七年级同时齐头并进在"语文主题学习"项目实验之中。"语文主题学习"难，"习作教学"也难，二者相融更是难上加难。本学期还要求行督课限时不拖堂，更是难难难，但是今天两节课还是做到了，效果初现，这就是大家协作研究，贯通融合才能达成的。

（二）行督治理，精准到位

今天行督课评课出现了一个现象——"抢话筒"，说明大家都在认真听课思考，因为有自己的看法所以才会出现这样的现象。第一节课后王书记和七年级语文李老师直接进行了提问对话，第二节课后的点评，长话短语个个精彩。这说明大家都把"2531"放在了心中，这就是治理精准到位。精准首先就要有标准，我们整个的改革走到今天，一直在紧抓课堂新标准的践行，今天很高兴大家评价有标准，并且依据标准的不同方面来评价，真的很好。

（三）行督成效，提档升级

1. 让限时成为习惯——时间精准化

今天的两节课都实现了限时练习和限时作业，无论是精心预设还是现场生成，大家的时间意识很强，尤其是小学部王老师把 PPT 那种时间提示工具化，"让限时成为习惯"不再只是一个口号。每个班都需要有一个计时器，当时间被具象化的时候，人往往能够迸发出更大的力量，有更多的收获。人区别于动物的一个关键就是人会使用"工具"，并将这个"工具"的力量发挥到最大，以小小的计时器为助力，就可以让力量发生变化，让人收获成功。优化的时间让我们的课堂更加精准。

2. 让问学成为习惯——问学流程化

"课堂三问"是问学的最基本体现。大家现在已经将"问"散落在了不同的课型、课时之中，而且问着问着就问出了一个问题串，这就是融通了。再强调一下我们问学的技巧——课初导问、课中追问、课尾新问，尤其是课尾新问，只需要学生能够提出的问题，有价值有意义，不必马上有答案，可以在下一个课时或者未来研究生成答案，一定要给学生留时间。

3. 让训练成为习惯——常规训练化

今天通过王老师的一年级语文课堂中的写字指导练习环节，可以看出来平时写字指导时生生、师生互动是一种常规表现，绝大部分同学的握笔姿势是正确的，"手包手"的现象基本没有了，体现了训练有素，不是一日之功。七年级的小组合作学习环节，先独立、再合作，最后的小组项目学习任务单的汇报，都可以看出教师常态课堂的强化指导，训练提升。

二、推进策略——聚焦小组建设

（一）为什么聚焦"小组建设"——落地"两高工具"

今天我讲话的题目叫作《小组建设：合作学习与限时练测的必备工具箱》，

为什么要聚焦小组建设？随着"问学课堂"的研究不断深入，随着学校"两高"新要求的倒逼，随着学生、家长对课堂教学更好更高的热切期待，我们必须聚焦课堂教学中的"小组建设"，并进行深度的策略研究建构。"问学课堂"理念下的自主学习是"3+1"的内涵概念："3"就是"独立学习，合作学习，竞争学习"，是手段；"1"创新学习，是目的；"3+1"的组合才是真正的"自主学习"，是"独立学习、合作学习、竞争学习、创新学习"的共同体。因此必然呼唤高质量、高效益的"小组建设"，小组建设自然就是"两高"落地生根的有效手段，也是高质量的问学课堂的必由之路，是攻克核心堡垒、拿下战略高地的高级"工具箱"、高效"武器库"。

（二）"小组建设"重点是什么？——合理"分组分工"

1. 两大类分组——同质异组，异质同组

总体上来说小组建设分为两种，一个叫同质异组，还有一个叫异质同组。同质异组，即同一个水平或者同一个话题的组成方式，然后进行分享，当然还有跨越班级甚至年级进行长期的项目式探究式的小组学习研究。异质同组，不同水平或不同层级的编为同一组，适合长期训练，彼此互补，异质同组将是常态。合作学习大家比较了解了，我今天又新加了一个词叫作"练测"，练可以是同组互练、共同提升，测也可以是同组互测互评，也是一种形式上的深度合作。这不正是一种深度学习的教育目标达成吗？

2. 组内合作——组长和分工

常态的有两人小组、四人小组、性别两大组、座位纵横四大组等。作为一个小组首先必须有负责人，无论是几人的小组，一定要有一个责任人，也就是组长，而且组长的产生一定要有民主的过程，有了这样的过程和认定，组长会更加负责，小组也会更加有向心力。就像学校成立大学部和项目研究院，并为这些部长、院长颁发聘任证书，这就是一种认定，从去年到现在10多位部长、院长工作都很尽责用心，主动努力，就像今天的就是"语文主题学习"项目研究院院长王丹老师团队与大学部部长吴琛老师团队的深度合作教研，很有成效，表现十分优秀，学生的学习小组组长也会如此。其次，面对小组要有明确要求。在让学生进行小组合作的时候，一定要有明确的分工要求和合作目标，先做什么，后做什么，目标清晰明了，小组内部也要明确分工，谁做搜集，谁做整理，谁做展示，一目了然，老师要针对这样的分工合作给予一定的积分激励，鼓励学生更好地发挥自己的特长，为自己的小组服务。老师要学会培养学生进行自己的小组记录，形成翔实有效的小组建设资料，更形成组内有效的分层帮扶机制，组内合作功能彰显，为组际竞争提供团队的强大合力，形成强烈的集体荣誉感。

（三）"小组建设"怎么推进——赋能"内化反馈"

今天我为什么反复谈小组建设？它不仅仅是一个概念，而是亟待完成的事情。我下面就推进深化的策略提出一点建议。小组建设在问学课堂的体现有很多，今天重点说一下在"四六"环节的"内化反馈"环节的体现。"内化反馈"重在全员参与，人性化满足，小组建设就为实现"关注每一个、展示每一个"这一目标提供了组织可能和操作可能。例如，在设计小组合作学习，首先，要进行小组学习任务单的 PPT 提示，在上面明确要求两到四条，重点是反馈环节，前面准备了很多，也准备得很好，最后的汇报环节如果不够精彩那就太遗憾了，所以要这个环节怎么汇报呢？让学生自己明确自己的分工目标，民主选举出来的组长负责监督每一个人，都最好地完成自己的分工任务，然后共同完成最后汇报，这样的流程走下来，长期精细训练下来，小组汇报又怎么可能不精彩呢？而且小组代表主汇报后还不算结束，还一定要让小组其他成员再来主动补充。汇报时可以围绕三个主问题：你学会了什么？你还有什么疑惑？你有什么新发现新问题？汇报时分工可以依次为低中高分层的学生互动问答。小组学会了什么？自己学会了什么？形成自己的小组收获。甚至还可以进行小型答辩，确定小组的学习成果是否扎实。不仅仅是主汇报学生的讲解，还要问问没做最后汇报的学生或别的组同学是否同意这样的汇报？这样的汇报是否解决了他的问题？还要让小组就自己小组的汇报再提新的问题，把所有不清晰的、有疑惑的地方通通都提出来，真真正正地解决问题，内化是让学习真实发生，反馈是让学习深度下去，这样才能扎扎实实的形成收获。最后，也是最重要的就是一定要发现新问题，要有新的发现和想法，要有自己小组的新观点和新想法，更要积极地鼓励学生将这些新收获展现出来。这个时候的"内化反馈"才叫内化，才能叫外显，内化是一种赋入，反馈是一种赋出，这样的"内化反馈"融通才是真正的"赋能"。

总体来讲，今天语文大学部的行督课标志着今年学校的行督课确确实实进入了 2.0 版，进入了"两高"时代，今天我在这分享基于课堂内部组织群体来解决课堂高效率和高效益的策略重点——小组建设话题，供大家后期行督课"四八流程"研究中参考实践，希望大家继续加以研究思考，我相信这学期的目标一定能够实现。学校最近预设的行督课"2531"计划一定会成体系和机制，也将为实现质量强校跨域发展提供有力的课堂力量！

课堂拔尖：学业质量评价的"必克堡垒"

——在 2022—2023 学年度第二学期数学大学部第一次行督课上的讲话
（2023 年 3 月）

应该说今天行督课是润丰行督课历史上标志性的一天，特别是刚才袁博士的团队对学校上周行督的两节课和今天现场生成的数学大学部的两节课，进行了"AI 赋能课堂评价"的一个即时性的反馈，让人们耳目一新。这是基于前一阶段，特别是上学期开始介入这个项目，特别到今天两节课结束的全方位的大数据得出来的结果。我相信这个大数据呈现的时候已经是大家"3+1"评课之后，也是刚才课堂的现场展示大家第一时间感受，所以具有相当重要的意义，这是其一。今天是我们新学期行督课的第三场，我用 8 个字来表达叫"渐入佳境互为肩膀"，所以我要从三大方面来评述。第一个是这次活动本身的亮点，我认为是八个层次的"了"，这也是我认为目前行督课亮点最多的一次。然后四点需要强化的地方，还有是五点下阶段进一步落地的要求和建议，这是其二。

我连续三次都在行督课点评中聚焦并引用"学业质量评价"的主题，给大家强烈的暗示或者指点或者引领，就是这学期学校工作三大主题，叫作"高大上一体化，教学评一体化，家校社一体化"。这三点在今天数学大学部的课上，再一次得到了不同维度的呈现，也是大家"必克堡垒"的定向坚持和靶向聚焦。

一是"高大上一体化"，聚焦"AI 赋能评价"。

在全国甚至世界上最先进的课堂 AI 评价，进入了学校常态课的现场的与人同时发生评价，这具有标志性意义。比如刚才冯主任点评小学部数学王老师那张学生的思维导图，这就很专业，这就是"高大上"，有高端的"专业"支撑，所以这次"高大上"的"高"就高在一个技术赋能的使用。

二是"教学评一体化"，聚焦"学业质量标准"。

从第一次艺术大学部刘校长助理的点评，我的点评，大家的点评，到第二次语文大学部行督课的点评，到这次数学大学部行督课的点评，始终聚焦"学业质量评价"这个评价要素的学习落实和贯彻以及新学期"行督课"的校本评价标准"1+1"的生根落地。因为聚焦的主题叫"拔尖创新"，这次的主题就叫"自主探究拔尖创新"，上一次艺术大学部的叫"关注全体拔尖创新"，语文大学部也有自己的"拔尖创新"要义，这就是一个"教学评一体化"的评课导向，把评价前置，目标前置，我待会再细说。

三是"家校社一体化"，聚焦"社会资源整合"。

今天学校就引入了一种"社会资源"，中国教科院王所长、袁博士这样一个宝贵的高端的顶级专家资源和他们的团队进入，和学校形成研究实验合作共同体，来进行前期的研究，尤其是刚才袁博士给出的相关数据，在全国同类或者同样性质的实验区进行横向比较的时候，给予大家高度的评价，这是一种鼓励和肯定，也是大家前面"高端定位、落实生根"的自然结果。因此，从这方面来看，大家应该自信，这就是一种"渐入佳境"。到今天数学大学部的行督课展示又有哪些表现呢？其策略就体现在"互为肩膀"，就是下一次永远是站在前一次和前几次的"前人肩膀"上，所以刚才我建议教学处，邀请了下一周行督课展示的两位英语老师进入数学大学部的点评阶段，因为下一周你们就要上行督课了，希望你们的课堂能在这次评价的基础上"生根发芽，开花结果"。

一、"八了"亮点

那么这八个亮点体现在什么地方呢？

（一）课堂"拔了尖"

表现在中学部宗老师的数学课。孙副校长点评得很好，包括一下课我和袁博士也在说"这节课上得很高层次了"，不只是这一堂课的现场观感，更是从这堂课看出的宗老师个人的专业素养，她的好学精神和精彩展示，都可以看出她后边的学科团队、数学团队，本学科备课组、本年级组、本大学部的合力，大学部部长郝老师的点评过程是如数家珍。这也是宗老师的常态课堂在今天行督课展示的自然呈现，因为我知道，她平时的课就是这样上的。

　　大家来看，在课上，她班里最好的学生在干什么？把这件事搞明白了，就能知道宗老师能够带领班级获得优秀成绩的原因了。一直优秀的李羽桧同学在扮演什么角色呢？李羽桧同学的角色是不是 B 层 C 层同学能替代的？而李羽桧同学本身的体验又怎么样呢？先简单说一下李羽桧同学是谁，她是学校首次在七年级进入全区前 3% 的选手，紧接着又是在第二学期进入了全区前 2% 的两个人之一，第三次又是进入了全区前 1% 的四人之一的拔尖儿同学。这样的孩子在数学日常课上到底在干什么呢？这个问题必须是每一位老师对你所执教班级的"拔尖"群体的必须回答和攻克的问题。如果你懈怠他，忽略他，那你就对不起这些有天赋的孩子和他们的家长，对不起自己身为教师的责任。

　　目前，从国家层面，从朝阳区域教育，从学校本身，都聚焦"拔尖创新人才"培养，可谓"万马奔腾，你追我赶"，在这样一种背景下，展示课上一定要为这样的学生创设无可替代的机会，创设适合他们的展示平台。刚才，宗老师短短两分钟的课前预习，或者说旧知识引入的思维导图，是她的习惯之作，并不是特地为行督课准备的，再加上中间两个核心"勾股定理"推理验证的时候，又有两名"拔尖"同学，包括李羽桧再到 3 名同学，他们就替代了宗老师的讲课。他们已经占"主导"了，甚至说这 3 名同学的台上的表现无须老师再插话，她的角色担当了数学学科核心知识的传递，特别是"四基"当中的"两基"——基本知识和基本技能，或者主干主题知识，成体系的学习当中，这些学生是不可替代的，所以课堂"拔了尖"，在这方面是体现得相当重要，成就他们自我的个体发展。

　　我刚才跟袁博士交流，因为这学生上来讲得全班都懂了，把班级中数学最弱的同学都讲明白了，按"学习金字塔"理论，其实是担当"小老师"的同学多听了 17 节课，而不明白的同学和台下坐的同学听的只是一节课的收获，这就是叫AI 时代自主学习的特殊目标"学以为己"和育人目标"人之为人"。这也是一种竞合性的和谐。因为每个个体追求自身的发展很自然，这样就把"特殊目标"和"育人目标"有机统一，让个人成长和全体进步融在一块，自己发展了，也帮助别人了。而不是好同学是要把别的孩子"踩"在下面，这不是真正的"竞合"世界。学校提倡的是高端优性的"博弈论"，高端博弈就是竞合学习的本质意义。有人不太赞同"竞争"这个词，特别是不太赞同在中小学使用"竞争"这个词，但是如果进入高端的"博弈论"境界，就是社会良币和劣币到底谁驱动谁的问题，如果一个社会劣币驱动良币的话，这社会一定是低端的，没有生命力，而反过来良币引领劣币，一定是真正的有活力的生态环境。这种"生态"理念，也是我曾经到华为总部参观时感受到的，他们进入下一个终端是什么呢？就是进入"生态化"的这种氛围和意识。

（二）课堂"限了时"

刚才几位领导和老师都点到，宗老师这一节课40分钟一到，所有环节就结束了，都顺利完成了，而不是还剩一半内容没上，也不是"当堂检测"还没做完，更不是"限时作业"还没做。小学部王老师的课中间有4分钟的限时练习，也是精妙到位，这样的全课全程的"限时"设计，如作业的限时，当堂练习的限时，都体现了刚才教研组长杨老师点评说到的，不要忘了初心"高效率"和"高效益"，效率就是要有时间意识，在"拔尖创新人才"培养这个策略下，以前大家可以多上10分钟、5分钟没事，现在不行，因为课堂要求你"拔尖"，"拔尖"的时候，就要珍惜课堂的宝贵时间，将每一分钟用到极致，但是又干净利索地结束，不拖沓。

（三）作业"分了层"

宗老师的课上有一个作业设计叫"拔尖题"，当然我个人建议可以用"A层题"代替"拔尖题"，一定要在日常的每一个细节中引导学生有分层的概念。王老师"基础性作业"和"实践性作业"的布置也都很好，他们的设计都体现出了"分层分类"。

我建议王老师可以将"实践性作业"清单设计成一张量表，就如同孩子回家做整理衣物等劳动的时候，有一张量表对照，会更有可操作性。老师们一定要注意作业的设计一定要可操作、可观测、可量化、可评价，如何达成这一点呢？就要设计亮点、设计量表。前期大家在参与我主编的《五育融合的数学文化》书籍编写的时候，就特别设计了实践性作业的量表，那么日常的作业也一定要设计一张量表单子，学生只要能把这张单子填满，就达成"会做"的目标了，就不虚了。

今天王老师的一年级数学课最可贵的是什么呢？我认为是她在一年级就安排了"基础性作业"和"实践性作业"这样两个维度的作业方式，尽管课堂上没有直接做，但是从一年级就开始这样培养学生，必将会对学生的未来产生非常积极的影响。当然，如果王老师可以再提高一下课堂的密度，将时间精细出来一些，那么这个作业的反馈完全有可能在课堂上就实现，那就更能体现高效率、高效益了，就更棒了！

（四）学部"研了课"

刚才郝老师作为大学部部长，杨老师作为小学教研组组长，包括石副校长、孙副校长、冯主任等都在点评的时候提到，在正式行督课之前，学部内至少进行了三次试讲，而且在试讲之前，就已经完成了确立主题、学部贯通等工作，这也是我上一周强调的行督课的"四段八步，贵在前三步"，这一点数学大学部做得很好，希望你们要继续坚定不移地做下去。

（五）问学"深了化"

刚才冯主任点评得特别好，数学大学部将"问学课堂"的"大三问"体现得很充分。王老师的课上，结束那一问就问出了三年级的检测题，在这里，如果老师看过三年级的区级检测试题，你就会感到十分欣喜，这个孩子提问的很了不起，要大力鼓励，居然把三年级要考试的题提前两年在一年级就学会了，一定要带着大家一起给他鼓掌。

今天宗老师的课上，学生的掌声就全是自动的，没有一次需要老师特别引领，这是因为班级内已经形成习惯了，这就叫问学课堂"四大景观"之一"鼓励阵阵"。

除此之外，我还一直在提倡深化"小三问"，在今天的课堂上，两位老师都有精心独到的质疑空间。不过，建议宗老师在这方面还需再加强。但总体上来说，大家对于"大三问"加上"小三问"已经有了强烈的意识，那么在这里我再来说一次"小三问"解决什么问题呢？解决新的知识和技能巩固深化的问题，某个知识点或技能，学生没有自主追问，很有可能只是假会、假懂，成不了"拔尖"，稍弱一些的孩子，甚至优"边"不上，"合格"不了。我建议下一次要用工具表，也就是"问学单"来深化，我们曾经在物理学科和数学学科的研究课时一起研制学科"问学单"，大家可以借鉴使用，慢慢积累。我建议下一周英语学部展示时可以专题呈现设计的"问学单"，这样就能体现学校校本问学课堂量表的特点。

（六）行督"考了勤"

这一点表现在第一节课和第二节课都有分部的考勤签字，我建议再增加一个总评时间的签到。因为总评很重要，贵在点评，不通过点评就不知道好在哪里，弱在哪里，甚至把错的当对的，亮点无法发掘，唯有经过你评我评、主评次评、老师评专家评等才能更好地完善课堂。以后学校还将引进专家参与到每周行督课的点评中，今天袁博士 10 分钟，结合 AI 数据分析评课太好了，大家都获得了"提档升级"！潍坊的教育事业为什么人才辈出？就是因为它形成了很好的"生态"，这种生态贵就贵在思想的辐射。

当前，学校正处于高速发展的关键时期，要特别注意这种意识的渗透，所以行督课的考勤要再深化，尽可能吸引更多不同学科、不同层次的老师来听课评课，特别是各位领导干部，参加行督课是你们的天职、义务、责任，尤其是在当前背景下，在党政考核的会上对今年工作提出要求，其中一项重点就是干部除了要兼课之外，还要积极听评课，并需统计具体情况，及时上报。

（七）学情"调了研"

这一点尤其要表扬王老师，大家可以细看她的教案，大量的数据学习，包括统计图表的应用，都是基于本班级的学情调研，这是极为宝贵的，因为学情调研这件事很重要，它是为这堂课的分层分类和 ABC 层三类学生各自的活动设计做依据的，更是评价前置、目标前置、教学评一致性的表现，在"课堂拔尖"这个层次上，要做到心中有"数"，要解决什么问题呢？要解决"精准化"问题、"个性化"问题、"差异化"问题，这"三化"就是 AI 时代的三大特征。尽管刚才袁博士反馈的数字，有的地方还不匹配，没关系，这说明数量积累还不够，如果像

ChatGPT 那样，拥有海量数据的积累的话，它的精准度在理论上来说就比人为掺杂了各种主观和客观要素之后的呈现更为精准了。

（八）AI "评了价"

今天袁博士团队介绍的把 AI 技术赋能应用于课堂评价，通过行督课四节课的备课教案、现场生成、结果反馈、数据分析以及结论得出，充分证明了这四节课之后，大家的个体评价应该说是与机器结论相匹配的，是互相印证的，所以，这一点将在今后的行督课继续使用。

二、"四再"强化点

（一）行督再考勤

请行督课总牵头人孙副校长和中学部主管刘校长助理统筹好大学部部长的听评课时间，教学处及年级组长要主动协助配合调课，展示学部的学科教师都要参加听评课。课表不是一成不变的，相对调课是正常的，毕竟八个学部轮流起来，每学期也不过两次。

（二）主题再贯通

中小学部的研究展示主题继续强化贯通意识，今天中学勾股定理的数形结合和小学的统计图是一种内容上的贯通，这是两节课内容上的连接点，且这两个都是数学学科核心知识的重要方面。同时，"自主学习"和"拔尖创新"也是一种内容和方式上的贯通。践行课程新理念，贵在探索学习新方式，这才是新方案、新课标、新评价最主要的重点和难点。

（三）评价再聚焦

评价到底聚焦什么？当前，就是要干部教师学会用课程标准和学科标准解读来评价课。本学期听评课的时候，我走到哪儿都带着 "1+1" 的学科标准和解读，平时听课也经常性地翻看研究，有的是提前看，有的现场看，有的之后对照看，有了标准，听评课就会更加精准、更加聚焦，做到方向明确、重点突出。

（四）问学再工具

学校 "问学课堂" 现在推进到了工具化阶段，工具化也是一种 "问学课堂" 建模的倒逼机制，所以我建议下周英语大学部的行督课，特别要在 "问学单" 的设计和应用上有所拓展。具体设计，后期可以再沟通、再创新。

三、五个"进一步落地"要求

（一）进一步落地"评价前置"要求

什么叫评价前置？就是把"学业质量评价"的学习前置化，这方面大家要进一步学习，力求落地。刚才教学处冯主任、数学大学部长郝老师和小学部数学教研组长杨老师都提到，在行督课"前研"阶段，即行督课"四段八步"前三步的时候，都是拿着新颁布的数学新课标和解读这两本书，反复比对学习的，尤其关注了新增加的"学业质量评价"的有关章节，这是跟 2011 年版最大的不同，而且分量很足，也将会是未来中高考命题的总纲，即"以标定考"。教研员也拿着这个标准来听评课，来命制题目。

这里，我再具体重点梳理一下关于学业质量评价的内涵，以今天的数学学科为例，在《义务教育数学课程标准（2022 年版）解读》的 262 页，是这样描述的："学生学业质量评价的标准应该是以基础教育阶段总体教育目标为依据，以课程标准提供的相应评价内容为标准，以跨学科的公民素养模型和学科核心能力模型为理论基础，对基本能力和核心素养水平提供评价的表现标准。"学生学业质量评价实质上就是一种"有依据、有标准、有理论基础"的"表现标准"。

（二）进一步落地"评价表现"要求

在上次艺术学部行督课的点评中，我强调了 2022 年版课程标准的"学业质量评价标准"跟原来 2011 年版的"学业要求"是有联系又有区别的，那有什么区别呢？ 2011 年版是"成就标准"，现在除了"成就标准"又增加了"表现标准"，而"表现标准"从某种意义上讲，就体现过程性，体现一个展示的状态。那重点抓什么呢？比如说这两句话很重要，第一句话是"跨学科的公民素养模型"，现在不仅有学科核心素养概念，每个学科都是实现国家倡导的核心素养的载体和渠道，这是从育人方向来说的，而且这个标准一定是跨所有学科的，是融通的，这就是为学科评课提供的立德树人的素养导向标准了。第二句话是"学科核心能力模型"，这是要彰显学科的核心能力，这一点就是刚才大家点评的"数形结合"思想，强调这种学生猜测验证，强调这种学习方式的变革等，这样体现

"评价前置"的"评价表现"要求就是不一样的标准了。

（三）进一步落地"目标前置"要求

比如说今天宗老师的教案设计，她的目标体系是知识与技能，过程与方法，情感态度，过去叫情感态度价值观，跟新版是不一样的。刚才的"评价表现"既然是"表现标准"，那"进一步落地"在哪里呢？同样来看《义务教育数学课程标准（2022年版）解读》，在265页当中提到的"学段特征"，我来跟大家分享一下。这里面两个关键词叫什么？比如说在小学阶段的学业质量的"结构标准"是什么？叫作"核心素养的表现要求侧重于意识，如模型意识、数据意识等，主要是指基于经验的感悟"，这是小学阶段的。同样的中学阶段，这个核心素养的表现要求是怎么表述的？换词了，叫作"核心素养的表现上升到观念，如模型观念、数据观念等，主要是基于概念的理解"。这种"意识"也许就像"朦朦胧胧"有这种感觉了，而这个"模型的观念，数据的观念"在我们刚才"勾股定理"课堂上就完整的演绎了，是完整的演绎了"观察、猜想、归纳、验证"等这个证明和探索的过程。

我特别关注到宗老师让学生完整经历了这个过程，而这就是"自主"方式的"落地"。所以，在这方面，主要是基于"概念的理解""经验的感悟"。那么什么叫难点？难点是难以理解的，在王老师的教学设计上把"教学重点"和"教学难点"同样表述，我觉得还是有区别的。在难点和重点的表述上，宗老师表述上就做了变化，也就是一个动宾调换，教学重点是"探索并证明勾股定理"，教学难点是"勾股定理的探索和证明"，这就比较合适了。

张校长：宗老师，我现在当场问你一下，这两句话你是刻意写的吗？是"文字游戏"？还是"另有所依"？

宗老师：不是"文字游戏"，就是重难点是有区别的，是刻意这样表述的。

你这样解读，大家就更明白了，当然在不同阶段上还有不同的标准，比如说"数形结合"，第一阶段和第四阶段是不一样。"学业质量标准"具体表现在什么？应该从"四基""四能""情感与态度"三个维度进行描述。这是从"质量标准"来说的，但是转化成"学习目标"也应该从这三个维度来表述的。所以，如果说你要表述你的教学目标的话，当前这个时候再说叫"知识和技能目标"就是"两能两基"的过程与方法目标，情感态度跟其是一致的。这是2011年版课程标准的表述体系，这是不够的，是需要调整为"四基""四能"的维度。所以，我想把"四基"再说一下，什么叫"四基"？在座的诸位老师都不陌生，就是原来的"两基"即"基本知识、基本技能"，另外"两基"就2011年版新增了"基本思想和基本活动经验"。"四能"是什么？"四能"是原来的"两能"即"分析问题能力、解决问题能力"加上2011年版增加到"发现问题能力、提出问题的能力"。

而且在这"两能"之前是这样表述的："引导学生从真实世界真实情境中发现和提出问题"，就是说这个问题不是突兀的。今天王老师也在课程开始让学生提问题，营造了一个情境氛围，孩子们耳熟能详，这很好。而这个问题情境，2022年版课程标准把它划分为四种，就是"生活情境、社会情境、科学情境以及数学情境"。比如今天课上宗哲老师出的检测题是"2002年北京国际数学家大会"那张图，就跟区数学教研员曹老师去年命制的期末试题"冬奥会的冰雪微火炬"的圆菱形形状相似，这就是在真实情境中得到了应用，而且强调是叫三国时代"赵爽定弦"的思想，"素养立意"在这里也得到了深刻的体现。

然后是"情感态度"，"情感态度"核心理念是什么？《义务教育数学课程标准（2022年版）解读》265页就是好奇心、求知欲。好奇心和求知欲是孩子游离于各个学科之内外的共性，但是要通过这个解决什么？解决学生对数学学科的学习兴趣和自信心问题。因为数学比较难，要让学生觉得学习它不难，怎么才能感觉不难？就得让学生对这个学科感兴趣。对学科感兴趣只有"两招"：一个是老师会教，教得学生开心，怎么让学生开心呢？就要放权，放权给学生，因为他是自主的，这也是老师的"人格魅力"。还有一个就是通过内容上升到"学科魅力"，宗老师把"勾股定理"讲得魅力无穷，这就是"数学情境"，在这个情境当中，还包括什么？最后落在哪里？那就是"独立思考、探究质疑、合作交流"。关于"探索质疑"，今天袁博士的AI的评课数据分析就有"质疑"的评价要素的课堂数据采集，也就是我说的"问学课堂"的"小三问"，"小三问"就是"质疑";"合作交流"就是学校热词"竞合";以团队方式引入竞争学习，就是"组内合作，组际竞争"，就是"目标前置"的新三维度目标。

（四）进一步落地"AI 评价"要求

刚才在会议中间，印发了"AI 课堂评价策略维度观察表"，一共是 5 个一级指标、14 个二级指标和 27 个观察点。大家可以对照学校基于区里所制定的"课堂评价标准量表"，因为我们是朝阳区这个项目实验的学校，在研制过程中，也把区域和学校的理念设计吸纳到了这张评观察表当中，所以这张表目前应该叫"双表并用"，以后学校还将对它进行再度设计，把它转化成这种格式的评价表，方便大家进行"双向评分"。主要从两个角度来进一步落地，角度一，要人机共用，尝试使用这张新评价工具表，与 AI 评价人机并用；角度二，要强化反馈。反馈有两个，第一个是袁博士在学校从现在开始至少到 4 月 8 号这一阶段，所有行督课，只要是语、数、英学科的现场课都必测，并给出评价表；第二个是今年要求所有参会的中层干部、八大部长和学科组，要对行督课打分，作为后期给老师的鼓励评价，并参加实验的数据，年末学校要评出行督课的各种奖项，还可能设置学部团队管理奖等。为什么要这么做？就是要真正地体现校本实施的真实过程。如果说有老师认为 AI 赋能课堂评价不可行，请用事实和数据说话，不要因为个人认为不合适就不执行，这不是不执行的理由。所以在这儿我要强调，并请孙副校长统筹落实下一个行督课增加的评价新要求。

（五）进一步落地"拔尖创新培养在课堂"要求

进一步务实落地"拔尖创新培养在课堂"新要求，就是说要清晰判断现在已进入到什么研究阶段了？目前"拔尖创新人才的课堂培养"已进入"建模"阶段。这也是我刚才为什么说今天的第三次行督课，已经是"渐入佳境，互为肩膀"的，总结归纳一下，目前至少有以下四个方面已经初见成效，初得经验模块了。

1. "AI 评价工具表"的常态使用

我刚刚说过，AI 评价工具表的使用就是要赋能"拔尖创新人才"的课堂培养，首先是对每周的这两节行督课的课堂评价的常态使用。

2. "小老师"的 ABC 分层分类

"小老师"的 ABC 的分类分层要精准，就像今天宗老师课上，李羽桧等 A 层同学的服务，BC 层学生的帮扶，学会"新问题"的善提会提。

3. "A 层拔尖"课堂四阶段的角色体现

就是 A 层拔尖同学至少有四个时段，可以有他的表现空间或者角色体现要求。简单地讲，就是"课初、课中、课练、课尾"这四个阶段，A 层同学到底可以干什么呢？

应该说，通过开学以来这几次行督课基本上形成了一个共识。以今天宗老师的数学课为例：

一是在课初阶段。A 层同学，可以展示预习成果，因为这个时间要求短平快，要精准，无论是旧知识的展示，还是今天新知识的预习展示。在上一次王老师的语文课上，是用课前预习内容进行展示，也很好。通过预习，将最好的学生展示出来，让他们有先知感，有成功感，有荣誉感。今天的课堂上，经过这一次预习，大家可以看到一共有 8 个 A 层同学，这其中最好的是李羽桧同学，让她来展示，她就高兴，她就有兴趣，她就有求知欲了，她就有荣誉感了，她就有成就感了，课堂"拔尖"效果就自然"生成"了。

二是在课中阶段。这阶段是 A 层同学围绕重点知识或者基本技能的"小老师"角色体现，就是"学习金字塔"学习效率 18 倍的精彩演绎，"学习金字塔"最下边的"向别人讲授或学以致用"是 90% 的效率最高峰值。这里的"向别人讲授"，到底是谁"向别人讲授"？不是老师"向别人讲授"，而是让班级的 A 层同学天天如此，家常便饭，一定注意，这个环节不是"老师"大展宏图的地方，而是 A 层同学的用武之地！刚才冯主任评课时也提到宗老师还有点"搂不住"，还想自己讲，这不可以，要为 A 层同学搭建平台——为 B、C 层同学"一知半解、半梦半醒"的解疑释惑，这就是倒逼教师自己放"答案权"。因为这是 A 层同学"课中"拔尖时空的角色演绎。

三是在课练阶段。这主要是教师精心设计的分层设计和即时反馈，要为本班的 A 层同学单独提供选择练习题库，并赋予他们"小老师"的批阅权利。这样的课内课练阶段，也是一种效果反馈。比如，今天王老师的4分钟限时练习，4分钟到了，可以直接报结果或一样举手，但要问一下"不一样的是谁"？让他说说什么原因，你给他解释一下再结束，这就是反馈过了。如果错了，这时候谁来解答？A层同学的角色又来了，这样就是A层解决了B层和C层的问题，老师不准回答，更不能抢答！

四是在课尾阶段。这时A层同学的主要角色任务是完成分层的拔尖作业，限时作业的满分目标等。今天两位老师都设计了分层作业，特别是宗老师设计了"拔尖题"，王老师也有必做和选做两类题，但是还没有聚焦到最拔尖，当然一年级还到达不了这个层级，高年级、考试年级必须为"A层拔尖"，哪怕本班只有两三个，也要备课单独设计套题练习，这是在课尾阶段为"A层同学"必须要办的事！当然，还有对这堂课的"思维导图"的形成，让A层拔尖学生来作评述，把今天的所有知识点通过图表的方式做一个概述，你这堂课学了什么？最大的体验是什么？本节课最得意的学习方法应用是什么？一句话概括，这时候完成思维导图结构连线。当然，课尾更有一道必不可少的特色"看家菜"——提出新问题，这是完成全科总结反思后的最后一赛，到底谁最强？是李羽桧、刘思成还是黄一？就来打擂台，看看你们三个今天谁最后能够获得这个问题权！你提的问题有没有价值！如果提的问题不精准不是有价值问题，就不是最好最强的同学。谁将精彩绝妙的新问题提出来，谁就是今天的课堂最强，甚至无须当堂解答出这个问题，也要给提出精彩好问题的学生翻倍赋分鼓励，掌声雷动！让大家带着这样有价值的新问题走出课堂，这堂课这样的结束，就会回味无穷，A层拔尖学生更是磨尖霍霍，欲罢不能！具有原创精神的解决"卡脖子"人才就在中小学的常态课上成群结队，旺盛生长。

4."学生小组长"的领导力、学术力与团队竞争力的竞合成长

还有一点就是在"问学课堂"的"自学调控"阶段，就"自学"而言，一般是5~10分钟，在这个时间内A层拔尖的同学要做什么？他们一般是担任各个小组的组长，他要解决的问题是什么呢？四个方面：一是要有领导力。在本小组内的组织能力，要分工好。二是要有学术力。体现对今天讲的知识技能、思想方法

等的先知领会，全面掌握和精准无错。三是要有合作力。就是团队的合作力，就是帮扶力，就是让本组内 A、B、C、D 几层中 C、D 同学也要达标，努力晋档，A 层同学在组内就是"小老师"，因为"拔尖"不应是一个人的，而应是一个"拔尖群体"头雁雁阵的，这就是宗老师这个班为什么形成了"拔尖集群"——这是我给他们起的名字，所以，这个时候是"大小老师，众多小老师"的个性与全体的互生行动。四是要有竞争力。组内是合作关系，组际是竞争关系，A 层拔尖的小组长、小老师之间是竞争评价的，因此，他们的竞争实质上是一种竞合成长，也是未来社会和团队赢胜的必备品格、关键能力。

综上所述，唯有如此，才能实现学业质量评价这个"必克堡垒"——课堂拔尖的课堂落地与重围突破！

学业质量：行督课拔尖创新的学科聚焦

——在 2022—2023 学年度第二学期语文大学部第一次行督课上的讲话（2023 年 4 月）

今天我主要从三大方面来跟大家作分享。

一、"四在"亮点

我想感谢孙副校长牵头的学校行政管理团队，对每年一度的行督课高度重视，按流程推进。今天是开学的第三周，学校的第二次行督课再次预约生成。开学前几周是学校工作最忙的时候，从上一次的开局"开门红"，到这一次主要学科的语文研究，深度挖掘。今天这两节课带来的思考很多，核心就是大家的"学科聚焦"与"拔尖创新"，从前期的研究到现场的生成，包括刚才大家"1+3"的点评以及自由发言，无不聚焦行督课的"四段八部"环节，推进得很好。

我也感谢今天讲课的中学部语文王老师和小学部语文芮老师，两位老师的组合很有趣，王老师有实力，语文素养高，语文基本功强，特别是对语文学科的理解很深入，在区里面也是小有名气、担当重任的。芮老师调入学校时间不长，却很好地融入润丰团队之中，进步幅度很大，此次讲课前的精致设计，多次磨课，让我感动。今天的现场生成结果是值得点赞的，具体表现在四个方面。

（一）"四段八步"在落地

在上一次的评课当中，我把"四段八步"给大家重温了一下，并且提出"四段八步，贵在前三步，精彩四五步"，占就"半壁江山"。也就是说行督课的价值是在于课前的研磨和现场展评。

今天这两节课的展示是两个背景。芮老师，来到润丰时间不长，年轻的老师在面临"学科学业质量评价、问学课堂、拔尖创新人才课堂培养"今年行督课这样的"高大上"主题要求之下，她的精进，她的经验是什么？就是加强前三步，也就是集体研讨的确立主题、调研学情、反复试讲。确立主题是第一个环节，调研学情之后的集体备课是第二个环节，反复试讲之后调整教案是第三个环节。刚才孙副校长提到的，芮老师的教案直到昨天还在变化当中，这里面除了芮老师本人的努力之外，也凝聚着整个学部、教研组、备课组的智慧。这三步就是芮老师进步的秘诀。

王老师则是在备市里面的课，准备市里的资源，这也是备课，是换了一种方式的备课，尽管只有一次试讲，但她的设计定位体现在调研学情之后才确立研究主题上，王老师是动了脑筋的。今天她的课堂是结构性的变化，请大家注意，她没有按部就班去对照课标来印证，但是她今天的探索是有深度的，这说明前面备市区里面的资源是没有白忙的，是换了一种方式的试讲，换了一种方式的研磨。

他们两个人共性在什么？虽然表现方式不同，但是她们都拥有了"四段八步"的"贵在前三步"。王老师刚才说自己在准备"行督课"之外，还在忙着限时作业质量监测、忙着市里面的研究公开课，试讲只有一次机会，而且是在不停课的情况下，这就验证了一个观点，那就是常态。常态的气氛可能是非常态，但是它的方式是常态，这个班的生源结构是不错的，就是让学生自主来学习，让自主实现"拔尖创新人才课堂培养"这个主题理念。这个学科方法的破解，路径的选择是极为重要，极为有效的，也是相当有水平的。

这两节课的合作学习模式，在中学是不容易的。这种自由结组的方式，我是欣赏的。组成小组是有两种方法的，一种叫"异质同组"，还有一种叫"同质异组"，这两种分组的方法，今天都获得了很好的运用。今天在课堂主题研究的时候，是通过什么方式引导"学科学业质量"的聚焦点来"培养拔尖创新人才"以及"学业质量评价"这两方面，我后面会找到具体语文新课标及解读等依据来验证。

"四段八步"贵在"前三步"，前三步走好了，就是成功了一大半，第四五步的"课堂展示"和"1+3互动评课"才会更精彩。在这一点上，今天也有亮点，学校非语文学科的部长也都参与了评课，而且评课都很精准，很到位，尤其是对"问学"深度的理解，包括实现方式的探索，都有自己的想法和见解。到此就完成了"四段八步"当中的"前五步"，超过一半了，它的重要意义可想而知。至于"展示阶段"和"推广阶段",是后面大学部活动、教研组活动和备课组活动,需要进一步跟进的,这里不再赘述。

（二）"拔尖创新"在研究

它的核心体现是什么?是课堂上的"拔尖创新"。"自主学习"是"拔尖创新人才培养"的第一前提。用句通俗的话讲,拔尖创新人才绝不是"灌"出来的,自主才是人才出现的必备前提,但是自主的内涵是什么?它的内涵需要"3+1"。"拔尖创新"在今天这两节课上的体现,是小组合作学习,不仅仅是形式,而且成为课堂实施内容的自然选择,自然转入,或者说这个内容通过小组合作一定是效果最优的。

今天这两节课都超时了,主要是因为在小组合作上用力了,花时间了,没有走形式,孩子有说不完的话,有讲不完的观点,有互相评价的流程的完整性,就此来说,"合作学习"同样是"拔尖创新人才"的课堂生态涵养的重要时空,没有这个时空,拔尖创新人才就生长不出来,这叫什么呢?叫"封山育林",叫"放水养鱼"。比如长江实施"十年禁渔"新政,不到三年,原来已经绝迹的鱼又"长"回来了,大面积出现了,这就是大自然的"神奇"。也就是说,当给它提供生养环境的自然生态,它就会生长出来许多意想不到的"生命奇迹",甚至比预测的时间来得还快,甚至是已经绝灭的东西都又出现了。这其实也是"人人都是拔尖者,个个都是创新人"的宝贵土壤生态环境。可贵的是今天的两位老师在本学期行督课聚焦拔尖创新人才的课堂培养的主题研究下,都在研究小组合作学习,进行了深度推进,而不是走形式。

（三）"问学课堂"在深入

今天特别表现在哪里呢?第一叫真实;第二叫质疑。

"真实"表现在什么?就是能提出真问题,而且这个问题不是刻意预设或私下安排好的,这个大家都可以看得出来,同时从两个老师的自评当中也能够验证这一点。之前艺术大学部的两节课也有这个特点,就是要"原生态"的课,哪怕略有超时都值得。

如果说都事先排练好了,精准到40分钟准时下课,也不见得全是好的,"问学课堂"的起点，不是教师提问，应是学生提问，怎么能教师先问呢？教师准备的问题，即使是和学生想问的一样，也只能算作"老师之问"。长期的"教师先问"会让学生丧失真问善问的机会和能力。比如，今天如果作为教师的我来提问题，让在座 20 位老师来回答，那么 20 个人只有一个问题，但是如果是在座 20 位老师来提问，哪怕是相同的问题，那也是提了 20 个学生自己的问题，这就是拔尖创新人才在个性化这个层次上的需求，也是体现出 AI 时代"精准化、个性化、差异化"的三大特点。

为什么要把 AI 赋能课堂评价这个技术设备现场尝试，将师生课堂行为作为监控数据全部如实视频记录下来？这样"精准化"的机器在这个方面是超越人类的，至少人类暂时没有这种大数据的统计功能，所以要借助技术来赋能。"个性化"就是要体现在每一个学生的身上，首先就表现在问题的生发上。"差异化"不是差距，"差异化"就是要承认世界上没有两片相同的树叶，既然没有两片相同的树叶，又何必要去比哪一片树叶最美，要坚信没有谁最美，而是各有各的美。这就是对"拔尖创新人才"之于我校"人人都是拔尖者，个个都是创新人"的校本特色的基本理念认知，这两节课可贵的是表现的都是从学生的"真问题"开启本节课的学习旅程。

今天"质疑"的亮点体现在哪里呢？关于"质疑"，我上周行督课总评时提出了"大三问"和"小三问"，也就是当讲到重点内容、核心知识的时候，学科关键处的时候，"小三问"就来了，你还有什么疑惑？这是 B 层学生来提出的，因为他们最容易一知半解，只要他能把疑问提出来，他就能够升级层次，提不出来，就是还没有这种反思力，没有这种反思力，他就成不了拔尖创新人才。拔尖创新人才的特点是什么？就是反思力，这是人的"元认知能力"，这也是我在"双名工程"展示中向大家展示的"元教学"概念，孩子们也要存在"元学习"的概念，知其所以然。那 B 层孩子提的问题疑惑谁来答呢？ A 层孩子来答，来讲，来解释，这就能够实现金字塔的 5% 和 90% 之间的 18 倍关系。

怎么才能让这些 A 层的学生乐于讲呢？我曾经在听过九年级"一模"后专题复习课时，和同学们有过"质疑"互动后"到底谁收获最大"的讨论辨析。假设

A层的李同学把B、C层的张同学讲明白了。我问全班同学：刚才质疑后的解惑互动中，是张同学收获最大还是李同学收获大？其实不是听明白的张同学收获最大，因为按金字塔学习理论，听别人讲授听明白了，效率是5%，而向别人讲授或学以致用的学习效率是90%，是18倍的关系，如果作为被听者BC层的张同学听明白了，如果是收获一堂课的话，那讲授者的A层的李同学实际收获是18节课，相当于多听了17节课了，收获最大的自然就是A层的李同学。这样精确的对比核算下来，李东潮、任屹、刘仲尧等A层同学自然就喜欢当课堂中的"小老师"了，人也是需要"义利"合一的。你把"利"说清楚了，A层同学自然就更有热情互助共赢，拔尖顶尖了。

A层同学还有一个拔尖创新体现点就是全课结束后，能提出本节课学习目标完成后的有价值的"新问题"，这是新的"轮回"，从而形成"问题链"，自然进入主题式、项目式、探究式的学习机制中。A层同学在课堂中间，不在乎提什么本节课核心知识的疑惑问题，他的角色就是为中等或弱的同学提出的问题"解惑"的"小老师"。那B、C层同学原则上是什么？他们是在过程中找寻或检测疑惑处、错误点的人，这时候在进行小组合作学习的时候，大家就可以有针对性地帮助他了。

"问学课堂"的"好学生"是"敢提想提问题的学生"，所以，问学课堂上，要鼓励B、C层同学大胆提出自己新课学完后、基于学科核心知识的、仍然不会的、疑惑的、易错的"小三问"问题，并给予积分加分奖励和表扬，因为人贵有自知之明，知不足，就会更进步。这时候实际上是换一种方式让B、C层同学建立自信心和成功感。请注意，B、C层同学最关键的就是要给他"敢提、想提仍然不懂不会问题才是好学生"的正确理念和自信表现的意识，强化了这样的意识，才能够让"不懂装懂、滥竽充数"的真问题真实暴露出来，而只有B、C层同学自主提出不懂的问题，才能给A层同学更多磨尖拔尖顶尖的机会，才会进入优性竞合循环中，这就是"拔尖创新人才"课堂培养的角色分工和共赢生态。当然，在B层同学提出不懂的问题，给A层同学乐于解答之后，这时候老师就要引导最弱的C层同学，此时，他们真不懂的地方更多、难懂的地方也不少，如果 B 层同学也能当 C 层同学的"小老师"乐于"解惑"。长此以往，B 层同学就能进入 A 层，A 层同学就能进入 A+ 顶尖层，学科课堂上就会呈现"你追我赶，互助共赢，层层拔尖，个个成功"的新局面、新景观。

"问学课堂"的"大三问"的课尾最后一问：你还能提出什么有价值的新问题？不需要当堂解答，这时候 A 层同学就有了"用武之地"，这是下一个环节"单元学习、任务群学习或者问题链"的下一个学时内容，下一个新研究课题。这样的"有价值的问题"的标准应该是本节课问题解决之后，再回到真实的情境生活当中产生的又需要解决的新问题。"新问题"解决了什么呢？我们要追问"旧知"功能价值到底是什么？"旧知"的重要功能就是要产生"新问题"并解决"新知"，因为，两个相关联的旧知识一定会产生一个新知识，或者说，新知识是由两个相关联的旧知识生成的。"新知"的目标是走向"未知"。其实，"新知"存在的时间只有一刹那，大量存在的是什么呢？是未知，这是世界存在的普遍方式，是孩子认知的普遍方式。为什么呢？当他瞬间听懂之后，明白之后，这个"新知识"就在那一瞬间转化为"旧知识"了，于是当原有的旧知识再加上今天新产生的一个旧知识，就会为提出并解决源源不断的"未知"的"新问题"带来力量的方向，这就是常态的"课堂创新时空"。请注意这个"未知"是不一样的，是利用解决新问题之后的解决"未知"问题，这就产生了"原创"。

2019 年，哈佛大学校长来京讲学曾说过：未来课堂的学习目标是课堂结束之后提出新的问题，回到生活提出新的问题。我很赞同这个观点，这也是我很多年前创生"问学课堂"的立论起点，因为，唯有如此，"创新人才"的培养才能常态化的在"课堂落地生根，开花结果"，因为，解决"卡脖子"的原创精神的人才绝不会从天上突然"掉下来"，而应是这样一节一节、一天一天的常态"问学课堂"日积月累的"生态"创生和坚持。

（四）"语文质量"在评价

今天这两节课的学科优点在于什么？在于都聚焦了《义务教育语文课程标准（2022 年版）》。彰显在什么地方呢？我认为她们关注了两个点位。

第一点叫"学习任务群"。从选材上来说，木兰诗和小学的口语转述，都是当下语文核心素养中"文化自信、语言运用、思维能力和审美创造"这四大方面的语言运用方面。

第二点叫"学业质量评价"。她们实践的方式是评价，评价主体转化为学生或学生为主。今天小学的学生更显得落落大方，训练有素，中学略有点胆怯，但还是进行了评价，这很好。评价工具的应用在我校英语大学部内很有亮点，他们的"量表"用得特别好，今天，我没想到语文课上也出现了"评价量表"，我非常高兴，建议大家推广、借鉴、研制，聚焦语文实践当中的语言能力，积极思考，想象联想，引导学生认同中华文化，立德树人，落实"正确价值观、关键必备品格和关键能力"三合一的"核心素养"要求。今天的课堂评价的过程和工具的使用，彰显了"语文学业质量评价"的进行时。你们已经走在康庄大道上，必将赢得未来高质量的跨越发展。

二、"四再"强化

（一）"时间分配"再控制

请大家注意既然是行督课，强调的是"限时练习、当堂检测"，要么你就预设一小时，今天就上一个大学时的课，因为现在有10%的学科实践活动要求，这个也将成为未来的考点。在时间分配上，不要因为小组活动的安排或者体现就超时。我要跟后面的行督课提出不超时的要求，要通过多次试讲找到感觉。特别要说的是试讲至少要3次，没有3次以上的试讲，时间是绝对把握不精准的，我上课也是一样。

（二）"当堂检测"再落实

"当堂检测"是绝对不能走过场的。今天的教案上都有当堂检测，但是没有落地，或者是匆匆而过，这是不可以的。"当堂检测"是高质量课堂的必备条件，千万不要形成"课内未完课后补"的常态，课堂练习至少拿出5~8分钟，当堂检测至少3~5分钟。

（三）"学生常规"再训练

尤其表现在课堂上发言的声音，或许学生对这个环境不适应，那么平时要多鼓励学生大声说出来，大胆讲出来，这就是大方，这就是美丽。

（四）"思维导图"再连线

今天的两节课板书都没有连线，都只是点，点不连成线，就成不了面，没有几个面就成不了体，而体是无数个点组成的，我上数学课讲一个大题，远观它就是一个点，但是每一个点都是"点线面体"的一个综合体。"点"跟它的主题要融通，问题要解决，要加上生成的方向符号，这样就叫知识导图，是图，不是点。大家看所有的地图是不是一个一个的点加上连线加上图标，然后加上颜色，最后形成的是什么呢？是思维导图，它是图，是导，导是方向，方向靠什么？靠连线和箭头，连起来就成了图。就像百度导航看什么？主要是看了方向，由箭头指示。

三、"四要"聚焦

（一）"评价前置"要"习以为常"

这其实说的是"学业质量"要"习以为常"，我从上学期，去年4月21日新课标颁布的时候，就开始主动给大家解读，随着时间的推进，马上一周年了，大家看这个理论已经成为学校新学期"三个一体化"的工作主题了，即"教学评一体化、家校社一体化、高大上一体化"。因此，"评价前置"要"习以为常"。这里，我提出两点：

第一个就是"为什么评价前置要习以为常"？大家都有新课标，我来读《义务教育语文课程标准（2022年版）解读》一书中第147—148页的两段关于文学阅读与创意表达的几个要求：一是"发展文学阅读，自主积累文学阅读经验"。王老师可贵之处在昨天让学生预习，"预习本"是我给学生提出的"四本"之首，一定要带着孩子们预习，这个习惯是很好的，可以说没有昨天孩子们的提前预习，今天生成的精彩也许就会打个折扣。二是"珍视个性感受和体验，学习创造性地表达文学读写成果"。我们在4月份进行"阅读写作节"就是包含了这个理念的创意。三是"关注纵向横向联系，体验文学阅读的育人价值和功能"。这就是三级指标当中，中华文化、中华生命力的自信，这些标准都应该是在这次备课之前思考的，我只是以今天的"文学鉴赏"的《木兰诗》为例来说这个标准，我希望这一年大家的每一节课都要对标这样的新"学业质量评价标准"来研磨行督课。昨天在区教委召开的小学六年级质量分析会上，介绍小学经验的时候，就特别提到很多优秀的学校全都在抓教师考核对评价标准的理解和运用，如何做到"习以为常"呢？希望大家抓住每一次的公开课、研究课、集体备课，把本学科的"新课标"和"解读稿"时刻带在身边，现在学校已经确保"1+1"人手两本的配置了，不要让它成为仓库或者柜子里面的东西。

第二个就是"学业质量评价的关键问题解析是什么"？我再来分享一下《义务教育语文课程标准（2022年版）解读》一书中第232—234页关于学科学业质量标准中的使用是应该把握的四个重点方面内容：一是"把握学业质量评价标准的基本结构"，主要有三大块，即正确价值观、关键必备品格和关键能力；二是"关注对学生语言经验结构化水平的刻画"；三是"关注学生语言运用品质和思维品质的发展过程"；四是"关注学生情感、态度方面的基本品质在教学影响下的积极变化"。请注意我说的这个是《义务教育语文课程标准（2022版）解读》当中第230页开始的就"语文学业质量评价标准"的关键问题的解析。

我今天简单说说第二条，"关注对学生语言经验结构化水平的刻画"，这里面分为四个学段，在《义务教育语文课程标准（2022年版）解读》一书的第234页"表13-3学生语言经验评价的行为表现"，我跟大家一起学习一下："第一学段，与人讨论交流，注意倾听，主动用礼貌用语回应，乐于表达自己的想法，遵守规则，主动合作，积极参与讨论，把自己的想法说清楚；第二学段，乐于在班级活动中展示交流，能根据需要用普通话交谈，认真倾听，把握对话的主要内容，并简要转述，能按照一定的顺序讲述见闻，说出自己的感受和想法，能尝试根据语文学习经验和生活经验解决日常生活中的问题。"

今天芮老师的课就是在第二学段四年级上的，就是在引领孩子根据日常生活经验来解决生活当中的问题。"第三学段，乐于参与讨论，敢于发表自己的意见"，请注意这个就不一样了，敢于发表自己的意见，"能认真耐心倾听，抓住要点并作简要转述"。转述当然是口语交际，其实从这种学生语言结构化这方面的刻画就是很重要的，"能注意对象和场合，做简要的发言"，今天大家为什么点赞李东潮这个孩子，就是因为他能主动向同学们发问。作为拔尖关注对象，一定要给像他这样的孩子充分的展示时间，让他们来主问，而且还要以此为表扬的点，鼓励的点，对他们进行积极评价。拿着新标准备课、研究、评课，就能做到心中有数，这就叫"评价前置要习以为常"。

备课之前要先备"大单元"，现在都谈到"学习任务群"了，都谈到整本书了，一定要有大单元概念，有大单元意识。但是大单元还不是任务群，是要跨学科、跨主题、跨项目的，因为要实现一个任务，任务达标就不仅仅是这个学科的，是基于这个学科，调动各种学科知识或者生活经验，甚至艺术手段来解决的，何况现在对于语文学习的质量要求不一样了，中高考就是这样考，这就是方向，考什么教什么，教什么学什么，学什么研什么，这就叫"教学研一体化评价"。

（二）"问学目标"要"移步换景"

这里面我主要说说"问学课堂"的第一环节"启动导标"。"问题"和"目标"之间是有内在联系的，围绕一个核心知识，如果可以定标问八个问题，但是聚焦三个重点让大家选择，时间长了就"移步换景"了，同学们就不是在"敢问想问"上做文章了，而是在"善问会问"上做深入了，这样就实现了问和标之间最短时间的一一对应，就能够迅速对标、精准对标了。但是这个目标是缘于学生之问而确定的，这是我一直反复强调的，因为大家往往不愿意放时间，让学生去提问，我们首先就要做到把问题权还给学生，随着坚持不懈这样做，最多不会超过21天，就能形成一个好的习惯和规律，好孩子1周，中等孩子2周，稍弱的孩子3周，我过去每接一个新班，就是用3周解决所有基础问题，然后就跑得快了，这就是所谓的"磨刀不误砍柴工"。

在座的都是骨干和学部长，你们在引领的时候一定要关注这个，这一点不落地，培育真正的拔尖创新人才的目标就实现不了。中国发展，国家民族富强需要人才的快速成长，需要教育人抓紧来做。党的二十大将"拔尖创新人才"写进政治报告，就是一个官方认可，我们要更加坚定不移地去执行。所谓"移步换景"，山还是那座山，没有变成别的山，但是移步之后，景色变换，这就是实现了方式的转换。

（三）"学法指导"要"训练有素"

主要是指"学习方法，思想方法，思维方法"。这里面我特别强调自学办法，请注意学法建议，就是我们之前一定要有学法指导课，不管你开展的怎么样，只要没做这件事情就是不完整，还要补上这节课。我和大家一起再回顾一下：一是细读，一定要用课本，课本就是主宰；二是细看，一定要圈点勾画；三是重读或者叫重读，今天王老师把这个方法用得特别好，精准指导；四是填空，读看之后，如果有配套的练习，一定要有顺手填上的好习惯；五是提问，读看之后，一定会产生不同的问题，将问题标出来，上课时针对性的听讲，学习效果和效率更好；六是讨论，通过课堂学习之后，一个人还是搞不明白的问题，要拿出来与大家讨论，小组合作共同完成，但是在这一点之前，一定要确保是已经经过了独立思考还没有能够解决的问题，一定要先自己想过、思考过，先独立再合作，大家现在基本都是直接进入小组合作学习了，建议哪怕只是给孩子一两分钟的时间，也一定要先让他们进行独立思考，独立思考后还是搞不清楚再进入讨论，讨论结束之后大家共同解决重要的问题，这样才能真正地认识深刻；七是记忆，核心知识、核心观点、重要内容要当场背诵、当场记住，比如这个字是什么笔画？当场写一遍；八是猜作，一定要注意作业个性化、分层设置，鼓励学生猜猜老师要留什么作业，猜对了，可以免做。

（四）"拔尖创新"要"其乐融融"

这里面说两句话：

第一句话就是"问学景观"。十六字问学课堂景观，即"问题多多、议论纷纷、书声琅琅、鼓励阵阵"。语文课不读书，那叫什么语文课？一定要多读，用不同方式读。另外今天芮老师的课上有多次自发而生的全班掌声，这就是营造了一种"其乐融融"的课堂氛围。要知道没有自由的课堂环境，是实现不了人思想的自由的，要想拥有"拔尖创新"的学生，就要给他们一个自由的"其乐融融"的空间。

第二句话就是"创意表达"。根据《义务教育语文课程标准（2022年版）解读》第 151 页上的内容，今天两位老师的"学科学业质量评价"关注点位是对的。课标实施建议的第一条是"创设生动的阅读情境，有序开展文学阅读与创意表达"。第二条是"灵活运用文学作品选文，根据需要适当融入学习资源"。第三条是"注重文学阅读方法指导，培养问题解决能力"。第四条是"关注过程性表现，考察文学阅读体验和创意表达能力"。也就是说语文课的语言表达能力、阅读方法指导是新课标语文学业质量评价的实施建议的四条当中的两条都提到的特别关注点，而且还要"创意表达"。今天王老师的课已经初步建构了"模块"，这很好，有模块比无模块好，基于模块再创生模块，这也是一种自由的"创意表达"，这也要作为大家下一步的努力方向。

我相信，语文学科聚焦"学业质量评价标准"的"拔尖创新"的行督课的研究主题是很精准的，你们的探索建构将会更加有效！下一次，我们还将利用今天 AI 赋能课堂评价的技术支持和数据分析，未来将可以直接生成课堂等级及学业质量的评价结果，到时再看数据跟大家的"人机双评"，相互比对，验证今天行督课的基本结论和质量层级，我们一起期待和共同践行，一定会生长出基于行督课的"拔尖创新学科聚焦的学业质量"的高品质、高水平、高效益教学治理新机制的神奇和高端！

问学 "问学"："拔尖创新" 的 "方法论" 和 "价值观" 的 "融通共生"

——在 2022—2023 学年度第二学期文综大学部第一次行督课上的讲话
（2023 年 4 月）

今天的八个部长全部到位，下周将要上课的老师也到了，这很好，我希望这在以后形成一种模式，下周上行政督导课的老师要来听上一周行政督导课的最后阶段总评，因为下一周的起点是要在前一周基础上的，是不一样的，一定要把本周的经验吸收好，无论哪一个环节的评课，都非常珍贵。唯有评课，才能知道研究的正确方向，少走很多弯路。通过大家的点评，能够点出优点亮点，点出缺点不足，产生新的心灵共振。

一、关于 "总评主题" 的阐释。

今天总评的题目叫《问学 "问学"："拔尖创新" 的 "方法论" 和 "价值观" 的 "融通共生"》。

（一）"问学" 到底是什么？是 "方法论" 还是 "价值观"？

可能更多的人认为 "问学" 只是一个 "方法论"，跟 "价值观" 或者从内容这个角度到底能有多少关联？或者说什么叫问学？怎么问学？为什么要问学？这三大问聚焦到什么？"问学" 就是 "拔尖创新" 的 "方法论" 和 "价值观" 的 "融通共生"。"拔尖创新" 主要特指 "拔尖创新人才培养要在课堂落地"，今年上半年学校所有的 "行督课" 围绕的主题都是拔尖创新人才的课堂理念、课堂策略、课堂建模、课堂技巧，所有的课堂模块、课堂实践、课堂探索、课堂尝试都可以。一句话，聚焦课堂，谈拔尖创新人才，也就是转换一个传统观念，即 "拔尖创新人才" 是校外的事，是课后的事，是课余的事，不需要或很难在课堂上体现。

（二）为什么把 "问学" 与 "拔尖创新" 关联在一起？

"拔尖创新人才培养" 是指什么？当然是指孩子，一般认为是指前三名、前十名的孩子，但是"拔尖创新人才"学校有一个不变的校本理念，即"人人都是拔尖者，个个都是创新人"。这句话的理论是什么？是每个儿童都不是相同的两片树叶，各有各的美，都有创新的种子、创新的潜能、创新的天性。课堂需要做什么？为什么说"人人都是拔尖者，个个都是创新人"？就以上次音乐汪老师那堂课为例，担任课堂"钢伴"的孩子她不是学业成绩最优秀的，可能进不了前十名，但是"钢伴"能够成为第一名，那这个孩子就在其他学科上具备了成为未来优秀种子的见证。"钢伴"最终就可能成为这个孩子高位拔尖的生长点、突破点，或者说增长点就在"钢伴"这件事上，"钢伴"作为突破口会促进她生成未来全优，让某一个方面突出的学科成为全优助力，这就是我们学校培养"拔尖创新"的人才的不同点。所以，基于这样一个认知，课堂是牵一发动全身的必要环节，这也是当下新中考和新高考方向，也是现实急需强化的变革之处。这个星期天，有关领导在校长群里面发了一篇文章，其中就谈到校长该在校园里面干什么，并提出一个观点，就是校长要对素质教育和应试教育有充分的认识，应试教育是素质教育的一部分，无法想象一个学校毕业班的成绩不好，但素质教育却能搞得好，那是"空中楼阁"，是"假"的素质教育，所谓"不要分数"的素质教育是站不住的，老百姓会用脚投票，会把你"投倒"。所以大家要有清醒的认识，特别是像现在的九年级，是中考年级，更是区域和校本"质量强校"的必然导向。

"和谐"的"和"本义是要"人人有饭吃"，而且要吃饱、吃好，老百姓要能上好学校，才能真正的"和谐"，这叫"和谐"的"和"；"和谐"的"谐"，是"人人皆言也"。"人人皆言"就是指学校给学生的课堂，能够让学生人人发表观点，个个表达意见，让学生自己做主人，所以，如果你说它是"方法论"，那么"方法论"的背后是什么？是"价值观"的引领，什么叫"价值观"？就是我们到底要培养什么样的人？什么样的人既有立德树人的"德性"要求，同时也有建设者的"才能"要求，或者说培养不出这样的"拔尖创新人才"，我们就没有完成"立德树人"的根本任务，唯有"为党育人、为国育才"培养出这样的"拔尖创新人才"，才能解决担当强国建设和民族复兴使命的"卡脖子"人才问题。

我再次说说上周二教师学习时我所谈到的观点，关于 ChatGPT 的早期预判，我的感觉是本来认为人工智能方面，我们与国外是齐头并进的，甚至在早期还领先一点点的，但 ChatGPT 的轰然出现，让我们感觉落后了至少 5 年。而且这个差距很有可能随着时间的推进，越来越大，为什么会出现这样的情况？我认为是因为缺乏真正的"原创"人才。尽管西方占据核心技术变本加厉地对我们"卡脖子"，但是，我们还要向他们谦虚学习科技、学习教育等。不改变教育、不健全科技、教育、人才一体化培育机制，我们就无法实现科技强国、教育强国的目标，而这些的达成，基础就在学校"拔尖创新人才"培养的每节常态课上落地。

2016 年，我在美国进行为期近一个月的"美国高等教育的基础教育核心课程体系建设实践研究"专题考察学习比较，我实实在在地感受到了，他们国家的教育创新人才培养是常态、贯通、衔接的，是"教学研企产"等一条龙、一体化的理念相同、创新融合、机制融通的和谐协同发展的。更早的 2003 年我去英国考察培训一个月。通过考察，感觉到西方的教育是指向创新人才，体现创造价值的。最近大家可以看到的许多教育短视频，上海建平中学的老校长冯恩洪，最近经常谈起创新人才到底从哪里开启培养之路？其中就谈到了课堂，课堂上没有学生提问，学生没有自己的问题是不行的。比如，刚才课一结束，我就跟道德与法治杨老师做了最后小环节的交流。我说你最后的问题问得很好，不必再答，只要不是今天知识一定要解决的，那么今天这个问题不必马上解答，这其中的评价点是什么？应该是谁敢提新问题，谁能提出有价值的问题！如果大家都感觉到你提的问题"有价值"，一是表扬这个问题是谁提的，二是这个问题是否"有价值""有意义""有水平"。如果这是一个新的问题，是一个新的领域，是在这口井向下继续挖深？还是在这口井边上再挖另一口井？这就是创新的"种子"的"课堂孕育"，十分宝贵，这是教师评价、学生评价的标准导向！这才能形成"拔尖创新人才"的"课堂落地"。

未来中高考的改革方向就是这样子的。关于这一点，我们不能因为目前还有考题不是这样命制的，或者大量的考题还很"传统""常态"，缺乏变革就懈怠。因为改革是需要循序渐进的，方向一定是越来越指向"拔尖创新人才识别、培养、选拔的"，甚至有一部分题目，这几年已经是中高考试题创编中拉开分数的题目了。现在中高考试题已有开放性的、实践性的，答案也不是唯一的题目。所以，这一点从刚才本学科老师评课，同学段老师评课，文综大学部部长评课，物理大学部部长评课，包括干部评课等之中都体现了出来，这样的"聚焦问学"是特别好的。大家围绕"问学"，这"问学"是我一个人的吗？不是的，大家可以追问我为什么要积极倡导"问学"思想？多少年前我在江苏提出"问学课堂"，我原来的学校把这个"问学课堂"建构作为课题申报并被确立为江苏省规划办的前瞻性课题立项进行深度实践研究。所以，我说的这个价值意义到底是什么？将是未来不断验证的正确方向。

（三）如何"融通共生"

大家能不能进入一个新的状态，站在新的高度去思考问题，这是我今天要谈"问学"之"问学"，实际上就是三个问题，什么是"问学"？怎么"问学"？为什么要"问学"？我今天更聚焦于到底为什么要"问学"？就是要解决一个核心问题，即"拔尖创新人才的课堂落地"的问题。大家可能更多地聚焦于"方法论"或"价值观"，但这是不够的，我为什么叫它"融通共生"？因为永远没有"方法"是脱离内容而产生的，有"价值"导向，才有"方法"创新；同样有这种"方法"和"流程"，自然生成这样的学生育人"价值"目标，这实际上是"共生"的关系，更主要的是体现在"创新"。因为"创新"一定是在边界或者相交的地方产生的。今天大家也专门提到道德与法治这门学科，它具有别的学科所没有的"跨学科"性质。正如物理大学部孙部长点评时所说的它像科学课，又不是科学课，那么同样的问题，科学课是怎么上的呢？道德与法治学科组长马老师点评的时候，也是站在道德与法治学科评课的。刚才刘校长助理也提到，"跨学科"为什么成为素养导向的四大特点之一？这是新方案、新课标把北京原来10%的跨学科实践活动推向全国，这是把"北京经验"变成"全国通则"的。刚才孙部长提到的"问学单"，两位老师都运用得不错，今后要形成它的流程管理。

生活当中，存在大量的旧知识，都是"似曾相识"，至少两个旧知识就会产生一个新知识，这是数量关系式。数学是所有学科的逻辑基础，两个相关联的旧知识一定能产生新知识，这就是新知识，新知识是什么？新知识是对真实生活的一个"质疑"，是学生大胆地"生疑主问"，也是"问学课堂"中"问学单"的第一个流程"我敢问"。而善于在两个旧知识之间找到某种关联，就能够自行创生出新知识。我上次有提到"新知识"在世界的存在只是一瞬间，当你把它变成"问题""解决"的那一个瞬间，比如在课堂的第 21 分钟，学生明白后，原来"问题"解决的新知就变成了"旧知识"，这个"旧知识"又会回到生活当中经历时间再次产生新的"未知"问题，因为，人的天性是好奇心，好问是儿童的天性，问题是创新之源泉、创意之活水。

（四）"拔尖创新"与"课堂落地"研究究竟有何现实价值与前瞻意义

习近平总书记在中共中央政治局第三次集体学习时强调"切实加强基础研究，夯实科技自立自强根基"，明确提出"要在教育'双减'中做好科学教育加法，激发青少年好奇心、想象力、探求欲，培育具备科学家潜质、愿意献身科学研究事业的青少年群体"。三年前，2020 年 9 月 11 日，在研制国家"十四五"规划及 2035 年远景目标时，习近平总书记专门召开了一个科学家座谈会，特别强调"好奇心是人的天性，对科学兴趣的引导和培养要从娃娃抓起，使他们更多了解科学知识，掌握科学方法，形成一大批具备科学家潜质的青少年群体"。

最近，我应邀第一次去教育部，作为中小学唯一的校长代表，参加了一个座谈会，重点就是谈 AI 编程校外培训监管问题的。最后我提出了一个观点，对校外这种科技类机构加强监督时，重在制定底线，在早期课中可以酌情适当放宽进入条件，保底线，亮红线，要"放水养鱼"，要"涵养生态"。我深切地感受到学校科学课、信息科技课等课程的课时还不是很充足，可以利用大量的课后时间由校外科技类服务培训机构来补充，这方面需要做"加法"。解决"卡脖子"问题的人才如果培养不出来，就会后劲不足。为什么从 2017 年开始在区域三、六年级监测以及八年级的中学考试命题创编"提问题，不解答"的试题。早期第一年区域的正确率只有 78.62%，大家本来认为简单，没想到是所有考题中得分率最低的，经过 3 年到 2019 年才首次超过 90%，这是一个了不起的成绩。

2019 年，朝阳区在北京数学教育大会上介绍经验后，天津市的一位教研员感慨地说，本来我们还在讨论这种试题有没有必要来做考题的时候，没想到北京市朝阳区都已经命制多年了。后来在中国教育学会数学年会的高峰论坛上这件事情也得到了认可。张丹教授担任北京市数学教研室主任的时候，就明确说要把"问题引领的项目学习"作为全市的课题。当时我的"问学课堂"课题在开题的时候，她就作为论证专家说这项研究弥补了一个空白，张丹教授和吴正宪老师是目前北京，包括全国这方面的顶级专家，就是因为这个课题是未来"未知"领域，这就是"创新点"，是在未知领域创新。最后我先问这个问题为什么不要答案，就带着这个问题出教室就行了，你就评判他这个问题，或者大家来评判他有没有新问题。如果全班都没有一个人提出新问题，你这堂课 A 层同学就是失败不成功的，就不能算是"拔尖创新"的课堂落地，这是一个判断的基本标志。

提不出问题的学生不是好学生，不是真正的拔尖创新人才，而拔尖创新的第一个特征是什么？就是好问。好问是好奇心的第一表征，习近平总书记在 2018 年全国教育大会上就提出"心无旁骛求知问学"。请大家注意"求知问学"这个词，可以追问一下："求知"到底是目的还是手段？"问学"是手段还是目的？如果"问学"是一堂课的目的的话，课堂的"最后一问"环节要不要？必须要。如果是站在拔尖创新人才培养目标审视"问学课堂"，就必须要，哪怕最后还剩一分钟，可以就提一个问题，如果时间多了，可以提三个问题，一般不要超过三个。今天最后两个问题是现场生成的，"有没有什么特殊的法律保护？"就是现场生成的，这个问题太有价值了，这时候老师一定要表扬，但是怎么表扬呢？要问大家，比如"任屹同学这个问题大家感觉怎么样？好在哪里？"然后老师要不吝啬自己的语言，给他鼓励，大声肯定。如果没有学生自发鼓掌，那么老师要成为领掌者，即时热情鼓励评价或者加倍计分。这时候学生看到你的评价导向是提出了一个有价值的新问题，久而久之，自然就会追随，那就太值得了。

（五）今天"行督课"的总评的主题选择和认知厘清在哪里

"问学"之"问学"这就是我为什么先把问学的"方法论"和"价值观"的关联搞清楚的原因，如果大家不把这个问题搞清楚，"知其然而不知所以然"的话，我们再怎么推进"问学课堂"，有的人也认为只是校长重视和强调的，视野会变小，动力会降低。如果你真的认为我讲的有道理，就发自肺腑地去做；如果你暂时不太理解，有保留，我也希望你能先通过尝试实践，用实验的数据来证明对错与否。

还有一个思考，就是把学生该干的事全部还给学生干，既省力，又受欢迎。我担任校长兼数学教学时，开始改数学作业像改作文一样仔细认真，只要是新带一个班的前两个月，我都是用评语跟学生进行交流，甚至有时候作业只有一页的四分之一，我的评语就是剩下的四分之三那么多，所以每次课代表发作业本的时候，就出现全班学生疯抢"作业本"现象，这样的作业批改，就是一种积极赋能。数学作业评语全是跟学生商量的话，鼓励的话。学生不仅喜欢上我的数学课，更喜欢我这个老师，正所谓"亲其师信其道"，所以虽然是校长兼课，成绩不降反升，总是名列第一，学校的总体成绩也总是逆袭变局或好上加好。

二、关于"亮点特色"的点评

今天，文综大学部行督课的"亮点特色"评价，可以用"四强"来表述。

（一）学部行动力强

表现在这次文综大学部行督课主题研究点的确立，第一个是主题聚焦"问学单"工具表的设计，第二个是主题聚焦"评价量表"的学科使用，且分学段使用。在"评价量表"上，小学部张老师能灵活使用，中学部杨老师则更侧重"问学单"的表现方式，这样的"文本化"都是很好的。刚才刘校长助理也讲了已经初见"样态"了，能把这张工具表和教学设计融在一体已经是高级层次了。我个人建议做成表格，思路就更清楚了，包括今天杨老师的课，把内容融成"表格化"，"表格化"就是"结构化"。这个表现在教学前研阶段是贯通的，两节课都围绕道法学科贯通起来。

（二）课堂生命力强

两节课选择的两个班级一（3）班和七（4）班，都是最近连续开课的班级。大家可以清晰看到学生的变化。今天的两节课，除去两位老师都比较优秀的因素外，学生的表现轻松自由，师生、生生之间的互动生成精彩不断。这两个班的孩子们现在的表现充分展现了什么叫"落落大方"，师生之间的关系是和谐的、民主的、竞合的，所以这两节课看起来特别有活力，特别显自由，所以就有了很多不同声音的表达，这一点特别重要，因为这可不是"一日之功"，跟这两个班最近多次上行督课、公开课有关联，也跟这两个班的班主任和任课老师平时的常规训练有关系。一年级的小朋友更是这样，你看一（3）班的孩子们最后的"问学"已经很有模样了。

还有一件事，我要在这里特别强调一下，那就是上课要有仪式感，特别是开头和结束，平时即使再繁忙，也别草草了事，就跟我们升旗一样，有几个节奏口令必须明确清晰。比如上课伊始的"上课！""起立！""同学们好！""老师好！""请坐下"。最后下课的"本节课到此结束，下课！""起立！""同学们再见！""老师再见！"以及向后转的"谢谢老师！老师再见！"

（三）问学彰显力强

刚才无论自评互评，还有干部层面的点评都提出这一点，这里面尤其表现在"大三问"是贯穿全课的，特别是在最后的"新问"时间，都问出了真实的好问题，了不起！这就是拔尖创新的种子！张老师整个课堂的问题解决，"以问导学"更鲜明。不知道大家有没有注意她在写的三个问题，我建议加问号，顺序调一下就更漂亮了。"以问导学"，做到过程回应、结尾呼应。

（四）两部表现力强

小学部和中学部两部的表现既有共性也有特色。中学部杨老师的课，我给她梳理出了"六化"的特点，即问学量表建构化、小组合作常态化、学生讨论自由化、节奏监控计时化、大小三论结构化、道法素养一体化。小学部张老师的特点是表现力强，体现在"六有"方面，问学有流程、拔尖有生成、语言有童趣、道法有素养、研究有主题、教师有风格。其中，"道法有素养"表现在聚焦"健全人格道德素养和责任意识，热爱自然，和谐共生"的素养统摄上。"研究有主题"尤其表现在"评价量表"的设计和使用上，因为她的课堂问题没有文本，这主要是因为一年级孩子识字少，根据学段特点去设计了这样的评价表，同时也是三个维度要素的使用。当然这个内容可以更"儿童化"，要用一年级孩子听得懂的话来说，希望以后张老师把"评价工具表"的语言转换一下，这是我的一个小小建议。"教师有风格"表现在张老师的亲和力强，有调控能力，有学科的专业素养。

通过这样的融合融通，达成共生的效果，这也是问学课堂追求的"无我"的最高境界，这两节课都收获了不可预测的精彩！

三、关于"改进建议"的说明

关于努力方向和建议意见，共有"四化"。

（一）创新"路线图"——思维导图"问学化"

今天张老师的课有一个亮点，是她把贴条贴图和课堂生成与板书有机地联系起来，现场生成的永远比提前描摹得更有它的"原生"意义，"原生"富有原始、原创、真实的意义。同样，今天杨老师的板书设计，也很有特色。它实际上是个"导图"，整个设计很有想法。我再复盘一下。

1. 关于课题

围绕课题的结构是"中心开花式"的，中间写了一个"责任"，左边是"树立法治意识"，右边是"伴我成长"。

2. 关于"规则"特点

基本上已经形成"导图式"结构了，而且有连线有方向。

3. "启问导标"的体现

板书的"问题"应该是这堂课要转化为"目标"的"问题"，即"启问导标"，"标"是课程教学学时要求的目标。这里面要注意什么叫"问学化"，要在板书当中体现，这节课的"问学"内容是什么？方法是什么？价值追求是什么？说到底这个导图"导"什么？"导"的方法是什么？通过导图式板书，还应看到学生的学习方法，还要看到为什么学习？这节课学得怎么样？因此，"问学式"的"路线图"，首先要有知识点，即核心知识点或者叫关键词，然后连线，再就是有带方向的符号和箭头连线。"问题"用简洁的语言和符号，比如说"法律伴我成长"，"法律是什么"，"法律的特点是什么"，这样问题。这个"作用"不就是"为什么"的问题吗？"树立法治意识"不就是"怎么办"的问题吗？巩固练习类的，就会回到生活实践去解决"怎么办、怎么应用"的问题，也可能是这三个内容的来源同一个课题，但不管你选哪个问题，就是这个学生之间的"问题"和学习之标的"目标"之间要做遴选或转换的。张老师的板书，在这个方面处理不错：一是把学生的提出的"问题"直接在课题上标注出来了；二是在黑板板书预设的问题跟学生之问是一致的。在过程当中又多次回应这些问题，这样就形成了一个"问题串"和"问题解决"的清晰路线图，把学生与老师的"问"和"标"做到了有效统一，而且做到了"教学评一体化"的"评价前置"和"目标前置"。

4. 小组合作学习

我今天要特别强调这两位老师都有一个"小组合作学习"的小细节需要调整。合作学习是"问学课堂"必备的学习方式，校本实施公式是"3+1=1"："3"即"独立学习+合作学习+竞争学习"，第一个"1"即"创新学习"，第二个"1"即"自主学习"。任何学习第一个环节都是个体的独立学习，在个体独立学习基础之上，再进入到小组内的"合作学习"，合作学习之后，进入到组际之间的"竞争学习"，这样的三流程指向的都是终极目标的"创新学习"，这就叫"3+1"了，它们合起来才叫"自主学习"。而"自主"和另外一个词"创新"永远是连接在一起的，即"自主创新"，或者说，没有"自主"就没有"创新"的真实发生，没有"创新"的价值导向，"自主"就没有动力源，这就叫问学的"方法论"，也是"价值观"，这样的方式、方法和内容、主题、价值的"3+1=1"的体系是相互匹配的，是互相依托的，是达到融通共生状态的。

今天张老师课堂上有一个环节，学生马上就开始进行小组合作了，这就缺乏了"独立思考"这个阶段，我建议以后可以先给1~2分钟，每个人独立思考一下，然后再请组长进行小组合作交流。

5. 关于组际之间的"竞争"

小组汇报展示要进行小组之间的积分竞争，形成积极的质疑、追问、建议的优势互补的"竞争"态势。因为"竞争"是这个社会的常态，也是世界的常态，不能回避，更不能当鸵鸟，自欺欺人。学校为什么提出"和谐"的本质是"竞争"或"竞合"，就是因为国家之间、社会之间无不如此，"竞争"才能出活力，"合作"是斗争的武器，"合作"是竞争的手段。毛主席提出的"以斗争求团结则团结存，以退让求团结则团结亡"，是很通俗的辩论哲学。"3+1=1"就是和谐的，本质是"竞合"思想的操作模型建构，这个问题搞清楚之后，大家就对"大三问、小三问"的结构化和问学"3+1=1"的内在逻辑关系搞清楚了，然后就可以通过"思维导图"来理清问学课堂"创新"价值导向的"路线图"。

希望下一周物理学部在研讨展示的时候能重点关注这个点，要争取有所突破。尤其是"问学单"的学科设计再充分一点，思维导图的板书设计生成再"结构化"一些。

（二）拔尖"学科性"——学业质量"素养化"

下面结合《义务教育道德与法治课程标准（2022年版）解读》的学习做些建议分享。

第一，道德与法治学科彰显凝练的五大"核心素养"

即"政治认同、道德修养、法治观念、健全人格、责任意识"。张老师的道法课重点聚焦在"道德修养、健全人格、责任意识"这几个方面，更多的强调是"自然共生，保护自然"这种共生意识，以及个人在这里边的跟自然的共同的成长，健全我们的人格。

第二，道德与法治课程的学业质量

《义务教育道德与法治课程标准（2022年版）解读》第208页表述了"划分学业质量水平层级的四个维度"，即道德与法治学科的学业质量标准为了整合课程内容与核心素养，选择采取"真实情境、学科知识、学科任务、行为表现"融为一体的表达方式，这意味着学业质量标准的水平层级应该从四个维度进行理解：一是真实情境维度。这里主要是学生需要应对的情境类型及其新颖程度。学段越高、水平越高的学生，能够成功应对的情境越广泛、越新颖或陌生。二是学科知识维度。在学业质量标准中，学段越高，学生能够或需要运用的知识的深度和广度越不同。三是学科任务维度。学段越高的学生需要完成的任务难度越大。四是行为表现维度。学段越高的学生完成任务的行为表现质量越高。无论是同一个学段内部还是不同学段之间的水平层级差异，均应该从这四个维度加以综合把握。即便是作了以上提示，有的教师可能还是难以在实践中理解。例如，情境的范围与新颖程度原本是显性的，课程标准因种种原因将这一显性要素进行了隐性化处理，这样虽然使表达更加流畅，但增加了教师的理解难度。具体来说包括四个维度，一是真实情境。今天大家都提到了道德与法治学科要回到真实的生活，真实情境，这很好。二是学科知识。以杨昱然老师的课为例，中学的道德与法治课必须具备道法专业知识，实际上要《未成年人保护法》以及《民法典》等的法律"保护"，与《刑法》的法律"惩戒"，这二者之间看起来是"矛盾"的：一个是要"法治"的规则，一个是要"保护"的利益，这其中的思辨意识、审辩思维与辩证理解，就是"融通共生"的培养，这是非常好的。三是学科任务。它有三个内涵，也就是三个强调，第一个强调活动，第二个强调实践，第三个强调可测性。最后行为表现，也是表达方式。这是学业质量的要求，学业质量当中四个维度之一的"学习任务"是重中之重，这两节课都有丰富的或者说叫全流程的活动设计和课堂体现。

第三，道德与法治课程的学业质量的撰写方式的确定

如何理解道德与法治课程的学业质量的撰写方式？道法学科学业质量最大的特点是撰写方式，学业质量的撰写，对于评价学生道法学科学业质量水平很重要。从哪几个方面来撰写呢？一是学业质量是核心素养在相关课程内容上的综合表现。这是对"人"的完整描述。二是课程内容和核心素养融合三个方面：核心素养与课程内容的融合；核心素养的融合；课程内容的融合。三是道法不像数学、物理学科那样，自身没有严密、稳定而科学的体系，没有公认的学科大观念和学科内容结构化，但它有四大主题，即国家和人类文明类、他人及社会生活类、个人生活类、自然环境类，并隐性地将它们融入了学业质量的撰写中，然后根据课程内容的几大主题提炼关键词。四是素养本身是不可直接观测的内在品质，可观测的是与之相关联的任务活动、行为表现。

第四，道德与法治课程的学科任务的内涵

道德与法治课程的学科任务内涵有三个：一是辨识与判断，这是着重回答"是什么"的问题。二是阐释与论证，这是着重回答"为什么"的问题。三是探究与建构，这是着重回答"怎么办"的问题。依据提炼的情境、关键词、任务活动，完成学业质量的撰写，这样的学业质量就有三个鲜明的特点，即强调活动、强调实践、强调可测性。

（三）拔创作业"质量观"——课堂拔尖"创编化"

学业质量评价要体现"课堂拔尖创编化"，今天杨老师的课堂直指中考，这是对的。在这里面我建议课堂拔尖的"创编化"，一是要整体性，要有区域视角和统筹整合。二是要创模性，创模的就相当于做"一模"题和"二模"题。三是要前瞻性，建议让拔尖的孩子自编、创编，前瞻化主要是设计，未来的拔尖达成一定是预测的成功，模拟的成功。八个学部的部长都是初中老师，你们在这个方面一定要注意，平时的限时作业或统测，反对用过去的套卷，要改编，要预判。哪些试题可以作为平时课堂的基础题，哪些创编成拔尖题？要把好拔尖作业的"质量关"，这个质量就是高质量的作业设计，努力做到课堂作业创新化、创编化、精准化、预测化，真正的高手不是拼时间，而是拼方法，在方法理念变革下的操作实践、预测生成更重要。

（四）行督评展"成果性"——教研治理"科研化"

行督管理科研化也是落实区教委 2023 年重点工作的必要举措。在对学校质量评价绩效考核当中，今年突出几个点，一个是骨干人才的培养，还有一个就是学校的科研能力。那么科研领域特别强调所有的课题来自教育教学教研活动中的问题解决。这几年学校的科研年会典型分享，全部是生长于校本课程课堂和学校治理实践中的真问题、真课题、真探索。所以在这个方面希望大家再注意几个细节：一是要确保出勤率。假设部长今天真的来不了，要委派本学部的教研组长或备课组长代表学部参会。同备课组的老师，同一学部的老师和跨学部的评课都要评出水平来，可长可短，但一定要有水平。这学期的行督课我都是拿着新课标、新解读来示范听评课的。怎么才能评出水平？就要说的时候有依据，有思考，这就要平时有大量的专业阅读。二是在过程当中要做到全程录像、照相及录音，整节课的评课从第一节开始到评课结束全部录下来。今天文综大学部李老师就安排了文综学部老师分别照相摄像。三是做好记录整理，记录、整理、撰写的过程就是提升的过程，整理好了就是阶段性成果，这也是一个科研的方式，大家可以共用共享。

希望各个学部加强合作，实现学校"行督课"这种教研治理的成效越来越好，教师专业发展越来越精！

AI 赋能："拔尖创新"的"问学单设计"与"评价量表"的价值

——在 2022—2023 学年度第二学期英语大学部第一次行督课上的讲话
（2023 年 5 月）

AI 赋能是学校拔尖创新人才培养服务，也是新学期的课堂研究主题。那"问学单"的设计以及与其匹配的"评价量表"的价值到底在哪里？我想从三方面来说。

一、"七大"特色亮点

（一）关于总评主题的阐释

1. 为什么定位于"AI 赋能"

刚才就今天英语两节课的内容，基于 AI 赋能这个视角做了一个基本的分析，这是现场生成的，算上之前的数学和语文，今天是第三次了，都是对课堂进行了大数据的反馈，也让我们更加坚定了"AI 赋能课堂评价"研究的意义和价值到底是什么。尽管是初步的，但它已经比较精准的代表了研究方向。我没有用"技术"，而是用了"赋能"这个词，更多表达的是对"AI 生态"的认识，这不在于技术本身，因为技术是迭代升级的，永远没有最高端，只有更好、更精准、更智能化。但是当用这种"生态"来赋能课堂教学的时候，改革课堂的建设以及培养学科拔尖创新人才这一系列的主题就都有了破解的渠道。

2. 为什么要关注"问学单设计"

"问学单"是基于"问学课堂"衍生出来的，经历了三个多学期，特别是前面几次行督课的使用，我越来越觉得校本问学课堂从理念的认知到实际的应用以及跟各个学科的融合，大家蹚出了一条很好的路，无论从形式上到内容上，都有不同程度的研究、展示，形成了很多宝贵的经验。作为问学课堂实践载体——工具表"问学单设计"的如何，实际上就类似于一节课思维导图的设计，而一节课真正思维导图的精准设计往往决定了这节课从内容到方式，从理念到实践，能够达到和谐的统一，特别是表现在师生能够共同生长上。刚才大家谈到了板书，这是本次行督课的两位老师的共同特点，来源于哪里？是来源于老师还是来源于学生现场的生成？来源于预设的生成还是来源于预设之外的生成？这都在今天一年级和八年级的课堂有鲜明的体现。

3. 为什么要关注"评价量表的设计"

因为教育部对教育信息化、校园智慧教育数字化的使用上特别强调一种观念，即教育部部长怀进鹏提出的"应用为王，服务至上，简洁高效，安全有序"，关键是如何来使用。实际上，今天也是通过一些带有 AI 生态赋能背景下来进行的行督课，那么这能不能成为学校未来，包括行督课在内的绝大部分常规管理和教学治理的重要载体和变革方面呢？值得思考。今天的"行督课"也是"原生态"的，"原创"的。这里"原创"的意义在于什么呢？在于大家能够不断地进步。

这个点评发言题目的解读用一句话来表达就是 AI 赋能拔尖创新人才的建构的意义和效果到底是什么？跟老师们之间到底有没有关联？是不是身外之物？是不是负担？大家应该怎么看待这件事？

（二）关于亮点特色的点评

我认为值得评价的亮点有七个方面。

1. "一体化"深入人心

这个主要是指"教学评一体化"的评课。从刚才各个层级的评课来看，无论是自评还是干部代表评课，都体现了"教学评一体化"理念的深入人心。应该说在"行督课"的"四段八步"管理的前三步进行集体研讨的时候，就不仅仅是确定了主题，比如这次主题聚焦了"融合"，主题的亮点是"用英语讲中国故事"，而实际上这些话题都体现了核心素养三个维度之一的"正确的价值观"。"用英语讲中国故事"，我觉得这是英语课文化理念的一个体现，它的"三个融合"，包括了学生的"必备品格"和"关键能力"。"量表"则偏重体现了"关键能力"。所以"一体化"的评课也体现在了这两节课的课堂表现，他们最大的亮点就是把

"评价一体化"用在了设计"工具表、量表"上，让理念有载体落地生根。

2."衔接化"素养聚焦

今天从一年级的最底端到初中的最核心端，学校九年贯通"小初衔接化"的素养导向是相当鲜明的，特别是"2+1"的量表设计是中小学一体的。有"个人评价表""小组评价表"，再加上"问学单"。

3."行督化"渐入佳境

"行督课"在"四段八步"的流程上应该说学校干部、学部、任课老师和学科团队，这次又加上在总评阶段邀请的下一场其他学部上课的老师参加听评课，让大家"互为肩膀，互为巨人"。这次英语的行督课表现就很好，在上一次提出的问题建议基础上，有探索有进步，比如"问学单"和"评价量表"。

4."评价表"校本建模

今天英语冯老师"评价表"和"问学单"的设计以及赵老师小组和个体的两张"评价表"，很有意义，很有价值。再加上第二次现场发布 AI 赋能课堂评价的这张教师版的"评课量表"，形成了校本实施的"双表双评双赢"机制——基于AI 赋能的课堂评价量表校本 4.0 版的改造空间，所以这个评价表是今天最特别的亮点。

5."问学单"初见架构

"问学单"初见学科模型，这是今天两节课的突出成效，十分点赞。

6."体验式"各显风格

英语教学特别强调情境——真实的情境，两位老师都能根据学生年龄特点进行设计，一位寻找了国家的时事新闻，这两年的航天、空间站以及学校 AI 社团当中专门有两个项目的航天系列。学校当时选择这两个项目除了因为它是教育部的"白名单"比赛中项目，还有一点就是它是航天系列，这是未来保证国家富强科技发达的大国重器和秘密武器，所以学校提前在这方面对孩子们做正确的价值观和立德树人的导向引领，这些精心的设计今天赵老师都通过英语学科展示了出来，这是十分难得的，而且在课上还引领学生学会讲好中国故事，这太棒了！一年级学生的特点就是好奇心重，生活中的颜色无处不在，今天在现场冯老师用平时最为常见的各种颜色的帽子作为道具，引发孩子真实思考、真实体验，开头的小视频，整个的PPT，都极具画面感，且五颜六色，色彩缤纷，再现了真实的生活情境，而这种真实的情境就让孩子们有体验感，"体验式"恰恰是素养导向下的一种特别倡导的方式，而且无论是作业的方式还是未来的考题，这都是一种必备情境体验。

7."导图式"生成于学

这个生成在哪里？生成于学生之"问学"。尤其今天，是预设了一些，但是生长出来时，并不是老师硬给的，而是在学生的提问、讨论、交流、解决过程当中自然得出这个核心的知识点，然后书写到黑板上的。赵老师的板书形成了她的模块，开出了"三问"，即"是什么、为什么、怎么办"，类似于这样的问题转化为学科内容的学习目标，而且根据高年级的学生，赵老师直接对课题发问，这是很好的。低年级的孩子可以先看视频然后发问，高年级的孩子则可以直接对课题提问，这就是"问学课堂"核心，是鼓励以学生主问。我刚才特别查阅了"英语学科学业质量标准"，无论是低段、中段还是高段都有体现，比如说关于小学的部分这样说："对英语有好奇心，在英语有配图故事等简单语篇的材料上能够积极思考，尝试就不懂之处提出问题。"而对八年级则是这样说："能够在阅读较长的语篇材料时，理解主要内容，推断隐含信息表达个人看法。提出合理疑问，然后再分级地解决问题。"这也都将成为学业质量评价的关键点。今天我看到，老师们在英语课上坚持这么长时间来强调"问学单"，而且板书很清楚的体现出"大三问"，这种"导图式"给同学们形成了"知识图谱建模"，这就是"问学单设计"与"校本建模"的意义和价值所在。我特别强调过没有方向、没有连线就不成"导图"，不把它整个架构起来就不成"思维导图"，只是叫知识点，唯有这样把内容方式和知识点结合在一起，才叫做"思维导图"。所以"导图式"生成于学，应该是孩子们真正问出来、说出来、学出来的自然真实的生成。

二、"四再"努力方向

我觉得有四个方面还需要努力。

（一）校本再建模

尤其是"问学单"，强调各个学科试点，英语组做了一个宝贵的整体探索，已有一个基础架构了，但有没有形成结构模型呢？或者说这个基础框架隐藏了什么 AI 赋能的意义了吗？还需要继续思考构建。

（二）学生再大方

一样的学生，不一样的老师，学生会有不同的表现。以后学校的展示，不仅要展示学校的豪华，更要展示学生的内涵，跟不同学校的人来往时，让他们不仅看到学校不同的文化，也能从内涵的生长上获得收益，从学术上能够彼此敬佩。所以，学生要大大方方，今天两位老师都做了暖场，先朗读两分钟，进行声音训练，找到感觉，这些都是小技巧。包括最后宣布下课的仪式感，平时要好好训练，诸如"谢谢老师，老师再见"这 8 个字要说好，目光前视，自信阳光一些。

（三）评价再全面

今天 AI 赋能请专家引领，全体老师都要学会用这套工具。今天特别高兴陈总亲自到现场来，学校最近也在提倡"家校社一体化，高大上一体化"。目前学校的理念追寻是"高大上"的，学校未来的发展也是这样的，作为中国教科院 AI 赋能课堂评价的一个实践基地，学校还能创生出更多东西来。我也曾跟市区教研员探讨过，目前 AI 赋能课堂评价这一块在国内不太多，后面各个学部团队都要有意识的应用 AI 赋能课堂评价这一技术手段，而且要用在常态课上。下学期的"和谐杯"也要全面引入 AI 赋能进行评课打分，这个打分可能要占到一半左右的比例。

（四）效益再精进

今天两节课都拖堂了，当下还是要求坚持两个理念。第一个是限时不拖堂，要么就提前预设好一节课就是 50 分钟、60 分钟，这没问题，如果是预设 40 分钟就只讲 40 分钟。第二个是强调自测，当堂反馈。为什么喜欢 AI 评价？因为它反馈很快，课一结束数据就出来了，至少保底是辅助评价，而且这个评价是人工难以同步完成的。

三、"四个需要"建议

关于下一阶段的工作我提出四个方面的建议，即"四个赋能"需要"四个精准"。

（一）"素养赋能"需要"学科核心能力"的精准"制导"

我还是用英语课程评价标准，要培养真正的拔尖创新人才，跟新素养导向的新课程和新标准匹配的新评价是一致的。

1. 什么是英语课程要培养的核心素养

《义务教育英语课程标准（2022年版）解读》第50页的表述："核心素养是义务教育英语课程育人价值的集中体现，是学生通过课程学习形成的适应个人终身发展和社会发展需要的正确价值观、必备品格和关键能力。英语课程要培养的学生核心素养包括语言能力、文化意识、思维品质和学习能力等方面，学生核心素养的养成是义务教育英语课程立德树人的育人目标，也是英语课程教学成效和学业质量的评价标准。"而这里面关键的是要把"学科核心知识"精准"制导"，学科的关键的核心能力不能变。比如说英语学科的"语言能力、文化意识、思维品质、学习能力"四个方面的素养的突出，在学科需要强化的定位，无法替代。

2. 作为英语课程要培养的核心素养四个方面之间的关系是什么

同样是《义务教育英语课程标准（2022年版）解读》第50页的表述：《义务教育英语课程标准（2022）年版》〔以下简称《课程标准（2022）》〕对它们之间的关系有一段表述："语言能力是核心素养的基础要素，文化意识体现核心素养的价值取向，思维品质反映核心素养的心智特征，学习能力是核心素养发展的关键要素。核心素养的四个方面相互渗透，融合互动，协同发展。"核心素养作为一个整体，其四个方面在发展过程中是融合的，相互作用，相互滋养，这里的基础要素、价值取向、心智特征、关键要素主要说明各方面在发展过程中所承担的最主要功能或所具有的主要特征。作为育人价值的集中体现，英语课程应着力培养的核心素养四个方面都具有育人导向。在这个前提下，文化意识体现核心素养的价值取向"是基于文化意识内涵包含了核心素养""正确价值观"维度的显性表述。因此，要正确理解核心素养，必须对其进行整体性考虑，避免将相互交织、互为支撑的四个方面分离开来，单向维度培养，要整合融通，凸显基础教育综合性特点。

3. 如何理解作为核心素养的"语言能力"

《义务教育英语课程标准（2022年版）解读》第51页指出：《课程标准（2022）》把语言能力定义为"运用语言和非语言知识以及各种策略，参与特定情境下相关主题的语言活动时表现出来的语言理解和表达能力"。《课程标准（2011）》确定的语言能力主要包括语言技能和语言知识，《课程标准（2022）》在原来的基础上进一步拓展了语言能力，除语言技能和语言知识外，还包括语用能力；听、说、读、写四种技能拓展为听、说、读、看、写五种，而且把这五种技能归纳为"3+2"能力体系，即语言理解能力（听力理解能力、阅读理解能力和看的理解能力）和语言表达能力（口头表达能力和书面表达能力）；语言能力不仅包括语言知识，还涵盖非语言知识。此外，《课程标准（2022）》还特别强调情境、主题、语言活动、语言使用策略等。

一起重温英语学科的新标准、新评价，就会让每次的听评课，更加关注学科核心能力，"行督课"的研究就会更加精准，"制导"就会更高效。这是我今天总评建议的"重中之重"，也是我今年"行督课"为什么都带着这样的"1+1"的学科课程标准和解读两本书，与大家一起分享、一起感悟、一起对标、一起诊断、一起评课的主要原因和基本思考，期待大家也能学习借鉴，纲举方可目张，制导必须精准。

（二）"AI赋能"需要"大数据分析"的精准"诊断"

下一步各个学部要尝试用AI赋能这套技术赋能，跟常态课的大数据。这个数据越多越好，甚至某一个老师如果可以把自己每周一节课录下来，对比学习之后，对老师的专业成长变化是非常好的，而且数据越多越好，大量的数据支持，会让它的"诊断"更精准、更精细。同时，大家还要更加深入的研究数据，这块是学校目前积极倡导的。

（三）"创新赋能"需要"问学课堂建模"的精准"量表"

今天英语大学部做出了一个初步的量表，可供大家参考。主要内容包括：第一，基础层级是"我敢问"或者"我想问"，高级层级是"我善问"或者"我会问"。这就需要老师要么提供情境，要么对标题目，要么让学生猜，但一定是深问。第二，"我会学"。这个阶段在老师指导下自主学习，是个探究的过程。第三，"我善练"。就是练习环节，这个练一个是老师提供，但最好还是学生能自主选择，练习主要强调全对和限时。第四，"我自测"。这个自测和练习不一样，可以是当堂作业，也可以是课后作业。第五，"我总结""我反思"或"我评价"。这个地方就是学生的总结、反思与自我评价，需要自主完成思维导图，可以参考老师的，自己再做一个。第六个，"我新问"。只需要提出有价值的新问题，应该是本节课所有问题解决后生成的新问题，不需要本节课解答，这是体现了"创新学习"的"问学课堂"必备环节的"最后一问"。这样板块结构表格化式的"问学单"，就充分体现了"教学评一体化"的有效载体的落地生根。

（四）"作业赋能"需要"教学评一体化"的精准"拔尖"

要精心设计当堂的作业，作业主要有三类，即小作业、中作业和大作业。平时当堂课的小练习叫"小作业"，课堂自测叫"中作业"，课后课外的长作业、限时作业叫"大作业"。今天我强调的是当堂的"中作业、小作业"，这些作业要有赋能的作用。"作业赋能"的概念就是让学生喜欢作业，让学生增值变现，让学生兴趣盎然。研究学生喜欢什么样的作业，让他的学习有任务感、使命感，一定要对作业进行分层，一定要给"拔尖人才"设计不同的作业单。作业的方式可以有实践型的、探究型的、问题型的等，能够强调问题链的更好。作业是"双减三新"背景下，学校和老师必须"攻克"的难关，也是课堂落地拔尖创新人才培养的教师必备的高端基本功。

拔尖创新：在真实情境中"自问自解"与"三层互动"

—— 在 2022—2023 学年度第二学期英语大学部第二次行督课上的讲话

（2023 年 5 月）

一、贵在"自问自解"

让学生鲜明的提出问题，自问自答，自问自解，这是在问学课堂当中第三个境界。第一个是敢问想问，是保底的。第二个是善问会问，就提出问题本身能够提出有价值的问题。学校现在应该大部分进入"敢问想问"的层级，大家应该在"善问会问"上强化努力，其实就是直达主问题，就在开始 3 分钟，最多 5 分钟之内，让学生提高提问题的精准性，并转化为本节课的学习目标，也就是"启问导标"要快速精准。一般来讲，长期训练的孩子提出有价值的问题就会转化为目标。早期的时候会乱提问，只要解决"敢问"的胆量就可以了。当学生自主提出问题之后，师生教学活动的一个落脚点就是在"思维导图"的形成完善和个性化。"思维导图"这一块是解决什么？解决知识结构化，解决知识网络化，解决知识之间的这种内在联系，真正把知识形成生长的过程表现出来。这个是进入学科本质、知识体系建构过程当中极为难得的"关键能力"，这个能力是学科能力。这种自主建构的"自解"是"问题解决"而不只是解题。今天这节课，七（4）班学生的表现是很鲜明的，也很优秀的，看出来班主任的班级管理是积极倡导自主的，应该是很常态的了。"自问自解"是宝贵的最高境界。这要求孩子们自己提出的问题自己解决。刚才老师们在点评的时候说了一个重要的点，就是英语宋老师课堂上讲的越少越好，这个班的学生讲的越多越好，让学生成为课堂学习的主人！

二、尖在"三层互动"

"三层互动"解决什么问题呢？"三层互动"体现在什么地方？实际上就是"在课堂上如何落地拔尖创新人才培养"的问题，这也是前几次行督课文综大学部长李老师提出的问题，即 A、B、C 三个层级学生在问题解决的角色是什么？如何让他们各得其所、各有收获、同频共振，在今天这节课或者在这个班，我看已经形成常规常态了，就是 A、B、C 三层同学怎么样互动为一个整体。A 层同学干什么？B 层同学干什么？C 层同学干什么？或者说 A、B、C 三层同学之间能够互动什么？大家看看今天课堂上 A 层同学在干什么？在当小老师，在讲课，在做示范。在学习小组内，A 层的小组长也在为本组的 B、C 层同学做帮扶指导，因为他们是一个学习合作团队。这种方法就把基础知识、基本技能当堂课全员解决了，没有一个同学掉队，这是"一个都不能少"的保底策略。而按"学习金字塔"理论，A 层同学也因为讲授给别人，收获更大，从而实现了课堂上三层同学既拔尖了，也保底了。过去，很多人善于在课堂上保底，但保底的时候往往把拔尖的给丢掉了，他们被忽视了，这个角色没事干，或者他没兴趣干，长此以往，拔尖层级的学生就吃不饱，又不愿"陪太子读书"。"学习金字塔"理论让 A 层好学生乐于帮扶 B、C 层同学，因为实际上 A 层同学是最大的受益者。所以这种三层互动的学习思想与方法一定要成为拔尖人才课堂落地的新常规，一定要成为学生自主课堂的好常规，唯有如此，我们老师的主导作用既发挥了，A、B、C 三层学生的主体作用也发掘了，但又不是互相被替代。

三、创设"真实情境"

新方案、新课标、新评价特别强调"回到真实的生活情境"。经济合作与发展组织提出，"素养不只是知识和技能。它是在特定情境中，通过利用和调动心理社会资源（包括技能和态度），以满足复杂需要的能力"。2022 年版新课标提出，核心素养是育人目标，真实情境是任务载体，领域知识是必要基础，学习方式变革是实现途径。如果说过去是强调知识点的学习，今天课程改革的目的就是超越过去的知识点，以培养学生的核心素养作为课程学习的目的。这就要求改变过去直接在课堂上讲解和操练知识点的做法，强调在真实情境下创设任务，让学生在解决真实任务的过程中，获得对事物的认识、形成和发展概念，以培养学生的核心素养。真实情境是今天开展教育教学的一个很重要的载体。原来所认识的学科知识、学科技能会融入素养培养的过程中，领域知识不是现代课堂教学的直接目的，而是发展学生素养的必备工具。这改变了过去对知识的认识，也是新的教学观形成的必备基础。而所有这些，都建立在学习方式变革的基础上。《义务教育课程方案（2022 年版）》明确提出，义务教育课程应加强课程内容与学生经验、社会生活的联系，强化学科内知识整合，统筹设计综合课程和跨学科主题学习。这一原则体现出一线教师在设计和实施课程时应秉持的理念是以统整思维解读教材，包括挖掘其中可以联结、叠加、剖析的要素，挖掘其中可以放置于生活情境中解决的问题，从而形成跨学科主题学习大概念，在以活动串联的地图中落实概念教学与学科目标。大家知道，现在中高考的命题创编侧重基于真实的生活情境，或者对真实的生活进行整理加工，包括最后的作业都是源于本班同学的生活实际。这个思路是什么？给孩子们一个什么思想？就是生活当中的很多东西是成为这个学科的学习要素，是检测范围。回过头来，学的这个知识又回到生活当中，就可以解决这些生活的真实问题，可以把它知识化、学科化、专业化。这个就是今天课堂上宋老师选择了很多真实发生的校园生活、家庭生活、假日生活作为课堂教学的选择素材。我们还可以对教材内容进行改编，进行试题的创编，这也是新中考新高考命题的原则和方向，因此，像今天的行督课的课堂观摩、常态的课堂，包括九年级的作业检测、命题创编，以及当下的七年级、八年级的课上，都要在这样的中考视域下，创编真实情境，落实常态课堂，要让"以标定考"成为中学全过程的评价前置和目标前置的学业质量评价原则，做到教学评一致性，追求拔尖创新人才培养课堂落地的"教学评一体化"。

艺术教育：美育课程"拔尖创新"的学业质量与课堂创生

——在 2022—2023 学年度第二学期艺术大学部第二次行督课上的讲话（2023 年 5 月）

这次是艺术大学部第二次行政督导课展示，整个听下来，我感到特别兴奋、特别欣慰。下面我主要从四个方面跟大家进行分享。

一、"五个关键词"的主题关联点

我为什么把"艺术教育"这个概念提出来？"艺术教育"跟"美育课程"之间是什么样的关系？"艺术教育"作为实施德智体美劳五育并举的"美育课程"，如何让"拔尖创新人才"培养在课堂中落地？如何聚焦和对照"学业质量评价标准"，在课堂深耕上有了哪些新的宝贵的探索和突破？这几个问题都有包含了一个"深"字，后面我将用"深入""深度""深情""深通"4 个词来概括今天这两节课的特点。

艺术大学部第二轮行督研究的特色，首先体现在落实艺术课程新课程方案上。从某种意义上面讲，2022 年版课程标准鲜明地增加了劳动教育和信息科技。其实还有一个就是独领风骚的艺术课程内容。2011 年版把音乐、美术分为两个标准，现在是艺术课程标准，也就是说艺术课程在学校课程设置的时候，可以分开也可以合并的。当时我在南京做研究的时候就关注到了这个点，这一次音乐、美术、戏剧都回到艺术课程了。今天的两节美术课就是艺术课程、艺术教育、美育课程的幻化身影。

初中部美术陈老师的"山楂茶包的设计"这一节课，在大单元 5 个学时的过程中，今天的教学内容为其中的第三个过程。实际上是从大单元的主题式学习，项目式学习，然后用问题串的办法来作为连接的红线，彰显出美育课程的独特性质，体现很鲜明。小学部美术贺老师"设计动漫标志牌"一课，从内容的选择上无疑也是体现了美育就在身边。贺老师自评说道，校园或者生活当中更多的地方需要这种标志牌，它来源于生活实际或者校园里需要发生，这也是"拔尖创新"的一个新生点。"山楂茶包的设计"这节课也是深入到大单元和课程内容上选择出来的，是基于生活的需要才生成的上课内容。这个话题是校园里植物生活的元素，是活生生的教材。"山楂树"在校园里已经生长多年了，不能对它熟视无睹，应该纳入到学校"拔尖创新"的内容体系中，给孩子们学会学习，即"会学"的方法论。那价值观是什么？是来源于生活，服务于生活，创造于生活，美化生活，这是它的价值所向。因此在对标艺术新课标解读和课标方案的时候，要关注2001年到2011年不同版本的六大改变，其中有一个就是把音乐、美术从过多的知识技法传授向育人导向转变，这一点是需要深入浅出，入的"深"才能"浅"得出来，这是一个很重要的点位表现。

二、"四深"特色亮点

（一）深入

刚才两位教学干部、组长的点评，都提到了"问学课堂"的"深入"问题。应该说"问学课堂"在上一轮和去年书法杨老师的课上都做了很经典展示。今天这两节课，从"问学课堂"理念到实践方式，已经很有"深入浅出"的感觉了，初见了艺术学科的"模型范式"了，是"模型建构"了，这是十分难得的。陈老师这一堂课将开始的"问题串"进行集中呈现并归属分类，这就是典型的"启问导标"。把学生的"自主问题"转化为"学习目标"，这是一种技术也是一种智慧，这个地方大家可以好好学一学。贺老师的课堂前半部分就是"发现和提出问题"，其实提出问题的本身就已经把问题解决一大半了，已经在分析和解决问题的路上，这是深入的点。

（二）深度

这个概念是在实施艺术教育课程当中产生的。基础教育改革20年来，大家记住并理解了很多概念，如三维目标、自主学习、合作学习、探究性学习、过程性评价、终结性评价、课程资源、核心素养、学科核心素养以及跨学科学习、深度学习、主题单元式学习、项目式学习、任务驱动式学习、大观念导向的学习、概念为本的学习等。20年来，大家学会了创造自己的概念，如"造型·表现""设计·应用""欣赏·评述""综合·探索"，以及"图像识读""美术表现""审美判断""创意实践""文化理解"等，大家还学会了依据先进的课程理念，建构适应不同年级学生，具有一定先进性的课程标准。以核心素养综合构架艺术课程标准脉络，推进以美育人的目标设计、实施、更新。

核心素养综合架构的艺术课程标准的这个脉络，指向以美育人，艺术教育跟美育什么关系呢？为什么这地方叫"艺术教育"？这地方又叫"美育课程"？或者说"艺术教育"现在涵盖的内容包含了什么？它包含了音乐、美术、舞蹈、戏曲、戏剧，这次又加入影视，还有新增的书法，书法目前是"双标"，作为"语文"的书法也要在语文当中学习。作为"艺术"的书法，它是要放在美育的范畴。这是学校对美育作为"五育"之一的课程实施以及作为艺术教育"设计与应用"的定位。今天这两位老师都选择了"设计与应用"，而"设计与应用"这个环节最能接近于"拔尖创新人才"的培养领域。审美感知、艺术实践、文化理解和创意实践是美术课程的"血液"，是核心素养的范畴。其中彰显"设计与应用"的"艺术实践、创意实践"在艺术学业质量评价素养方面的四大维度当中占据了"半壁江山"。这就是把"设计与应用"作为今天行督课课堂研究的主题，作为艺术教育落实的重要方面，进行"深度"的课堂建构，从内容主题选择上可以看出来两位老师是很有胆量的、很有魄力的。

（三）深情

作为艺术教育和美育课程，它的选材内容是指向正确的价值观，倡导"学以致用，用以致问"，落实立德树人的根本任务，同时也就是把"为党育人、为国育才"，体现在每一节课上，而不是把这些词直接跟学生说。爱党、爱国家要从爱父母、爱家乡、爱校园做起，爱父母、爱校园怎么体现出来？从一点一滴体现出来，爱校园体现在对学校的一草一木要有"深情"的对话。刚才艺术大学部长汪老师评价陈老师的课"有品位"，恰恰是因为在这里边有"深情的表达"，这种情感的传递表现在学生的作品当中。我在课堂巡视孩子们，轻问他们这些设计要素是怎么来的？从孩子的回答中，可以看出孩子们对校园充满了感情，这就是爱校之情的体现。校园的各种警示牌、标志牌是助人为乐的，是助人健康的，是心中有他人的体现，它使校园更美好，使大家学习生活的环境更舒适，也是爱校之情的体现。

两位老师都属于团队辅导员，一位是大队辅导员，一位是团支部书记，今天这个题目叫爱国主义教育中的主题，注意"爱国主义教育"这个词，最好不要直接和学生说出来，不直接说出来的"爱国主义"教育才是"润物细无声"，为什么呢？这就是《道德经》当中所说的"上德不德，是以有德；下德不失德，是以无德"。什么叫大德？大德上德的教育就是我对你的好，不能让你感受得到，更不要你回报，如果让你感受得到就不是上善若水。如果我今天对你好，索取你的回报，要求你必须报恩的，那就瞬间转化为"无德"了。大家感悟一下《道德经》的这段表述，这就是立德树人，为什么叫圣贤？这是一种心态。所以这种"深情"的呼唤和表达，我觉得是尤为重要，这两节课都体现出来了。

（四）深通

艺术课程现包括音乐、美术、戏剧、戏曲、舞蹈、影视，再加上一个"双标"的书法。课程强调艺术是融通的要素，所以大家都要站在艺术专业角度去拓展融合。通是融通的通，特别是彰显在这两节课上的"我会学"。包括七年级"山楂茶包的设计"课上，学生在前面回溯的时候有一个展示，它是跨学科的。课堂上有一个男同学，我问他自己的设计是什么意思？他说自己用到了数学知识。这就是说学生会通过美术学科，把其他学科的成绩体现得更好，未来的数学题，中考的数学题，甚至高考的数学题，说不定就有这方面的这种情境要素在里边。所以这种跨学科融通恰恰是艺术教育课程的重要体现。它比其他课程更有空间，更有优势，更有自己先天的条件，必须重视它。所以在艺术学科当中，无论音乐、美术一定是强化跨学科或者是跨元素的。比如说上次音乐汪老师那堂课，她教的是合唱，但这时候孩子的乐器伴奏的学生"钢伴"是属于音乐当中另外的器乐，有声乐、器乐、舞蹈等都含在这里面。

三、"三于"强化点

（一）生成于"生"

比如陈老师的板书，黑板上关键的几个词语，不少不是从学生嘴里先说出来的，要倡导从学生嘴里说出来，减少老师代替说出来，板书生成的关键词要源于学生之口，这时再适机将其写到黑板上去，就这个细节需要生成于"生"。

（二）师书于"手"

我曾经给小学部的老师提醒过，板书内容贴得很多，但是不能全贴，至少做到手写和贴图相结合，特别是公开课。尽量做到师书于"手"，字于自手，展示一种原生态的美，这一点也要关注，也倒逼老师练好粉笔字这项基本功。

（三）导图于"线"

连线就是说导图有"线"，关于"思维导图"的连线问题，我已经多次提醒了，板书的内容之间需要连接吗？如果都是这样的1、2、3、4、5等散写的知识点就不能称之为导图。老师们要在板书过程或总结过程中，随时进行相关的连接组合，这样它们之间的关系就鲜明出现了。这就是体现"问学课堂"的四大辩证法的"联与系"。从点到线的连接还有一个方向问题吧？这个方向是什么？就是知识的"来龙去脉"。就像人生三大问题，"我是谁，我从哪里来，我到哪里去"。"我从哪里来"是"初心"，"我到哪里去"是"使命"，"我是谁"是"本质"，这是需要方向和路径指引的。

四、"三艺"后续建议点

建议艺术教育的美育课程在今后课堂教学的实践研究注重"三艺"，下面我作一下详略阐释。

（一）艺美合体

艺术教育贵在"艺美合体"，去解决"艺术"跟"美育"的本质关系，解决"美"和"育"的关系，重点是进一步厘清艺术课程方案中相关的重要的核心概念。下面我和大家一起重温并分享一下《义务教育艺术课程标准（2022年版）解读》（以下简称《解读》）一书的有关内容。

1.艺术课程的组成内容是什么？《义务教育艺术课程标准（2022年版）》第

14 页指出，包括"音乐、美术、舞蹈、戏剧（含戏曲）、影视（含数字媒体艺术）》"等五个学科。美术教育属于艺术教育，美术课程属于艺术教育的六分之一至少或者是五分之一。

2. 美术学科课程的四类"艺术实践"有哪些？《义务教育艺术课程标准（2022 版）》第 48 页指出，是"造型·表现""设计·应用""欣赏·评述""综合·探索"。大家要深度地理解这四个领域。为什么今天两位教师都选择了"设计·应用"，其实它包括后面的"欣赏·评述"和"综合·探索"，也包括了前面的"造型·表现"，这几个都跟"拔尖创新"有关联。"欣赏·评述"就是高阶思维的分析评价创造当中的内容，"综合·探索"就是跟分析相对应的高级思维要素，"设计·应用"在"学习金字塔"当中，属于"学以致用"，是最高效率的学习方法。设计本身就是创新的体现，而"学业成就"和"学业表现"的评价要求是有区别的。我在上次点评音乐课的时候，谈到了学业质量标准跟原来的"成就"标准是不一样的，多了一个叫"表现"标准。所以美术课程更能从它的领域当中看出，把"拔尖创新人才"作为一个重要的内容。它将"5+1"或者"6+1"这种内容融合在一起，彰显了创新是在边界和学科之间产生的。

3. 艺术课程的教育目标是什么？《解读》第 7 页指出，要以美育人，整体推进实现艺术教育目标。立德树人是艺术教育的根本任务，其核心是以美育人、以美化人、以美润心、以美培元。以美育人的教育思想与国家的教育、文化传统一脉相承，是培养德、智、体、美、劳全面发展的社会主义建设者和接班人教育方针的有机组成部分。艺术教育可以培养和提高学生感受美、表现美、鉴赏美、创造美的能力，引导学生陶冶情操，发展个性，启迪智慧，丰富和发展形象思维，发展创新意识和创造能力，全面提升学生的素质。

4. 新时代学校美育教育的四大新变革是什么？《解读》第 6 页指出，2020年，中共中央办公厅、国务院办公厅印发《关于全面加强和改进新时代学校美育工作的意见》，该文件以习近平新时代中国特色社会主义思想为指导，在学校美育中呈现价值观转型、教学法变革、课程内容创生、学校资源拓展的新变革。其一，关于价值观的转型，在通过美育弘扬中华优秀传统文化的基础上，该文件新增了"通过美育弘扬革命文化与社会主义先进文化",以此培养学生的文化自信。其二,关于教学方法变革,该文件提出跨学科概念,强调学校美育应加强与德育、智育、体育、劳动教育等的跨学科融合。其三,关于课程内容新增,该文件在美术、音乐舞蹈、戏剧、戏曲、影视美育课程内容界定外新增书法课程。其四,关于课程内容创生、学校资源拓展,该文件提出丰富艺术实践活动,统筹整合社会文化资源。即推广惠及全体学生的合唱、合奏、集体舞、课本剧以及到艺术实践工作坊、博物馆、非遗展示传习场所体验学习等实践活动,广泛开展班级、年级、院系、校级等群体性展示交流。有条件的地区和学校每年组织学生现场参观一次美术馆、书法博物馆,让收藏在馆所里的文物,陈列在大地上的文化艺术遗产,成为学校美育的丰厚资源。其中,博物馆里包括文物和文化遗产,这些将是我们很好的拓展空间。所以未来的艺术课程要走进博物馆,用总书记的话说要"让文物活起来",这是四大变革中新的变革。

课程标准解读中还提到了实行学分制管理,也就是学业质量评价采用学分制,用学分制纳入学业质量评价,这也是首次对艺术课程采用这种学分制评价。

5. 艺术教育观念的三大根本转变是什么?《解读》第8页指出,在课程标准的指引下,艺术教育观念发生了根本转变:改变艺术课程过于注重音乐、美术等知识传授的倾向;改变基础教育的艺术专业化倾向和非艺术化倾向,强调以艺术审美为核心,重视对音乐、美术的情感体验及对不同音乐、美术文化语境和人文内涵的认知,彰显艺术课程在潜移默化中培育学生美好情操、健全人格和以美育人的功能,形成积极主动的艺术学习态度,使获得知识与技能的过程成为学会学习和形成正确价值观的过程;改变音乐、美术课程结构过于强调学科本位和缺乏整合的现状,重视艺术课程的均衡性和综合性,从而有利于发展学生的艺术素养。

6. 美术学业质量描述的"拔尖创新"的具体体现有哪些?在《义务教育艺术课程标准(2022年版)》第104—105页的在今天美术课程对应的第三学段和第四学段都有分别五条的"艺术表现"和创意实践的具体描述。

今天的这两节课都有这方面的不同的展示和探索,比如说,从过去的三维目标、自主学习、合作学习、学习探究、学习过程性评价、终结性评价、课程资源、核心素养、学科核心素养以及跨学科学习、深度学习、主题单元性学习、项目性学习、任务驱动的区域大观念导向的区域概念的学习，最后聚焦到核心素养的综合架构上的创新创造，要更加坚定的确认艺术和美育的融合。

（二）艺高胆大

艺高胆大才能体现出坚定地相信并期待孩子们都可以成为拔尖创新人才，才能实现"人人都是拔尖者，个个都是创新人"育人目标。在这里希望艺术学科的老师要更加的"艺高胆大"，大胆探索，大胆建构，发掘学生的好奇心、想象力，让他们的创造欲望在美育这个学科上充分展示出来。只有这样，这一领域的拔尖创新人才的课堂实践和课内外的整合，才能具有独特的非凡魅力。

（三）艺德双馨

通过这几次的活动，可以看出艺术大学部即中小学部学科团队成员团结奋斗，真心相助，包括干部在课前准备、课中的无私奉献和相助，形成了团结和谐竞合的氛围，这都是难能可贵，极为宝贵的。我对你们这个大学部特别有期待，因为你们人人都有着不同的才艺。这个专业不要丢掉，这是强化自己做拔尖创新人才的教学基本功的德艺双馨。有大德必有大才，大才者必备大德，希望这个学科的"一马当先"和成就一种不同的审美意象，能够收获更好更美的艺术经验。

这次艺术大学部的行督课教研活动，每位教师都有很大收获。相信大家在今后的美育课堂变革中，能进一步完善良好的美育修养，拓宽自己的专业素养，在对学生进行潜移默化的教育中坚持立德树人，以美育人，一定能培育出更多更优秀的润丰学子，成就他们成为"有竞争力的现代中国人"！

"拔创"建模:"二轮行督"的目标、评价与设计

——在 2022—2023 学年度第二学期数学大学部第二次行督课上的讲话 (2023 年 5 月)

今天是数学大学部第二轮的行督课,相对第一次又有了长足的进步,我认为可以用"633"来概括。

一、"六不"的亮点特色

(一)"变中不变"

"变"体现在这一次"行督课"教学内容的选择上,以及教学时间一直是在不断变化当中。"不变"的是什么?中学部数学张老师"平面直角坐标系中的'三角形面积'问题"这一选择内容的"一波三折",体现了基于联考监测当中的现实"问题解决",极为宝贵。小学部数学李老师的"异分母分数加减法",选择的内容是基于小区垃圾分类的"现实生活问题"。他们的共性都是"实际需要"。"不变"的还是什么?是"回到真实的生活情境"展开学习的起点以及最后回到生活当中去,应用于生活和生活当中的新问题的提出,这是拔尖创新人才培养的成长路径,也是问学课堂育人导向的基本思路。

(二)"新知不新"

以"问学课堂的四大辩证法"为依据,其中主要有四类关联,第一个是"新与旧"的辩证,第二个是"同和异"的辩证,第三个是"恒与变"的辩证,第四个是"联与系"的辩证。这两节课,都特别彰显了新旧知识之间的迁移和转化。李老师的课堂把"异分母分数加减法"的"新知识"与"同分母分数加减法""通分"这两个"旧知识"进行了直接关联链接,从内容上是相当自然的,就让今天的"新知""不新"了,就让"所有新知识都是有两个及以上的旧知识关联产生的"这个学理逻辑思维能力得到了强化。李老师在课堂上引导学生乐此不疲地寻找与"新知识"相关联的两个直接"旧知识",就是找准了"新知"的

生长点，结合课堂生成的资源，通过学生的数学语言表达，让学生及时共生出新知识，体悟到"旧知识的功能"就是为"新知识"产生提供"食材和营养"的，也就是说相关联的至少两个"旧知识"一定可以产生一个"新知识"，这就是"创新"的诞生，也是我以前多次提到的，这个世界当中大量的就是"旧知"和"未知"，而"新知"的存在是一刹那，也就是大家生活当中"似曾相识"的感觉，因此，"新知不新"的学习思想，成就了学生"学会"的信心和"会学"的方法。

（三）"问学不坠"

"问学"思想在两节课当中体现得都很充分，在张老师的课上是通过六个相关联问题的层层设计体现的，而在李老师的课上，她的"拔尖建模"式的"问学课堂"已经初见示范效应，她的课堂无时无刻不在闪烁着"问学课堂"的"思想光辉"，这是我今天给数学大学部研究团队最高的一个评价，因为已经有初步"模式"了，而且不仅仅是"架构""模块"，这是特别好的！"有模"比"无模"好！因为"模式"是"系统化建构"的必然结果。当然，"模式"不能"模式化"，因为"模式化"是需要"打破"的。

（四）"数形不分"

在九年义务教育数学课程标准中，"数形结合"思想是极为宝贵的基本思想方法和基本活动经验。古希腊哲学家毕达哥拉斯有个著名命题就是"万物皆由数字构成"，他本人不仅是哲学家，还是数学家、科学家的创始人。数学是由数字作为基本单位的，有0、1、2、3、4、5、6、7、8、9这10个数字。他们认为，"万物"都可由"数字"组成更换，"万事"全可"公式"合成。与整个世界所有而言，"公式"可推理演算出"所有"，"世界所有全部"即是"无限"，"无限的可能"即可替代"世界"，"公式"需要其无限种可能，无限可能于之全可接受，不论正确错误，"公式"都能以其独特的形式存在着，以自然而理的"错误"，也是一种"美丽"，"错误"都是可存在"对"的，也可被存在于"世界"。今天的初中数学"平面直角坐标系中的'三角形面积'问题"的学习探究就是通过"图形"与"坐标点"实现了"几何代数化"高阶思维过程，就是把各种"图形"通过"数字"来表达而成"数学"，通过这种加减乘以的运算，实现了对"图形"的"代数"转化，这就是认识"世界"的"科学化"或者说叫"数学化"，这个"生活世界"就是极为宝贵的创新资源。小学部数学"异分母分数加减法"的算理理解，也体现了"数形结合"思想的演绎阐释。

（五）"听评不患"

无论从今天上课的李老师、张老师的"自评"，还是数学备课组长杨君老师的"组评"，数学大学部部长郝老师和其他学部长代表的"部评"，又或是冯副主任的干部代表"点评"，大家的听评课都能做到点评到位，重点突出，越来越聚焦，学术专业性越来越彰显，使我充分感受到"行督课"的听评课质量上乘，毫不担心和不必忧患其发展前景，我充满信心，大家必将共建共享，共生共赢。

（六）"限时不虚"

这一点尤其表现在李老师的课上，学习环节的"计时器"和小组竞合"积分表"的使用，这是当前"双减"背景下减负增效、提质增效的"好武器"，看得出来李老师已经用得很"常态"了，今天她的课堂上每个时段都在用，有的限时三分钟，有的限时两分钟，有的限时一分钟，所有的时间都是精准计算，这是落实课堂"高效率"的操作建构，这不是一日之功，而是长期坚持训练的结果，这一点特别值得大家学习借鉴！

二、"三化"的努力方向

如果说还有再进一步努力的地方，我认为有"三化"需要关注。

（一）问学课堂的"结构化"需要再完善

比如说两位老师的"板书设计"上都还缺乏连线和方向的"导图"，举个例子，"异分母分数加减法"，这是新知识，而产生这个新知识的最直接的"同分母分数加减法"是一个"旧"知识，"通分"也是一个"旧"知识，这两个"旧知"相加就解决了今天的"新"知识，这里就可以通过增加"导图连线和方向箭头"的标识，清晰其"来龙去脉"，实现新旧知识内在联系"问题解决"的板书设计的完善，也是将知识点形成"知识网"或"知识树"，就自然绘制了本节课的"学习地图"。教学中的基本思想方法"数形结合"，其中学理算理的难点理解，通分方法的迁移需求，分数小数互化的规律探究等，再一次见证了新旧知识诸如分数加减法、整数加减法、小数加减法之间的迁移转化，而体现其核心知识和方法板书，是需要通过"连线箭头"的"导图"方式来解决的。这里。我再强调一次，板书设计就是一种"思维导图"的形成过程，"导图"如没有箭头、没有连线，就不叫"思维导图"，所谓"连点成线、连线成面、面围成体"的新知形成过程，"体"才是"眼见为实"的自然世界的"形象"和"模样"。既然是"问学课堂"，板书设计上就要有"学生问题"的板书摘写。张老师的板书设计，可以再完善标注"主问题"，这也是问学课堂结构中"启问导标"环节的应然内容，也是"结构化"思想的必然彰显。

（二）拔尖创新的"问学化"需要再完善

这是"拔尖创新"的"大问学"思想核心价值体现，比如说李老师这堂课，我专门观察了"大三问"的问题到底是什么？是怎么问出来的？李老师的课初之问实际发生是主题图的具体情境当中的问题，也就是由这两个已知信息提出的问题"一共有多少""相差多少"这类的具体问题，但是不是今天这堂课的"异分母分数加减法"的"是什么""怎么办"等的核心的主问题，正如刚才冯副主任也点评到的"任务驱动"的"任务"应该是今天要学习"异分母分数加减法"算理、方法等，如果在诸如由"所在润枫小区垃圾分类"这样的日常生活提出了"异分母相加减"的数学问题解决，这是生活的需要，在这个地方出现一个"异分母分数加减法"数学问题，可以问学生：你有什么要问的？有什么想研究的？学生就会自然引导提出诸如"什么是异分母加减法，和同分母分数加减法什么联系，异分母分数加减法怎么算，为什么要学习异分母分数加减法，生活中有什么用？"等类属"是什么、怎么办、问什么"这三大问题。还有课堂最后，即使下课了，也可以多花一分钟，安排好最后一问：学会异分母分数加减法这节课后，你还想研究什么新问题？学生一定会提出"异分母分数和整数小数加减法混合运算、异分母分数乘除法"等新问题，这样的新问题就是学生学习知识的自然追问，也是保持好奇心和求知欲的天性使然，这样的"大问学"就是"创新""拔尖"的种子孕育的常态课堂"落地生根"！

（三）竞争学习的"机制化"需要再完善

在今天的课堂上可以看到李老师的小组竞争学习的过程积分表板书记录，这是十分宝贵的地方，但稍微有点遗憾：课尾没有合计小组最终得分，应该把冠军组当堂评出来，哪怕多花一分钟时间一定要补上这个环节。经过核分，今天第三小组荣获总冠军，如果宣布，第三组一定欢呼跳起来了，也会赢得全班祝贺的掌声！这就是竞争学习机制化再落地再强化的必要环节！

三、"三个明晰"的建议要求

（一）进一步明晰"目标主题"

一是拔尖创新人才培养的课堂落地在"拔创建模"上。拔尖创新人才培养的课堂落地向"课堂建模"转换。

二是问学课堂的价值落地在"拔尖创新人才"上。这个价值落地落到什么？具体就是到"拔尖创新人才"培养，就是说问学课堂的育人价值就是拔尖创新人才，这之间是相通的，问学课堂不是方法论，或者说不仅仅是方法，它更多的是价值观。

三是"教学评一体化"的量表落地在"框架建构"上。这个"框架建构"具体就是"教案设计"及"问学单设计"，就是要解决问学课堂的"四梁八柱"的体系结构问题，就是"框架建筑"的概念。就是要把问学课堂教学的评价前置、目标前置，教学设计进一步的"结构建模、体系建模"，看得出来这个"问学课堂"建模，在小学的已经体现得很充分，包括老师的"关键词""口头禅"也是这样的理念折射，整体上大家需继续努力。

（二）进一步明晰"学业质量"

1. "教什么"的问题

学业质量评价，老师到底教什么？这里我再和大家梳理几个概念，也就是《义务教育数学课程标准（2022年版）解读》（以下简称《解读》）这本书里的。

其一，"几何代数化"概念。《解读》的第193页提到的一个概念叫"几何代数化"，具体阐释是：平面直角坐标系是非常重要的内容，体现了几何代数化的思想。教学时，重点要让学生理解点的坐标意义，理解"形"的变化与"数"的变化之间的对应关系。

其二，"图形与几何"概念。关于"初中阶段图形与几何内容的演变"，在《解读》的第164—165页就有概括的说明：从1950年开始，我国印发的初中数学教学大纲或课程标准一共有18个，每次调整，图形与几何内容都会发生一些变化。1950—1956年的教学大纲或课程标准，均是以草案的形式呈现，几何内容多以圆、相似形、三角形、平行线、圆内接与外接三角形及四边形等为主要主题，以学习平面图形基本知识为首要，以学会简单的实地测量为必要，以发展学生的空间观念为目的。1960—1980年的教学大纲，几何内容不断调整，内容越来越丰富，初步建立起图形与几何的知识结构。1982—1990年的教学大纲，几何内容首次设置了"基本概念"模块。1992—2000年的教学大纲，"基本概念"更加强调线和角，把"勾股定理"纳入"三角形"模块中，"图形与几何"整个知识框架逐渐精练，内容更加贴切。2001年的《全日制义务教育数学课程标准（实验稿）》内容变化比较大，"几何"改称"空间与图形"，作为初中数学四大领域之一，包含四个主题，分别是图形的认识、图形与变换、图形与坐标、图形与证明，加强了直观几何内容，同时也删减了一些内容，如相似三角形的证明、正多边形和圆等。《义务教育数学课程标准（2011年版）》将"空间与图形"改称"图形与几何"，仍然作为初中数学四大领域之一。将"图形的认识""图形与证明"两个主题整合为"图形的性质"，共设置三个主题，即图形的性质、图形的变化、图形与坐标。在"图形的性质"主题，明确九条基本事实（不证明），对于其他几何图形的性质，要求探索并证明（证明的依据是基本事实和根据基本事实证明的定理）。在"图形与坐标"主题，将内容分为坐标与图形位置、坐标与图形运动两部分，内容划分更加细致，难度也有提升。2011年版课标强调进一步发展学生的空间观念、推理能力，使学生初步建立几何直观。

其三，关于"图形与几何"内容的演变趋势和启示。《解读》第165页指出："梳理历次教学大纲和课程标准的修订情况可以发现：在义务教育阶段的数学课程中，图形与几何内容越来越受到重视；内容的选择贴近学生的现实生活，也贴近学生的认知心理，去除繁难偏旧，削枝强干，旨在使学生发展未来社会所需要的关键能力和核心素养。"

这里边就涉及"图形与几何"的五大方面内容：图形的认识、图形的测量、图形的位置与运动、图形的性质、图形的变化。

今天张老师讲的内容就是"图形与坐标"，属于"图形位置与运动"。《解读》第165页指出：图形的位置与运动，这部分内容在篇幅上不是很多，但逐渐成为义务教育阶段学数学的内容之一，拓宽了学生学习数学的视角。一方面，学会用数来描述点的位置，为后续学习坐标积累经验；另一方面，引进图形的平移、旋转和轴对称，探索发现图形运动的特征。

其四，关于"图形与坐标"的重要性。《解读》第168页明晰了图形与坐标是连通几何与代数的重要桥梁，是将几何图形"搬"到直角坐标系中，借助代数来研究图形的一种方式。与图形的性质、图形的变化相比，这部分内容不是很多，但始终是初中几何的重要组成部分。图形与坐标的课程内容不仅是对几何图形的学习，也是对代数知识的运用和巩固，有利于学生体会知识的联系，形成数形结合的思想。

以上带大家重温的都是《解读》上的具体要求，也就是"学业质量评价标准"。

2."评什么"的问题

我想重点厘清两个点，也就是在《解读》第267—268页，小学部李老师代表的第三学段和张老师代表的第四学段的"义务教育数学学业质量标准表11—1"的描述，这就是评价前置、目标前置的"以标定教、以标定学、以标定考"的具体依据。

第三学段要"能从数学与生活情境中，在教师的指导下，初步学会用数学的眼光观察，尝试、探索发现并提出问题，将所学的数学知识应用于解决现实生活中的问题，形成初步的模型意识和应用意识。对数学形成一定的好奇心与求知欲，具有学习数学的兴趣，初步养成良好的学习态度和习惯。初步建立学好数学的自信心，体会数学的价值，在解决问题的过程中逐步克服困难，初步形成一定的应用意识和创新意识"。

第四学段要"能从具体的生活与科技情境中，抽象出函数、方程、不等式等数学表达形式，用数学的眼光发现问题并提出（或转化为）数学问题，用数学的思维探索、分析和解决具体情境中的现实生活问题，给出数学描述和解释，运用数学的语言与思想方法，综合运用多个领域的知识，提出设计思路，制订解决方案。能够在解决问题的过程中选择合适的方法进行评估，并对结果的实际意义作出解释。能够知道解决问题方法的多样性，具备一定的应用意识和模型意识，初步会用数学语言表达与交流。感悟数学的价值，能够从问题解决的过程中获得数学活动经验，产生对数学的好奇心和求知欲，增强学习数学的兴趣，建立学习数学的自信心。能够在解决问题的过程中，学会独立思考、合作探究，形成批判质疑、克服困难、勇于担当的科学精神，具备一定的创新意识"。

上述的学业质量标准充分验证了"问学课堂"和"拔尖创新"是行督课的研究主题导向和具体策略是教学评一致性，是吻合的、正确的。

3. "怎么学"的问题

怎么学的问题还是回归到"3+1=1"这个校本问学课堂的实践建构上。今天在这两节课上都有一个特别好的亮点，关注"独立学习"，先"独立学习"再"合作学习"，特别是李老师这堂课已经运用得相当熟练了，而且这个小组内的互动形成，已经是层级互动了，"你还有什么疑惑？你还有什么补充？"都已经成为"口头禅"式的语系了。如果再加"竞争学习"的互动，最后指向"创新学习"的"最后一问"，那就太棒了！这也就是我为什么强调"最后一问不可少，贵再生问，不必解答"，只有这样"3+1=1"得出来的才叫"自主"学习。而"自主"这个词和谁连在一起，就是"创新"，合起来就是"自主创新"，没有"自主"就没有"创新"，要想"创新"必须"自主"，这之间的逻辑关系就是这样的。而学校的落地就是"问学课堂"，也就是2011年版课程标准三维目标当年的"四级四能"素养落地的新增的"基本思想方法和基本活动经验"与"发现问题能力和提出问题能力"的课堂落地校本解决方案。

（三）进一步明晰"行督价值"

1. 校本教研的"学术生长"

今天这两节课是行督课"第二轮"的开端，我觉得相当有价值，宝贵的就在于什么？进行了建构，这是学校校本教研2.0版的生命力所在。通过3年的努力，形成了这个宝贵的"四段八步"行督课模块，这是一个学术饕餮盛宴。现在又从学校内向学校外互动，以后这个场地就不仅仅只属于校外老师，也可以是外访的来宾，这样一种"学术生长"是自然而成的，必将是一种品牌影响力的彰显，学校4月8日全国AI赋能课堂评价高峰学术论坛采纳并展示"行督课"的模式，就是一个高端认可和实践成功范例。

2. 核心阵地的"师生成长"

这个核心阵地是什么？就是课堂，或者说有一个结论，围绕课堂怎么研究都不为过，怎么花时间都不多，这时间不能少，不能减。为什么老师和学生在这里面在成长？第一，师生"双赢"的成长表现着大家智慧的过硬，第二，表现着老师们教学基本功的过硬，第三，表现在"双强"，就是拔尖创新人才的课堂实施能力在增强、拔尖创新人才培养的教师基本功也在增强，最特别的是学科核心知识和学科关键能力的精准把握、自主学习调控能力的增强，这都是十分宝贵的。

3. AI赋能的"双评相长"

今天小学部数学高副主任进行AI大数据的课堂评价报告，也许不一定十分准确，但是人机"双评"，一定是教学相长的，我提的概念叫"双评相长"，这又是一个校本建构"新事物"，在全区乃至全国也是率先和不多见的。这个"双评"将在"二轮行督"的过程当中，语、数、英3个学科形成常态，当然希望大家也积极参与到中国教科院有关项目的课堂评价研制项目实验中来，只要大家在路上，我相信这个项目必然能在北京市、全国乃至国际上拥有先行探索、初步建构的宝贵经验反思，大家一定会取得更加辉煌的收获和更丰硕的成果！

青春在场：道德与法治教师专业成长的"行督课"捷径

——在2022—2023学年度第二学期文综大学部第二次行督课上的讲话

（2023年5月）

今天是文综大学部本学期的第二次行督课，我觉得这节课特别真实，特别有价值，或者说这种安排非常有意义。为什么这么说呢？因为不管是组长马老师作为小学道德与法治学科带头人的情怀和格局，还是今天授课的年轻的道德与法治寇老师短短一年多间的成长，今天走上了学校"行督课"的讲台，还有这么精彩的表现，都是特别可贵的。我想从三大方面来做一个点评。

一、突出"四场"亮点

（一）敢于在场

寇老师原来作为非一线的学科教师，在学校鼓励青年教师的成长，从学校教师队伍，特别是道法学科，形成一个很好的年龄结构，以及发挥青年教师主观能动性，为对教育教学有热爱和兴趣青年教师，积极搭建平台，创造机会的情况下，尝试承担小学教学的任务，态度是积极的，行为是建构的，过程是阳光的，今天这种展示的效果也是相当精彩的，这种敢于担当，能够勇往直前，体现了一个青年预备党员，再到以后能够成为一个合格、优秀的共产党员这个角度，是一个很好的形象代表。所以这种敢于担当，是党员角色，是青年教师成长的方向，这是坚定的政治方向。作为润丰青年教师的代表，能够从"二线"岗位走向"一线"岗位，同时原有的岗位并没有顾此失彼，也没有非此即彼，做到了很好的统筹，这就是青年人的青春力量，这一点特别值得表扬，也让我非常感动。

（二）专业练场

寇老师早期是担任综合实践学科，后来转入道德与法治这个所有学科当中最有灵魂，也最有价值观引领的学科专业，进入了这样一个专业训练的场域。从今天这节课来看，寇老师已经完全融入道德与法治学科专业的氛围中了，课堂的教态表现，课堂对学生的真实情感互动，特别是对于道德与法治学科的学科本质把握，看不出像一个刚刚进入学科才一年多的老师。比如说像一些道德与法治课程要培养的"政治认同、道德修养、法治观念、健全人格、责任意识"核心素养等方面，在今天"小水滴的诉说"这堂课上都有鲜明的体现，孩子生活当中常见的场景，拟人化的情境创设，把"大道"融于这样的真实生活教学情境当中去设计上还是相当用心的。

（三）团队道场

在寇老师的身上，能够看出文综大学部部长李老师，小学道德与法治教研组组长马老师和张老师等学科研究团队的支持帮助，看到他们的影子。同时也能看到小学管理团队对寇老师这样一个青年教师的容纳悦纳，包括课前的反复的试讲，我相信这不是一两天的功夫。今天课堂上很多常规手段的使用，比如"计时器"的安排，学生回答问题的小组汇报，也可以看出班主任的常规训练，平时学习习惯、学习方式的引导，而且我知道这个班还是学校的戏剧特色班级，可以看出学生这样一种素养在道德与法治课上得到淋漓尽致的体现。

（四）问学磁场

为什么用"磁场"来表达？比如说开始部分的"启问导标"，让孩子们玩"小水滴"，想研究什么问题？大家看孩子们提出了什么问题，为什么缺水？为什么地球上有这么多水？为什么身体里需要水？问了三个问题，在最后都有回应，这就体现了"以问导学，问题解决"，这是"问学课堂"的"十六字"原则当中的两个，尤其重要。还有就是体现出了合作学习的习以为常，学生反馈的小组交流是落落大方的，我觉得特别欣喜的是，寇老师特别进行了课前的研究——前测前研，并且有后研的作业安排，这就是当下基于大单元学习背景下，学科课堂教学特别倡导的主题式、项目式、探究式学习。我建议你一定要在下一节课上回应孩子们对这两个问题的探索结果，或者说安排一个课后的探究性学习项目，老师一定要形成这样一种学习的习惯。如果可以从二年级就开始培养起，那么成长起来的孩子们是了不得的。道德与法治学科非常需要孩子的演讲能力，它是一个综合实践学习，跨学科融合，特别受孩子们欢迎的学科，绝不是简单的"说教道理""灌输行为"的学科。

为什么寇老师一个刚刚担任教学工作时间不长的老师，在今天道德与法治学科的"问学课堂"上有这样的吸引力和向外拓展，能产生这样的效果呢？还是前面我提到过的，因为个体、团队和氛围都好，再加上教学"利器"的使用。尤其是在细节上也做得很好。比如：板书，书写跟贴图相结合；善用课本，大约有2~3次回归在书本上，来进行自主学习或作为内容的传承；限时检测安排合理；问学贯穿设计巧妙。

二、尚需"三个强化"

（一）尚需强化"量规评价"

课堂"量规评价"是特别好的方向，"量规评价表"的设计使用很重要，本学期已经有很多学科老师在探索使用了，而且学用得很好。这次寇老师安排了"量规评价"，但是没有完全呈现出来，希望以后在课堂上强化使用，并且把属于成人的评价转化为二年级孩子能听得懂的评价标准语言，然后在课堂上进行，比如说以小组为单位的评价或者个体的评价，一定要在课堂上贯穿教学评价，"教学评一体化"其中的"评价"是前置于教学活动设计的，这是学业质量评价的一个定位。还有一种就是师生评价和生生评价，尤其是生生评价，包括自我评价，也是课堂上激活学生能力的重要方面。严格说就是三点要求，第一工具要用，第二工具要会用，第三工具要当场用。

（二）尚需强化"自主创新"

这堂课的课堂氛围，包括中间的激励都很好。我觉得在"问学课堂"中要充分展现"3+1=1"的这种学习方式的本质追求，这里的"3"是指要体现"个体的独立学习、组内的合作学习、组际间的竞争学习"需求，第一个"1"是指"创新学习"的目标指向，第二个"1"是指"自主学习"的"问学课堂"本质定位。任何一个学习进阶要有一分钟、两分钟的自我学习时间，在个体独立学习的基础之上，不会了或者会的需要跟别人交流的，进入小组合作学习，也就是说小组合作的产生一定是个体独立学习基础之上的，这是学习的起点，因为"问学课堂"的本质实际上是"自主学习"，所以"自主学习"的源头还是从"我"开始的，并且从原"我"开始，然后回到新"我"。强化"创新学习"，这是最终的目标。"3+1=1"的学习链条就是解决了"我是谁，我从哪里来，我到哪里去"的问题串，之所以走到"创新学习"这条路上去，这就是现在指向的"拔尖创新人才培养"这个核心，"拔尖创新人才"一定是具有原创精神的人才，就是说如果没有学生自己提问题，哪来真正的"拔尖创新者"的最终成就？最明显的标准就是我常说的"大三问"的课尾最后一问，最后一问，不求答案，让孩子带着"最后一问"走出课堂，这个最后一问，换一个说法就是"创新"的种子，"创新学习"的标志就是"好问"，因为"好问"是孩子们天性，"好问"是好奇心和想象力的表征，而好奇心和想象力才是"创新之源泉、创意之活水"。只有这样"3+1=1"才叫自主学习，那么自主学习的核心是什么？是创新。"自主创新"这两个词是合在一起的，就是说"自主"了才有"创新"，"创新"必须以"自主"为前提，这样大家就把"问学课堂"的"价值观"和"方法论"做到了一个融合，这也是我前面行督课评课中曾经特别阐述的。

"问学课堂"是"方法论"吗？当然是，但其核心是"价值观"，是解决"为谁培养人？培养什么人"与"怎么培养人"三者关系的有机融通。今天上课的这个班的孩子们拥有很好的基础。青年教师一出场的时候，就把"竞争学习"和"创新学习"这个环节，在大家常用的"合作学习"的基础之上，再把"独立学习"这个基础起点抓住，形成一个闭环，这是很难的。更重要的是，这个闭环会因为"最后一问"的存在，又回到学生的本节课后和下节课初的"独立学习"思考之中，如果能够通过这个独立思考，再引导学生到小组内或者家里面去继续探讨、去跟别人交流合作，那就更棒了。所以小学部的"课堂竞争积分表"的常态使用，我一直认为非常好，寇老师要向各位老师继续学习，把这个"妙招"运用好，把课堂上的"竞争学习机制"建立起来，那么这堂课就是一种评价前置和课堂评价落地的方式，因为"评价"可以在竞争学习的"量规"当中融通。尤其是道德与法治学科，还可以开展辩论赛，通过这种"擂台赛"的形式来呈现，因为这个学科不只在乎知识的掌握，更可贵的是在它的核心理念的传递和行为表现实际呈现。

（三）尚需强化"知行合一"

一定要注意在课堂最终回归到学生自己的校园生活中去，让学生能把自己摆进去，这时候就实现什么？道德与法治学科的自我内化，真正的人的成长以及育人目标"知行合一"的课程目标的真正达成，不然就变成了单纯的"说教"了，"灌输"了，这是道德与法治学科必须避免的。

三、注重"三化"建议

建议道德与法治学科教研组或者文综大学部都要关注，下面我主要结合"道德与法治"课程标准和解读以及我个人的学习体会跟大家分享。

（一）道德评价前置化

道德评价前置化，在《义务教育道德与法治课程标准（2022版）》的第4页就明确说明要"综合运用多种评价方式，促进知行合一"。这是道德与法治学科课程理念当中的第五条，是专门谈评价理念的。明晰了道德与法治评价"要围绕发展学生核心素养，发挥评价的引导作用，改进结果评价，强化过程评价，探索增值评价"。这三个评价分别指的什么呢？"结果评价"要全面关注知识、情感和行为的发展，关注学生在学校、家庭和社会生活中的日常品行表现，所以刚才我点到了一定要最终回归到学生自己校园生活的事情，让学生能把自己摆进去。评价有三大功能，诊断功能、整机激励功能和改进功能，而"过程评价"要更加关注发挥评价的激励功能和改进功能。那么"增值评价"是什么呢？就是要关注学生思想品行的发展和进步，注重对学生的激励。坚持学生自我评价、教师评价、同伴评价、家长评价和社区评价相结合，同时借助信息技术探索和优化执笔测试、学生成长记录袋、日常行为表现记录卡等定性和定量多种评价方式，提升道德与法治课程评价的科学性、专业性和客观性。

我们要牢牢把握道德与法治课程要培养的核心素养的五大方面，即"政治认同、道德修养、法治观念、健全人格、责任意识"。今天寇老师的"小水滴的诉说"的学业质量评价应该是在四个学段第一学段的"道德修养、健全人格和责任意识"评价前置、目标前置先于教学设计的这三个方面体现得更加彰显。

（二）学业质量结构化

在《义务教育道德与法治课程标准（2022年版）》的第17页有这么一段表述，实际上明确提出了道德与法治课程要培养的核心素养五大方面，即：以"成长中的我"为原点，由"自我认识"到"我与自然""我与家庭""我与他人""我与社会""我与国家和人类文明"，不断扩展学生的认识和生活范围，以道德和法治教育为框架，有机融入国家安全教育、生命安全与健康内容、劳动教育，以及信息素养、金融素养等相关主题，强化中华民族传统美德，革命传统和法治教育。就在这个课程内容上的一到九年级当中，它的结构模块当中的体验，包括了这几个方面，即第18页的"入学教育、道德教育、生命安全与健康教育、法治教育、中华优秀传统文化与革命传统教育"等，这里面在小学一年级第一段的时候有一个"入学教育"，这就是道德与法治学科的主要课程内容。

实际上在《义务教育道德与法治课程标准（2022年版）解读》一书的第209—210页，道德与法治课程"学业质量标准"的确定与操作指导要落实在"学业质量评价各要素结构化的解决方式"上，明确提出来要聚焦"情境结构化"和"学科知识结构化"，第210—211页的两张表格上，都有九年四个学段的具体标准界定，大家在研究的时候，特别强调"教学评一致性"的时候，一定要拿着这个"课程学业质量标准"，具体对标在内容和行为表现上。正如《义务教育道德与法治课程标准（2022年版）解读》第2页所说的："《课程标准（2022年版）》按照四个学段，即'二二二三制'（1~2年级，3~4年级，5~6年级，7~9年级），根据每个学段学生的年龄特征，分别阐述了课程的学段目标，使学段目标之间体现了较好的连续性和进阶性。这是课程标准研制的一大突破，尤其是对道德与法治这门政治性比较强的课程，能够分学段进行系统全面的刻画，可以说是政治教育史上的一次重大创新。"为什么道德与法治课程学业质量标准的解决方式要彰显"各要素结构化"？《义务教育道德与法治课程标准（2022年版）解读》的第209页也明确指出"如果说真实情境、学科知识、学科任务、行为表现融为一体的写法是学业质量标准研制的一个重大创新性成果，那么另一个重大创新性成果则是如何根据课程内容对学业质量标准的各要素进行结构化处理"。正是"由于道德与法治课程的特殊性，其内容体系不像物理、化学、生物学等学科那样有着严格、稳定的结构，但在本次学业质量标准的研制中，课程标准修订组根据道德与法治课程的性质和特征对各要素进行了结构化处理"。

这是 2022 版课程标准跟前面 2011 版的重要不同，因为我们现在用的是老教材，但是要用新课标新标准来实施课堂教学变革，所以这个点位我也特别提醒大家要进一步的深度关注，包括文综大学部。这要在内容主题、核心理念上体现，同时大家要牢固的把握现在的道德与法治课程，以道德与法治为框架，包括国家安全、生命安全与健康、劳动教育、信息素养、优秀传统文化、法制教育等这几个板块再加一个小学处置的入学阶段，形成了道德与法治学科一到九年级四个阶段内容的结构板块。

（三）真实生活情境化

在《义务教育道德与法治课程标准（2022 年版）解读》的第 212 页有一段话，这段话的核心含义是什么？我刚才为什么特别强调道德与法治课程与"问学课堂"思想是这种"方法论"和"价值观"的有机结合，为什么要强调从"独立学习、合作学习、竞争学习"指向"创新学习"，最后才能形成"自主学习"的一个完整内涵。大家看看这段话，"设计课程内容时，要围绕道德教育、法治教育、生命安全健康等主题安排内容，而撰写学业质量标准时，要按照情境类型对课程内容进行重新整合，从而表达出我们核心理念"。这个核心理念是什么？我先把最后一句话读一遍："核心素养高低的判断依据是行为表现而非课程内容"，就是说道德与法治这门课程，你说体现它的核心素养高和低的判断依据是什么？请注意：不是"课程内容"，而是"行为表现"。也就是说道德与法治课程培养学生核心素养高低的判断依据是行为表现，而非课程内容。这是与其他各学科一个重大的区别与不同，所以要把这门学科的学业质量的最大特性给找准了，这是特别重要的。那么这个"核心理念"具体说是什么？就是"为了检验学生核心素养的高低，不应该基于学科知识，还应该基于学生在不同生活真实情境中，综合运用学科知识分析问题、解决问题的行为表现"。再说一遍，是在不同生活的真实情景当中，所以今天这节课的整个设计还是很优秀的，比如在上一次艺术大学部的美术课，就有一个很有意思的细节，一个是小学部的用校园"导游指示牌"，另一个是中学部用校园的"山楂树"，就是我们自己校园的一个一个资源，大家都可以去考虑有真实的场景，或者是某个家庭的，或者是学校的，或者是市区的，甚至是国家的，正面的，反面的，都可以作为案例，都是能够接触到的真实生活情境，都是能够让学生自然浸入的，然后再回到这个案例本身。就比如爱国主义教育一定是从爱父母、爱学校、爱家乡做起的。

道德与法治学科或者其他学科，都要特别重视真实生活情境的再造，而且现在真实生活情境，包括教材内容的改编，已经成为中考高考命题检测的首要特征，或者说是必备题了。所以在平时的常态课堂上，聚焦"拔尖创新人才"的培养目标，围绕自己学科的"教学评一体化"，着力学校本学期行督课的研究主题"拔尖创新人才在本学科课堂如何落地"，找到自己学科探索思路和建模路径。今天的文综大学部的行督课研究建构，就是一个很大的进步，这是青春在场的力量展示，道德与法治教师专业成长的"行督课"捷径！祝贺学校最年轻老师在行督课的首场优秀展示与圆满成功！未来，期待学校道德与法治学科教研组、文综大学部的研究建构取得更有方向感和更有价值感的优异成绩！

科学教育："双减""三新"时代拔尖创新的必要"加法"

——在 2022—2023 学年度第二学期物理大学部行督课上的总评

（2023 年 6 月）

今天的物理大学部行督课的评价，我要从谢老师这节课设计的第一个环节入手说起，谢老师使用了法国总统马克龙来访这个事例，透露了一个中法关于航天项目合作的时政信息来导入，看起来这是一个导入设计，其实也是一种刻意选择，难能可贵的是她的选择，体现了这种强烈的意识，就是关注时政。当下时政有一系列的热点，但是它都有系列主题的。

其中在今年 5 月教育部等 18 个部门联合下发的《关于加强新时代中小学生科学教育工作的意见》，明确提出通过 3~5 年努力，在教育"双减"中做好科学教育加法的各项措施全面落地。基础教育阶段是"孵化"学生科学精神、创新素质的决定性阶段，进一步加强中小学科学教育，既有现实紧迫性，也有前瞻性。请注意这样一个文件，就某个学科或某个领域来讲，仿佛又是新的一次变革。因为我看了教育部发文的具体部门是校外教育培训监管司，正好我前一阶段也应邀参加了教育部这个座谈会，就是他们部门组织的，很高兴也很荣幸！其中我也提了很多的意见和建议，我仔细对照了，看到很多都被吸纳和采纳，包括一些观点，我曾经前面提过的，那就是间接证明，我们提的被领导采纳，主持会议的副司长在最后说到，他本来只是主持，不应该做点评的，但最后他说还是要点评一下，其中点到与会人员名字时，专门点到我作为中小学校长或者基层代表，发表的这些观点和意见和建议都很重要，都很中肯，将认真研究吸纳。所以今天想来，这个应该是很开心的一件事。我想今天就把"科学教育"这个主题词，和在座干部、学部长、学科教师，在这个方面结合行督课的"拔尖创新人才培养的课堂落地"的研究主题，结合平时的教科研活动、教研组活动如何把它落实下去、拓展开去，是很有特别的意义和价值的。通过最近几次行督课都可以感觉到各个学部在"互为肩膀"进阶上也是有层次的，有差异的。

我刚才讲了，大家参加行督课的授课研讨，并不是只代表自己，最主要是代表自己的管理和学科身份，你要把相关的精神通过教研组活动，通过备课组、科研沙龙推广下去，所以学部长、分管干部要把精神传达下去，每次我本人对行督课的点评也是精心准备了的，特别是这学期，都是带着北师大版的新课标、新解读的书籍，和大家共同学习重温、聚焦评价依据，因此，跟大家点评总结也是需要传递到各学科实践推进的。具体从以下三个方面来说。

一、"四精"的特色亮点

（一）担责精神

我认为今天上午物理大学部的行督课，整体来看，应该说体现了担当的精神，担责的精神。中学部谢老师，物理学部部长、授课老师，以及小学衔接的李老师，包括团队，他们都是处在"毕业班"的状态，一个是小学毕业，一个是初中毕业，中学部即将面临中考，还有两周左右中考。在这样一种背景下，大家能够排除万难，攻坚克难，能够担当行督课的课堂研究展示，这种担责的精神、担当的行为是难能可贵的，值得大赞特赞。我记得两年前历史学科李老师在中考前一个月率先吃螃蟹，"一模"之后仍然能上行督课，去年道德与法治的杨老师同样也在"一模"之后3周左右的时间里上了行督课。今天再次看到物理组的谢老师在中考前不到两周的时间仍然能够上行督课，而且从内容的选择上是基于中考的专题复习、综合复习中即时发生的真问题、难点问题。刚才物理大学部长孙老师说这是"常态课"，没时间试讲，实际上是有点遗憾的，但是能够在这么短时间内仍然把"行督课"上下来，提供这样一个新的"标杆"和"范本"，哪怕没上完都没关系，我觉得精神是难能可贵的，就这一点要给予高度的认可和鼓励。这也是中学团队在这方面的"旗帜鲜明"的执行力和决胜力的表现，同样的这种"争分夺秒"的研究精神，也是学校每一位老师和学部进一步学习借鉴的宝贵精神。

上周刚刚开完会，区教委领导特别重点关注教师的上课及听评课，特别是第二届"朝阳杯"教师基本功的总结表彰和第三届的启动部署工作已拉开序幕。今年的"朝阳杯"非常重要，对于老师来说上课研究展示是"天经地义"的，如果无故不参加肯定是不合适的，未来是也要纳入考核的，相信并期待认识的再提高，行动的再改进，建议后期要给予大家充分广泛宣传，并在此基础之上，适宜地制定激励和约束机制。因为教委现在已经把这项工作纳入对学校的绩效考核了，大家都知道"素养导向"的新课标、新方案、新评价需要"评价前置、目标前置"，这次教委也是这样的"评价前置"，所以这一块学校还要加强。今天在这种对比情况下，物理大学部这样做，我要大大点赞，尤其要表扬大学部长孙老师和执教的谢老师，因为本身也在毕业班，物理学科任务也很重。

（二）聚焦精准

今天上了什么？第一个上的是专题复习课，第二个上的是复习课当中的实验探究方面，尤其是上实验探究的两大类测量类的难点——密度，刚才担任小初衔接课程的李老师上的内容是小学科学课，但从衔接课程开始设计，渗透了中学的理化实验，我还专门问了孙副校长这是不是小学六年级教材里的内容，这一块内容实际上包含中学科学实践、物理、化学，是带有衔接内容的，用"学案式"的方式进行教学。另外学校这个学期六年级的"小初衔接"的"3+x+y"的课程当中，"y"课程就是把中学的内容或者方式，以主题式、探究式、项目式学习的方式下放到小学六年级下学期，这是一个有难度的探索，但也是宝贵的探索，而且李老师现在处在身体还不太好阶段，但两位老师及物理大学部都做到热点关注、难点突破，都是精准聚焦。

（三）竞合精当

李老师今天这堂课除了六年级能够深度独立学习、合作学习，还有一个亮点就是体现了小组之间的"竞争学习"机制的引入，积分考核，这一点我看虽然最后分值没有核定，但是有比没有好，建立"3+1"的竞合课堂竞争机制，也是体现"教学评一致性"的必备手段和有效方式的一个必要的课堂常态，我觉得也是十分难得的，而且是很精当的。为什么今天的课，六年级的学生氛围更好一些？六年级跟九年级的差别在哪里？其实不论是对九年级还是对六年级来说，没有好的方法，没有让学生自主，没有及时鼓励机制，是竞合不起来的，所以不是因为年龄大小，而是因为机制问题，这才是没有让课堂活跃或者说沉闷的本质原因，这才是区别。

（四）科学精华

尽管今天"行督课"开始耽误点时间，但是既然实验探究是中高考的方向，而且从中考这个角度，实验内容占到20%—25%，现在物理学科的中考内容做了"四分法"，只有最后20%可能是课堂教学的教材中的一些原版内容，社会实践占比超过20%，实验探究也占了这么多，再加上科学思想思维方法，今天能够用信息技术的实物投影办法，解决观课和课堂的互动生成，台上台下这样一种评价十分精彩，也是十分难得的，也是体现了精准指导的，这是"精华"之所在，因为这是科学类的课程必须要解决的问题。过去物理学科教师教学很多是"纸上谈兵"，不是真实验探索的，是"被过程、被实验"，是为了考试。而现在考试则是必考实验内容。

所以在这种情况下，今天的课堂展示，无论是第一节课，还是第二节课都用这种方法，这个我觉得是很好的，希望大家保持，也希望"常态课"多上这种实验教学，其实你要研究一下这技术也不难，无非做好充分的准备而已，或者说再适当的驾驭技术的处置就都可以的。

二、"三不"的努力方向

（一）"问学"还不太充分

物理大学部今天两节课的"问学"思想还不是特别充分，更不要说建模了，甚至有一些基本的套路都没有，连大的结构都不像是，这一点很遗憾。既不像"问学课堂"，也不像理想文化"合作对话式"课堂，这一点要引起物理大学部的高度重视。我们可以理解的是大家因为时间关系，充分度还不够，但这一点必须点出来。物理学科作为理想文化的先行实验学科，在后面还要强化推进"问学课堂"理念和实践模型的推广应用。

（二）"准备"还不太充分

按照"四段八步"行督课的研究展示流程，因为每学期的"行督课"都是开学初预设性的安排，所以有的工作还是有充分的"准备"空间的。

（三）"建模"还不太充分

这学期的"行督课"整体课堂研究主题就是"拔尖创新人才的课堂落地"，聚焦常态化的模型建构，今天来看，物理学部这方面的学科建模，还是显得需要充分的加工空间的。因为前面几个学部学科已经有建构"模型"了，或者已经初具形态了，如果说物理学科还是在有一些其他的状态的话，这个跟目前所处的地位是有一些距离的。

三、"四度"的建议意见

有这样的四个"度"，第一是高度，第二是深度，第三是密度，第四是长度。

（一）高度关注"科学教育"与"拔尖创新"

高度关注"科学教育"与"拔尖创新"二者之间的关联，这两个词都是带双引号的，为什么这样说？大家看，为什么刚才我点赞表扬谢老师，关注谢老师和孙老师他们研究的时候，别小看"中法航天合作"这个事，它就是一种意识，你选一张图片内容适不适合先不管，但是我觉得这个很重要，"科学教育"在这当中体现了党和国家对教育的新的导向，是习近平总书记关于"双减""三新"背景下如何抓的"加法"是指向"科学教育"的学科，体现素养导向的"三新"也是基本上以"减法"为主，但是忽然横空出世一个"加法"，这是大家要高度关注，要高度敏感的。

1. 在《关于加强新时代中小学生科学教育工作的意见》文件当中所说的加强中小学科学教育、工程教育关联的主要学科有哪些？

它明确界定为是物理、化学、生物、地理、信息科技（高中的是信息技术），还有一个是通用技术等这些课程。而且在这个意见当中提出来，对现有刚刚颁布的这几门课程的课程标准及教材修订，要结合新精神进行完善，我估计此次中考命题中肯定会有这个话题，我提前进行一个预设，物理大学部必须关注。学校物理和数学是"拔尖创新人才"培养的决胜学科，学校中高考和六年级的拔尖创新人才的新成果，没有这些学科的满分高分，"质量强校"这个目标实现不了。所以当下的"科学教育"与"拔尖创新"问题，既是国家的，也是校本的必需要求，它们之间是吻合一致的。

2. 探索选拔培养的长效机制

在《关于加强新时代中小学生科学教育工作的意见》中的第 16 条说的是什么？就是统筹拔尖创新人才的项目，探索选拔培养的长效机制。我在上一次会议上提出，今年 3 月 23 日教育部召开新闻发布会，就是高等教育的拔尖创新人才培养要开辟一个新的赛道，叫作什么？从基础教育到高等教育形成拔尖创新人才的贯通式的识别、选拔机制，明确提出来要建立"向下衔接，向上贯通"的选育机制。所以今天李老师选择六年级上课，我觉得是很好的，就是贯彻"向下衔接"的机制落地。

3. 加强实验探究的考察考核选拔

在《关于加强新时代中小学生科学教育工作的意见》的第 17 条这样说"加强实验考察，提高学生动手操作与实验能力"。要推进中高考内容改革，完善学生学业水平的考察命题工作，坚持素养立意，能力立意，增强试题的基础性、应用性、综合性、创新性，减少机械刷题。

4. 北大清华等"双一流大学"面向中学生的"英才计划""强基计划"项目

初中是有这些对接衔接项目的，所以中学团队要关注，包括你们学部长要关注，特别是我刚才提到这几个学科。"英才计划""强基计划"是初中、高中跟大学衔接的，大学的提前自主招生，就是"强基计划"，是"基础学科拔尖人才"培养计划，这就是 3 月 23 日教育部新闻发布会明确提出来的。过去大家不敢选的，现在所说的北京热点中学的小初高衔接实验的"3+1""1+3"，这就是某种依据。

5. "高校的科学营"项目

实际上实行预科制度，就是"1+3"，就是在高中提前招生，接受自主招生那些孩子，可以提前一年进入大学，提前到大学进行大学的科学营或者寒暑假冬夏令营学习，这些都是某种"新政"，而且还有要办"科技特色高中"，打造且发现优秀的，有天赋、有兴趣、有潜质的孩子，提前进行贯通和衔接的项目实验。

6. 我校校本 AI 课程超前建构

我们学校之前做新十年规划时，当时做超前设计 AI 课程，作为新十年第一个战略项目，不瞒大家的话，就是想打通一个学校未来跟北京中学等顶尖学校的衔接内容，就算不加入集团，润丰也要对接北京中学，因为我知道北京中学未来的发展定位是什么，北京中学只能办好，必须是最优秀之一，不办好不行，办不好是不行的，要集全市、全区力量必须办好，办学以来给予了很多特殊政策，因为他们早期就做人工智能，我在全区推进 AI 项目的时候，他们就是第一个开着会的，当时任书记和夏校长都高度重视，我认为实际上藏着一个秘密，那么现在学校作为集团学校，我们靠什么跟北京中学进行课程衔接？一是高中课程要下放，二是学校的课程上接，那能找到连接点，各个基础点焊接的东西，必须是能找到两个有共性的力量才能焊在一起，相对同质或者接近的东西才能有效精准对接到一块的。

（二）深度研究"学业质量"与"问学课堂"

我们怎么让"深度研究"进入"拔尖创新"层次？我认为，就是要引导课堂教学提质增效，培养学生的科学精神，这在《关于加强新时代中小学生科学教育工作的意见》当中是明晰的：深度研究的关键应该是"学业质量"与"问学课堂"。有的人可能认为"问学课堂"是我张校长的，其实不是这样的，我究竟为什么不遗余力倡导"问学课堂"？这个星期六我参加 2023 年中关村第九届"教育＋科技"创新周的嘉宾圆桌沙龙论坛，不断地见证我们的观点。因为参加论坛的嘉宾都是国内、京城教育、科技等业界成功人士，90 多岁的中国教育学会名誉会长顾明远先生也去了，并做了专门讲话。顾明远会长讲了什么呢？ ChatGPT 时代不是最后找答案了，是一定走向自主"提问题"的水平，解决方案在于提的问题的质量水准，ChatGPT 今年 3 月份是 1750 万数量级，因为它拥有了自我生成的进化能力，短短两个月，自我进化到 100 万亿数量级，要知道人类大脑目前才是 210 万亿数量级，已经接近人类一半，这才两个月，这又一个多月下来了，其实现在估计已经超过了 210 万亿数量级了，而且那天大家听《中小学信息技术教育》杂志编辑介绍，基于 ChatGPT 写的文章也是可以刊用的，这方面未来国内外都是挡不住的，现在很多家长、老师都在关注，在用了。大家都认为培养具有原创精神的创新人才一定是与"发现和提出问题"直接相关联的。关键你能提出好问题，就已经解决这个问题的一大半了。

为什么这样说？有几个关键点可以关注一下。《义务教育物理课程标准（2022年版）解读》（以下简称《解读》）一书当中，物理学科学业质量的内容有四个方面，第一是物理概念观念，第二是科学思维，第三是科学探究，第四是科学态度与责任。这四个方面是当下梳理的物理学科的核心素养。在课程标准上的第一页就写得很清晰，不再赘述，但是告诉大家的意思就是这方面的内容要去理解，主要涉及五个主题内容：一是"物理"，二是"运动与相互作用"，三是"能量"，四是"实验探究"，五是新增的"跨学科实践"。物理学科当中要进行立德树人的德育渗透，爱国主义教育、生态文明教育、环境教育、生命健康与安全教育、技术与工程教育、优秀传统文化教育、科技成就教育，以增强"文化自信"，增强学生保护环境、节约资源，推动可持续发展和实现中华民族伟大复兴的社会责任感。这是一个主题线索和正确价值观维度。大家看这是"学业质量"，首先从内容和内涵上再说一遍"核心素养"层级，主题内容的五个方面，再加上德育渗透的这些要点，我今天评价这两节课说到的闪烁着这一光辉思想是特别好的。

在"实验探究"的内容当中明确提出来是两大类，即测量类和探究类，这是学生的"必做实验"。它包含九个方面的内容，物理学科应该都不陌生，我读一下，我主要是念给其他的干部和其他学科教师来重温学习一下。比如说"测量类学生必做实验"就有九个内容，即一是用托盘来测量物体的质量，二是测量固体和液体的密度，三是用常见的温度计测量温度，四是用刻度尺测量长度、用表测量时间，五是测量物体运动的速度，六是用弹簧测力计测量力，七是用电流表测量电流，八是用电压表测量电压，九是用电流表和电压表测量电阻。

为什么要必做实验？看起来，温度计测量这么简单常见，还需要测吗？用刻度尺来测量长度，用表来测量时间，有必要吗？有必要。所以今天课上能够展示，能干这个事，而且在物理中考前夕的专题复习课上来展示，还有两周就要进行重要的考试，如果背得很好，以往物理学科考试中，还是会出考试高手，但按照现在标准就可能不优秀、甚至不合格，为什么呢？就是因为这一块没有真正的动手"实验探究"。大家看物理课程学业质量的内容和范畴上，这是一个标准。

那么跟"拔尖创新"和"问学课堂"之间什么关系呢？好，我们再来看一看《解读》的第 173 页，我说说这几个要点，老师们可以对比，我反正也是外行，但是我想对它的内容可能更多的学习的时候能够关注，比如说物理学科的"学业质量"，除了跟其他科目一样之外，学业质量的含义有三个要点：即"第一，从时段上看，它是学生完成本课程学习后的表现，即完成全部初中阶段物理课程以后的表现，是九年级物理课程全部结束时达到的水平，而不是每学期或每单元的学习成果。第二，它体现的是学生的学业成就，即学生完成全部物理课程学习后在学业上能取得哪些成就，这些成就达到怎样的水平。第三，学业成就的具体内容以核心素养为主要维度，体现了义务教育物理课程要培养的核心素养的目标要求"。这是以什么为导向的？是核心素养。而核心素养就是"正确价值观、必备品格和关键能力"这三个要义的三合一，我刚才提到的物理学科的四个方面，来实现人的整体的核心素养的提升，这是一个重温学习，更重要的请大家关注，就是在"学业质量"的具体标准当中，结合《解读》第 176 页量表，就写得很鲜明、很具体。

我为什么刚才要提出说这两节课"问学"思想还不太充分？大家来看四个维度当中关于"科学思维"和"科学探究"的两个维度，这两个维度是怎么确定学业质量标准的呢？也是我为什么提这问题的原因，如果不提这些问题，中考方向的命题研究要出问题。具体对照标准的"科学思维"的"核心素养内涵"，《解读》的第 176 页倒数第二行，明确提出"进而提出创造性见解的品格和能力"是学业质量评价标准。在"科学思维"的"目标要求"的"学业要求"建模当中，包括四个方面，其中一个任务叫"质疑创新"，而且在"学业要求"的"物质""运动和相互运动""能量""实验探究"和"跨学科实践"这五个方面都有这方面的要求。在"物质"方面说要"对一些说法提出质疑，发表自己的见解"；在"运动与相互作用"内容中又提出"指出交流中对有关说法的不当之处提出自己的见解"；在"能量"内容中又提出"具有根据能量守恒的观点对一些不当说法进行质疑的意识"；在"实验探究"内容中又提出"能对实验的时候进行反思，提出改进意见"；在"跨学科实践"内容当中提出"能在操作中独立思考，提出自己的见解";诸如此类。再看"科学探究",同样有这方面的要求,《解读》第177 页最后一句话,指出"能从物理学视角对生活的不合理的说法进行质疑,并说出理由发表自己的见解"。这些都是"学业质量标准"层面对于"拔尖创新"和"问学思想"的最典型的体现。

再来看《解读》第 181 页第四段阐述:"关于质疑创新,学业质量标准对质疑的要求:一是对所获信息进行合理性和可靠性的思考,二是对现有不合理的说法提出不同意见。这两种行为都要以自己的经验和已有认知为根据进行衡量,而不是随意怀疑。关于创新,主要是发表自己的见解,这里强调的是自己的而不是别人的。这里所说的见解,可以是看法、意见、建议、设想、创意等。"从这里我们更加明晰了什么叫"质疑创新",以及这个概念怎么界定的。关于"学业质量标准"对质疑的要求,一是对所获信息进行合理性和可靠性的思考。对不合理的怎么办?对不合理说法提出不同的意见,这是叫质疑。质疑干吗?质疑是对现象的怀疑。然后"创新"又是什么?关于"创新"是这样的,主要是发表自己的见解,这里强调的是自己的,而不是别人的,更不是老师的。今天物理课老师的整体学科素养很好,但是我算了一下时间,到前 20 分钟结束的时候,整个时间里只有一个孩子跟你互动,这个时间全部都是你在讲,包括你在调整时间段,8 点 20 分的时候,读了几分钟?就一两分钟。你这一堂课一半下来,只有一个同学上来讲,而且在上面声音不清,还能够说这里的见解指的是看法、意见、建议、设想创意有多少的分量的时间,这都到复习课了、专题课了,不是老师主讲了。

这时候应该怎么办?就需要"科学探究"。我们再来看看《解读》第 180 页怎么写的。在"科学探究"学业质量评价要求,你看它怎么说"问题"的?是这样说的,问题包括两个要点,请注意,"一是发现并提出问题"。我问大家是老师发现问题吗?绝不是!为什么先要发现?是指学生自己,而不是别人,别的同学,别的老师。第二是对问题做出假设和猜想。要提出问题,先要发现问题,而问题的发现是针对某个现象的,现象的获得来源于观察。由此,通过观察,获得有疑问的现象,进而产生科学探究的问题,这是提出问题的过程。猜想或假设的过程，具有两个行为：一是对问题的原因或结果做出假定，二是用自己的经验或认知对假定进行解释。假定的过程是非逻辑的，解释的过程是逻辑的，两者的结合是具有创造性的。因此，当教师让学生对某个问题作出猜想时，不能停留在假定环节上，一定要学生思考并回答假定的根据是什么，这就是学业质量标准所说的"根据经验和已有知识作出猜想和假设"的含义。如果说假设和猜想这个过程它是非逻辑的，而解释必须是逻辑的，是二者结合才有创造性。因此物理学科它的四要素"科学探究"环节，第一个是问题，第二个是证据，第三个是解释，第四个是交流。我认为再加一个新的问题，然后才能实现它的轮回。不是这样吗？它们之间是这样的关系。所以在这样的环境下，教师要让学生对某个问题作出猜想时，不能只停留在假设环境，一定要学生思考并回答假设的根据是什么，这就是学业质量标准评价，叫根据经验和已有知识做出猜想和假设的含义，这样才能够变成物理学科的课堂的"常态建模"。

（三）密度推进"小初衔接"与"跨科融通"

这一点也是今年很好的起点。希望大家在小升初的"3+x+y"的 x 项目性学习、探究性学习中，要将中学的内容和方式大胆进行下放。我在上次五年级的会议上，当着家长的面也提出来，明年有可能就在五年级的下学期和六年级的全流程中推进这个项目，彰显学校小初衔接的课程特点。

"跨学科实践"在学业评价标准的明确题材是占到 10%，跨什么学科呢？在《解读》第 157 页也说得很清楚，"跨学科"主要是三个两级主题，两级主题不说了，就三大方面：第一，物理学与日常生活，这是一个跨生活。第二，物理学与工程实践。这一次在"科学教育"文件中，在内容上又提了"工程教育"，跟物理学科的跨学科正好融在一块，所以叫物理学与工程实验。第三是物理学与社会发展。航天，空间站，未来在这个方面要新增跨科，这一点今年已经有了很好的开头。包括九年级也要为中考的命题指导一定有跨学科内容命制，我们要进行根据"学习质量标准"研究，物理大学部务必要研究考试时可能会出什么样的试题，这就叫"密度推进"。刚才谢老师说得很好，你们梳理了 10 多年，再加上2022 年 4 月 21 日颁布的新课标，今年一定会在学科核心素养的体现上，"三新"

上一定会有特别命题。所以整个物理大学部一定要好好安排研究，哪怕这两周你们只估摸着出一两道题目，关于这方面的首先是一定有的，我觉得这会是质量大提升甚至是物理满分获得的必备基本功。

（四）长度视域"AI赋能"与"效率效益"

上次提出这个观点时已经是学期的后半段，两位学段主管都在这，小学用AI赋能课堂评价的先进设备，配套的"服务器"也马上赠送给学校了，要求容易了，包括复习课在内至少要上一节AI赋能课，这个课要录制下来，形成素材，更要形成常态。下一学年将会纳入的中学课堂，今天我又问了，实际上这套设备是物理学科可以测评的，未来可以更多学科参与测评研究。

今天这两节课没有在课堂时间内完成，因为大家没有试讲，这有些难，但是我相信大家整体设计思路很好，如果来得及的话，再加强一两节的重点研究，未来将行督课、和谐杯展示评课可以人机共评。今年的5月10日我自己也尝试了一次，给了我两个四级评定，我很高兴，但是在小微观当中也有一两个方面，是三级的，后来我就对比下来之后，我觉得是有些"评价量标"实际上有点不对称，但是有一些我是认可的。后来我建议他们进行后台一个研制工具的研发，他们也吸纳了我的建议，这可以叫"人机相长"了，他们科技公司项目研究院也有改进，请大家注意用"AI赋能课堂评价"这个手段解决什么问题，这个学科它的精准性，它的个性化，它的差异化，尤其在"效率效益"上，得高分难、得满分难，真难。但是找到解决办法能够成为优势学科和优秀学科，现在物理大学部的区市学科骨干比例最高，希望大家在这个学科方面能够再走一步，从长远角度，你们一定是"大漂亮"。我也建议AI赋能评价项目研究院赶紧把中学的物理等学科评价系统尽快研发出来，如果这个项目做成了，我们学校在这个方面就是全国的先行者、高质量治理的成功者！

感谢学校行政干部管理团队在期末阶段仍然坚持，也感谢各位大学部部长攻坚克难，才会在这学期不断取得很好的学科成绩，让我们一起努力，大家一起加油！

赋能 AI：信息科技新课程"拔尖创新"的校本建构

——在 2022—2023 学年度第二学期理综大学部第一次行督课上的讲话

（2023 年 6 月）

一、"四个导向"的亮点

这两节课特点鲜明，很好地体现了探索精神，具体体现在以下四个方面。

（一）AI 导向

尤其表现在信息科技陈老师小学五年级的"我是环保小卫士——垃圾分类"课上，他选择的内容是教材的编程内容，但他的情景创生是人工智能环境，软件使用的是 AI 研究院社团的 NOC 软件。这里的教材是原本的信息技术的老课程、老教材，成为新的"信息科技"这门新课程的一个素材，他的素材有一个鲜明的导向，即 AI 导向，从垃圾分类这样一个现实生活设置情境、产生问题，转化到人工智能这一新的社会环境当中，然后就探究人的学习与机器学习之间的相类似和不同之处，引入原理的辨析。

（二）研究导向

刚才信息科技齐老师在七年级"面包板的探究与应用"的课后自评中说，他这堂课试讲了四五遍了，但是感觉还是有点乱，这句话很朴素，体现出他没有把"行督课"当成一个差事应付。理综大学部在前期的研究上也是花了精力的，在原有基础之上，能够按照我们行督课"拔尖创新人才培养课堂落地"这一研究方向进行不断地探索和改进。

（三）问学导向

这方面无论齐老师还是陈老师都有所彰显。比如说陈老师上课一开始就让学生根据素材猜课题、猜今天的学习内容，并让学生提出想研究什么的问题是什么？齐老师也是先让学生针对"面包板"提出问题，而且他的教案上也预设了 6 个学生的问题。

（四）工具导向

主要是评价工具的设计与应用，具体体现在学生评价量表的设计和应用以及"问学单"的设计和使用，在今天这两节课都有体现。

二、"四新四要"的建议

对下一阶段理综学部活动提出以下"四新四要"建议。

（一）"信息科技"新课程实施要"迎难而上"

2022年4月21日教育部新颁布的义务教育课程新方案，增加了"信息科技"课程，这门课程是新课程方案当中新增加的两门课程之一，在中学段会有人工智能的内容。以后，在课表上没有作为综合实践课程的"信息技术"课了，替代为"信息科技"课程，现在这门课程处在新课程、老教材阶段。在这种情况下怎么办？这就是一个难点。

对学校来讲，信息科技课程要包含或者容纳原有的劳动技术课程、科学课程、信息技术课程，以及现在正在做的"信息科技"的这门新课程方案的一些要求。今天的两节课应该定位为"信息科技"课程，而不是劳动课、信息技术课，原来的劳动和信息技术应成为"信息科技"这门新课程中的一个素材选择。

下面结合《义务教育信息科技课程标准（2022版）》和《义务教育信息科技课程标准（2022年版）解读》（以下简称《解读》）的有关内容做一下重点分享和解读阐释。

一是关于信息科技的课程理念和核心素养是什么？

《义务教育信息科技课程标准（2022年版）》第2页指出，课程理念具体体现在五方面：反映数字时代正确育人方向，构建逻辑关联的课程结构，遴选科学原理和实践应用并重的课程内容，倡导真实性学习，强化素养导向的多元评价。

信息科技的核心素养内涵主要包括信息意识、计算思维、数字化学习与创新、信息社会责任。

这是我分享的第一点，值得我们今天听评课的很多跨学科教师的理解与感悟。

二是信息科技课程学业质量标准对"人工智能与智慧社会"模块的内容的

"学业要求"和"内容要求"是什么？

关于信息科技课程的"人工智能与智慧社会"，首先就要搞清楚"人工智能与智慧社会"模块的具体内容主要是"人工智能的基本概念与常见应用，人工智能的实现方式，智慧社会下人工智能的伦理、安全和发展"等三部分内容。那这门课程的学业质量的"学业要求"是什么呢？《解读》第151页指出，作为信息科技课程"人工智能与智慧社会"的内容模块主要包括三个点：第一，能识别身边的人工智能应用，理解人工智能与现实社会的关联性；第二，能列举人工智能的主要术语，了解人工智能的三大技术基础，知道目前常用的人工智能实现方式；第三，知道人工智能可能的科技发展方向和安全挑战，了解智慧社会及自主可控技术的地位。

这是"学业要求"，与其匹配的"内容要求"有六个方面。

第一，通过认识身边的人工智能应用，体会人工智能技术正在帮助人们以更便捷的方式投入学习、生活和工作中，感觉人工智能技术的发展给人类社会带来的深刻影响。

第二，通过分析典型的人工智能应用场景，了解人工智能的基础特征及所依赖的数据、算法和算力三大技术基础。

第三，通过对比不同的人工智能应用场景，初步了解人工智能中的探索、搜索、推理、预测和机器学习等不同实现方式。

第四，通过分析典型案例，对比计算机传统方法和人工智能方法处理同类问题的效果。

第五，通过体验人工智能的应用场景，了解人工智能带来的伦理与安全挑战，增强自我判断意识和责任感，做到人与人工智能良好相处。

第六，通过各个领域的人工智能应用，了解智慧社会是集成了多种具有人工智能基础设施和服务的智能生态系统的新型社会生态，认识到为保障智慧社会的安全发展，自主可控技术的必要性。

这是我想分享的第二个点，值得我们跨学科教师听评课的分析与评价。

（二）"AI 课程"新体系建构要"持之以恒"

学校从 2020 年 9 月就设了人工智能课程即 AI 课程，这门课程是国家信息科技新课程设置的提前的校本建构，不仅前瞻，也是胆略，更是建构。干部及学部教师以及 AI 项目研究院的研究团队教师，一定要把学校 AI 课程与信息科技课程和原来信息技术老课程三者之间关系搞清楚，并加以整合。

这个课程体系学校已经基本建构了，比如三年前的 2020 年 9 月的新学年新课标上学校就设置了信息科技（AI）课程。我们要坚持课程校本化，继续探索建构，校本化是一到九年级都做的，如果你只按信息科技，就只能初中讲，加了 AI，就使学校跟别的区域有所不同，这一点要持之以恒，坚持到底。

要把现有的内容放入到学校的 AI 校本课程体系当中来，重新架构。要把社团活动内容融入 AI 课程。学校已经有 AI 社团的"3+3"体系，比如像 NOC、鲸鱼、无人机，最近又引进了航天类的两个教育部白名单项目，要善于把这些应用在这里边。这方面，今天陈老师主动应用 NOC 这个软件就很漂亮。学校所有"3+2"的引进的 AI 课程项目，都要进入到自己所承担的年级课程的信息科技课堂当中，而不只是社团活动或课后服务。

（三）"拔尖创新"新目标评价要"当仁不让"

信息科技课程和科学课程是最能体现拔尖创新人才培养的本质意义。首先要坚持"问学"思想。如果说，别的学科可以慢推"问学课堂"，唯独科学和信息科技课程必须理直气壮，当仁不让，必须先行先做，大胆建构。因为你通过这门课程就是要培养孩子的科学探究和创新精神。科学探究就是要提出问题、善于假设，进行验证，最后得出结论并加以应用，我在"学以致用"基础上，加一条叫"用以致问，用以新问"，提出新问题，这一点今天这两节课的最后环节体现不够充分。同时，大家还要辨清把科学和信息技术课程的"教会了、学会了、会学了"的区别和关系，最终要追求的是基于拔尖创新人才培养的"会学了"的最高境界，要相信并践行"儿童拥有学习人工智能的天赋和潜能，要让学生成为学习人工智能的小主人"的理念，形成学校特色的 AI 教育教学新生态。

（四）"AI 教学"新指南统领要"纲举目张"

中国教育发展战略学会人工智能与机器人教育专业委员会副理事长兼秘书长韩力群教授主编的《中小学人工智能课程教学指南》是我国第一本人工智能的课程教学指南，我也是编委会成员，参与过论证和研制。这本书学校给每个老师都发了，学校的很多"问学思想"、AI 实践认知等创新思想也被吸纳在里面，这本书要成为学校校本特色课程的理论依据和教材纲要的研究探索新指南，可以在这个基础之上"纲举目张"，把它进行体系化、读本化、优化整合，形成统领。

学校是中国教育发展战略学会人工智能和机器人专业委员会常务理事单位，也是教育部中央电教馆首批人工智能实验学校，这可为各位教师的专业发展提供很好的机遇和更多的平台。理综大学部及信息科技课程、AI 项目研究院的研究实践团队已经把握机会，走在市区及全国前列，取得了教育部白名单全国 AI 大赛的一等奖和十佳优胜学校。

希望大家积极参与研究，再接再厉，继续深耕，不断创造新经验，获得新成果。学校的 AI 课程就是国家信息科技课程的校本化实施，不只是教技术，而是赋能 AI，更是营造氛围，让孩子在中小学就播下 AI 种子，播下创新的种子，播下人类大爱的种子，涵盖 AI 赋能的新生态。

我坚信，学校信息科技新课程的校本建设、校本创新一定会走出一条拔尖创新人才培养的阳光大道！先行先试，方兴未艾！来日更长，未来可期！

双名工程，双特闪耀

构建"元数学教学" 造就"拔尖创新人才"

——2022 年朝阳区"名师工程"张义宝学科教学名师特色展示整场主持实录及专家点评

（2022 年 12 月）

朝阳教科院小学教研部主任王颖（主持人）：

百年大计，教育为本，高质量的教育，高质量的教师是高质量教育发展的中坚力量。教师是立教之本、兴教之源，承担着让每一个孩子健康成长，办好人民满意的教育的重任。党的十八大以来，习近平总书记多次就教师队伍建设提出指导的方向。在 2022 年 4 月，还有 11 月 22 号，北京市委教育工委、市教委、市委宣传部等部门为了落实新时代基础教育的强师计划发布了《北京市新时代基础教育强师计划实施方案》，朝阳区一直以来，也非常重视教师队伍的建设。

再过十几天，就将迎来新的一年。戏曲里面讲究压轴，我认为今天的这场名师展示就是朝阳区教师队伍建设的大轴，也是为了更好地迎接新的一年。2022年是不平凡的一年，在这一年当中，朝阳教育人不辱使命，踔厉奋发。今天在这里，中共北京市朝阳区教育工作委员会、北京市朝阳区教育委员会主办，北京市朝阳区教育科学研究院、北京市朝阳区东坝学区、北京市润丰学校联合承办的"守正·创新·卓越：一切皆有可能"2022 年朝阳区名师工程展示东坝学区张义宝老师数学学科名师展示活动现在正式开始。

首先，请允许我向大家介绍来参加本次分享交流研讨活动的各位领导和专家。他们是来自教育部课程教材研究所的副所长、博导陈云龙所长，本次活动的主办方代表、朝阳区人民政府教育督导室陈先豹副主任，承办方的领导、朝阳区教育科学研究院党总支书记刘强书记。接下来，我非常荣幸地向大家介绍今天来参加活动的两位数学界的顶级专家。一位是马芯兰老师，她是数学界的一面旗帜，也是朝阳区的骄傲，等下她会用视频的方式向本次展示的张校长表示祝贺。

另一位，大家也非常熟悉，我是这位顶级专家的铁粉，她就是中国教育学会数学专业委员会理事长、正高级特级教师吴正宪老师。同时参加本次活动的还有承办方朝阳区东坝学区理事长、东北师大附属朝阳学校高祥旭校长，以及由教科院特级教师姚兰老师带领的名师展示团的督导团成员：有来自管庄学区的北京第二外国语学院附属中学的苏红副校长，定福庄学区的中国传媒大学附属小学的温建新副校长。今天窗外还是非常寒冷，我们用云上的方式，它表明一个态度，也是一种热烈的温度，就是朝阳区一直以来持续的关注教师队伍的建设，为名师打造高端的展示和交流平台，正是源于有了这样的一个平台，区域不断涌现好老师。像习近平总书记曾经说过，一个人遇到好老师是人生的幸运，一个学校拥有好老师是学校的光荣，一个民族源源不断地涌现出一批又一批的好老师则是民族的希望。

请本次活动承办方，朝阳区东坝学区理事长、东北师大附属学校校长高祥旭校长代表承办方致辞。

朝阳区东坝学区理事长，东北师大附属朝阳学校校长高祥旭：

尊敬的各位领导、专家、各位老师，大家下午好。

今天通过网络参加润丰学校张义宝校长的学科名师教学特色展示活动。在此，我谨代表东坝学区，真诚的欢迎并感谢各位的光临和指导，衷心感谢朝阳区教科院各位专家的大力支持！衷心感谢教育部、北京市、朝阳区各专家的指导和帮助，感谢兄弟学区和各校领导老师的参与！也特别感谢润丰学校和张义宝校长对此次活动的承办和精心准备。本次活动能够克服重重困难顺利开展，是各位鼎力相助的结果，感谢各位为落实朝阳区双名工程卓越人才培养项目而付出的努力！

"十三五"以来，东坝学区共开展了4批次的名师展示活动，10余位学科名师和班主任名师进行了风采展示，同时也成立了学区名师工作室，通过搭建名师特色展示平台助力名师总结提升教育理念和实践智慧，发挥了名师的辐射引领作用，创新了具有朝阳教育特色的作业人才培养路径和工作模式。今天的展示活动是本年度东坝学区名师教学特色展示的最后一场，前期有星河实验的王晓宁老师和北京中学的杲振宏老师做了精彩展示。今天，张义宝校长做展示，由学区推出。我学区推出张义宝校长展示有三个原因。

第一，张义宝校长的数学教育研究具有深刻的思想性和启发性。作为一名资深的数学特级教师，张义宝校长从教 30 年来对数学教育饱含深情、耕耘不辍。作为中国教育学会数学专业委员会学术委员，张校长坚持学术成长。多年前，他基于元认知和数学学科本质的研究和思考，率先提出了元数学教育的数学教育理念，并提出了元认知是元数学的认知基础，元数学是元认知的数学哲学的观点，也成了国内元数学教学的倡导人和践行者。多年来他不断完善元数学教学概念，以此来帮助学生，提升数学元认知认识，启蒙元数学思想意识，优化学生的数学学习有效策略，教会学生学习，有效提升学生数学学习质量和学习素养的优化。

第二，张义宝校长对教育的探索具有持续的创新性。张义宝校长以学生为本，总结多年教学经验，统合自主学习、合作学习和探究学习等学习方式，构建了问学式课堂创生拔尖创新人才培养模式，构建了问学课堂的四六环节基本结构，形成了问学课堂的 16 字要诀，即以问导学、先学后教、以学定教、问题解决。从元数学教学到问学课堂，张义宝校长一直走在教育创新实践的征程上。

第三，张义宝校长的教育实践具有很强的示范性和引领性，作为学术型校长，张义宝校长有执着的进取心，强烈的事业心，带学校的老师全身心投入课堂教学改革，问学式课堂特色彰显，学校整体教学质量不断跃升，带领全校教师投身教育研究，帮助教师物化科研成果。三年间主编出版有关课程整合、数学教学等方面 42 本书籍成果，这也是特别令人折服的一点，也由此可见一位学术型校长的师范引领作用。

系列的名师特色展示活动给我一个深刻的启示：一是榜样就在身边，我们身边众多优秀教育工作者，就像无尽宝藏，我们总能得到珍贵的启示；二是名师成长之大道至简，唯有不忘初心，专兼养高，吃苦耐劳。最后预祝此次活动能够圆满成功！真心祝愿学区各位领导老师，在专家的带领下能有大的进步，谢谢！

朝阳教科院小学教研部主任王颖：

感谢高校长致辞，作为东坝学区的理事长，高校长一方面简单地总结了一下学区在名师成长过程当中建立的良好机制，另一方面整个东坝学区推出张义宝校长作为名师展示背后的意义。我想在构建高质量教育的过程当中，作为一名校长，他首先要发挥的是学术引领能力，因此东坝学区推出张校长作为名师展示，也是开启了在新时代构建高质量教育时，作为校长应该如何去做的一种崭新的探索。接下来请活动主办方，朝阳区人民政府教育督导室陈先豹副主任致辞。

朝阳区人民政府教育督导室副主任陈先豹：

各位领导、各位老师，大家下午好！

很高兴参加张义宝老师的数学特色展示活动，应该说这样一个活动的意义有很多，我觉得如果说要是过几年，再回忆起今天这个报告会的时候，可能有以下五个特点。

第一，在重重困难下，举行这样一个线上报告会，线上的交流会，这是难能可贵的。难能可贵的是目前有很多人居家办公，处于生病状态。这样的一种状态下，还要继续做好我们的教育教学工作，特色展示工作，更充分地体现出教育人对于职业的追求和敬业。

第二，"双名工程"从2004年到今天已经18年了，在第五轮朝阳区双工程的背景之下，东坝学区已经有两位老师在进行这方面展示，今天张义宝校长进行数学方面的展示，这也是难能可贵的。朝阳区这十几年来，不管是推出名师也好，塑造名师也好，都是在用一种方式，给每一个老师搭建平台，给每一个老师一个职业成长的机会，同时也是由名师引领朝阳区教师师资水平的发展，通过师资水平的发展来提升朝阳区教育的整体水平和管理能力。办人民满意的教育更多的是使身边的学校能够让老百姓满意。办优质均衡的学校也是让每一个孩子都能够享受到最为合适的教育。所以说这一块儿来看双名工程的这种背景之下，也是一个很重要的特点。

第三，今天这个活动，小学数学界的成功人士云集，刚才听说马芯兰校长也在线上，吴正宪老师也在线上，还有教育部、北京市的一些业内人员都在，我觉得特别高兴。利用此次活动，也是了解整体数学界这一块的工作怎么样能够起到引领的作用。

第四，在党的二十大召开之后的这种背景之下，在科教兴国的这种背景之下，举办这样的一个展示活动，也是一个适应这种形势背景下来开展的工作。

第五，张义宝校长，也是老师，在今天举办这样的报告会，不仅仅是起到了一种教师的示范作用，对于校长来说，如何起到引领作用，也是做了一个榜样。在这里，我代表朝阳区教委，祝贺张义宝校长召开这样的展示报告会，同时也感谢今天在线上的各位专家、老师，你们都是我们的贵宾，也是数学界经常不断的在支持朝阳区教育发展的大专家。

希望通过今天的报告会，守正、创新、卓越。更希望我们不仅仅在这个过程之中，共同研究问题，共同交流学习，同时也是能够起到共同进步，共同发展的作用。让我们把所有的目标、所有的工作出发点都放置在如何培养学生上，如何让每一个学生能够快乐健康的发展和进步上。一切皆有可能是指每一个学生，在我们的培养之下，是一切皆有可能的。特别祝贺张义宝校长的报告会圆满成功，谢谢各位！

朝阳教科院小学教研部主任王颖：

感谢陈主任的致辞，我觉得他为区域第五轮双名工程启动的意义背景，特别是今天这个活动的特点做了非常好的总结。今天我特别激动，也特别荣幸，对我自己来说，我在教科院，我是朝阳学子，也是朝阳老师，更是在朝阳区双名工程培养下成长起来的老师，我自己就是朝阳教育的见证，也是名师工程的受益者。所以非常感谢两位领导对教育的关注，对教师成长的这种着力打造的过程，另外，张义宝校长是我的老领导，在一个阶段也是教科院的书记，更是小学教研室的主任，在张书记领导的过程当中，他一直执着于自己的学科。虽然行政工作非常的繁杂，但是他永远不忘自己是数学教研人，深耕自己的数学课堂，今天我们用这样的一种方式走进张义宝校长对于课堂教学这样一个执着的过程，接下来将播放张义宝老师的专题宣传片《构建数学问学课堂，培养拔尖创新人才》。（播放专题片）

通过这段短片我们了解了作为双特的张义宝老师、张义宝校长在数学学科方面的探索。张义宝校长非常善于学习，有非常敏锐的学习能力。在元数学教学的理念下，他能够成为早期数学教学改革的研究者和建构者。作为校长来说，他又能够以身示范，创设问学课堂，带领润丰团队持续进行研究，特别是在当下，不断去探索拔尖创新人才成长的新路径，正是源于非常强的敏锐的捕捉能力才能够更好地去预见。接下来，由张校长作主题报告，他发言的题目就是《守正·创新·卓越：一切皆有可能》。（张义宝校长作主报告）

作为这样一个双特人才，他本可以躺在荣誉上面，就此止步，但是，作为一个敢于有梦，善于追梦，勤于圆梦的人来说，他没有止步，所以我非常感动！刚才张校长用这样一个报告的方式，给了所有的老师一个回答，一个启迪，一个激励，38 年的教育生涯，一年可能也只有一分钟的时间来诉说。朝阳的教育呼唤每一个教育人都要不断地提升自身能力，每一个人都要肩负责任和使命，刚才在张校长的报告当中，他提到了三位数学界顶级的人物在张校长的成长过程当中，给了张校长很多的启示。接下来，尊敬的马芯兰校长将通过视频方式致辞。（播放马芯兰校长视频致辞）

马芯兰校长：

尊敬的各位专家、各位老师，大家好！

非常高兴得知义宝校长的名师展示会召开，对义宝校长表示热烈的祝贺！义宝校长是我最敬佩的一位德高望重的、德艺双馨的、志同道合的教育同行。我们见面时常谈的最多的就是教改和老师的成长。义宝同志几十年如一日，扎扎实实为基础教育辛勤耕耘。他才华横溢，对教育充满的是激情，奉献的是智慧；他对每一位老师都充满热情地帮助和培养。在他的言传身教和精心培养下，先后有几十位特级教师脱颖而出。义宝同志对教育事业，对教育人才的培养做出了重大的贡献。义宝同志是教育战线上不可多得的好老师、好领导。

义宝同志几十年专心致志，坚持不懈，勤奋刻苦，孜孜不倦，研究探索基础数学真谛。他的教育思想不断丰富、创新、发展。义宝校长非常酷爱学习，善于思考，对很多事情总是站在教育事业的高度，有着独到的、有引领作用的思想主张。义宝校长提出了元数学教学及问学课堂，研究得很深入，有很多成功的实践经验，很是前卫，非常宝贵，令人敬佩！这也许是他在几十年教育不断探索实践中的又一丰硕成果；对教育事业又一极为有益的奉献。最可贵的是义宝校长对教育始终保有的激情和学习力，这也就是让我很感动和敬佩的！

最后祝义宝校长的名师展示圆满成功！预祝在教育管理、数学教育教学上取得更大的成就！

朝阳教科院小学教研部主任王颖：

能够得到马校长的肯定，还有这样的祝福，祝活动顺利，也祝张校长在教学管理和学科探索当中能够取得双丰收。马校长是数学的旗帜也是前辈，能够对张校长肯定，我也预祝张校长还能够在数学的教学当中不断前行，像马校长一样，一生就为这一件事来，更希望您能够成为像马校长这样的大家，能够更好地引领润丰学校。润丰学校是原来的卓立校长，名校长办的一所学校，希望在您的带领下，润丰学校有更大更好的发展。再次隔着屏幕感谢马校长能够用这样一种方式来向名师工程展示活动表达祝福！感谢马校长对张校长的祝福和期待。接下来，我们一起走进张校长的问学课堂，走进六年级的数学课堂，感受他在课堂教学中的实践创新。（播放张义宝校长线上课堂教学《比的意义》）

虽然我是外行，但是我能够感受到学生全身心地投入到课堂教学当中，整个过程学生表现出兴高采烈，表现出民主和谐，表现出兴趣盎然，也表现出了本节课不仅让学生收获了学科的知识，更体现了学科育人的精彩。今年的名师展示当中有一个亮点，也就是说名师的作用，不仅仅在于自己的专业成长，更重要的是在于如何引领团队的发展。接下来，张义宝老师的团队将通过微论坛的方式来进一步展示名师的风采。这6位老师分别是来自星河实验和润丰不同学段不同学科的领导和老师们，也有曾经跟张校长一起共事的教研员和同事们，大家分头结合自己和张校长交流交往过程中，对于学科教学，对于育人的共同的理解，分享了他们眼中的张校长。（观摩线上微论坛教育）

接下来进入专家点评这个重量级的时刻！把这宝贵的时间，留给亲爱的吴老师，请吴老师作专家点评。

中国教育学会数学专业委员会理事长、正高级特级教师吴正宪老师：

谢谢！谢谢王颖主任！也谢谢张义宝校长的邀请！接下来，我来谈一谈今天下午我的学习体会。

整整一下午，守在屏幕前，聆听了张义宝老师和各位专家、老师们一起来聊张义宝老师的成长故事《守正·创新·卓越：一切皆有可能》的报告。听过以后，很受启发。张义宝老师的报告内容非常丰富，信息量也非常大，语速又很快，我一直在努力地去听，去学习。前面，我也看了这样的一些报道，尤其是马芯兰老师，对张义宝校长也给了很高的评价。今天听完以后，我想有些东西还没有完全消化，因为确实信息量太大了，有很多新的概念，我还没有能很好地去领悟，我也在慢慢学习！我就谈四点体会。

第一，我觉得张义宝校长是一个有理想追求的校长。这一点给我的印象特别深刻。刚才张义宝老师的报告中说道，38 年的历程，不忘初心。从刚工作开始，就全身心地投入到工作当中，教毕业班，把自己这种对事业的爱、对学生的爱附之于教学行为。38 年至今还保持着这份追求和热情，真的不容易。我们常说教师总会有职业倦怠，但是在张义宝老师的身上，我看到了他孜孜以求的这样一种工作态度和强烈的事业心，执着的追求。正像刚才主持人王颖主任所说：他有梦，他还知道怎样去追梦，还知道怎样去实现自己的梦。张义宝老师 28 岁就担任了校长，不管是做校长，还是做教师，他以全身的这种热情投入到工作中去。正是这份理想追求，这份对教育的热情，让他有了今天这么好的成就，成为北京的"双特"老师，既是特级教师，又是特级校长。他的敬业精神和工作态度，我是有感触的。刚才大家都谈到了 2019 年全国小数会在星河实验小学召开，全国 31 个省的专家来到北京，还有一些大专家来作报告。整个接待的重任就由朝阳区，当时的小学教研室承担。张义宝老师正逢在这个时候，负责教研室工作，从安排会议、接待专家，付出了很多辛苦，特别是在这个会上所作的报告，引发了大家深入的讨论和思考。所以张义宝老师的敬业精神给我留下了深刻的印象。我说他是一个有理想追求的校长。

第二，他是一个善于学习，用心研究的好老师。张义宝老师的报告中，谈到了他身边的专家、老师们。他总能在身边的老师们身上发现一些特质，比如他发现了马芯兰老师的教育思想，以及对整体内容教学的把握，让学生拥有学习力，他还对翟玉康老师教学经验进行了总结，还有身边的这些老师们，包括我的儿童数学，他都进行了一些总结。这就说明一个人善于学习，虚心地在别人身上发现到对自己有价值的东西。他的善于学习和研究，也表现在他大量的文章撰写上。从写文章，发表文章，到论文获奖，从他个人出专著，到带领老师们一起拿起笔来做研究，写著作，这样一段历程是非常不容易的。张义宝老师作为教研室的领导，现在作为学校的领导，可想而知工作的繁忙，在繁忙当中，不忘研究，善于学习，这正是他今天取得成绩的重要经验。事务性的工作永远做不完，在做工作当中，能够虚心学习，能够深入研究，敢于写出文章，难能可贵。写文章和讲话不一样，是需要理性思考，需要更加严谨的一种长期对某些问题持之以恒的研究的精神，从张义宝老师的身上，我们看到了他是一个善于学习，潜心研究的好老师。

第三，他的另外一个特点，从张义宝老师的报告和课堂，以及大家刚才的沙龙论坛，我们都能看到他是一个有自己教学主张的校长。每个人都有自己从事的教育学科，不管我们后来当了多高级别的领导，在前期探索中，都有自己的学科，那是不是每个人都能对自己的学科提出自己的教育主张呢？有自己的思考呢？还是人云亦云？今天我们在张义宝老师的报告当中看到了他建立的元数学教学结构。为了更好地开展创新人才的培养和发展，他提出了一系列的教学主张，特别是对他元数学教学的这种结构的解读。尽管此时的我水平有限，还不能够很好地深入研究和理解，但是从今天张义宝老师谈的几个观点，比如说第一点，要优化学习环境、要优化学生的情绪、唤醒学生良好的学习情绪，让学生能够有自我的认知能力，我认同！如果一个学生对学习没有好的情绪、没有兴趣、没有信心，他后面的学习是无法开启的。顾明远先生曾经说过：没有爱，就没有教育；没有兴趣，就没有学习的开始。那么他关注了优化情绪，就是让孩子有一种良好的学习心境，能够主动积极地投入学习中。唤醒孩子良好的学习情绪，这是一件多么复杂的工程啊！每个孩子就是一个小生命，就是一个完整的心灵世界。他的家庭不同，他的成长路径不同，他的个性不同。如何让每个学生能唤起优化起良好的学习情绪呢？能够提到这个问题，我觉得是非常重要的。第二点，就是要提升学生自我的这种成功感，这就是唤起学生学习的信心。在他元数学教学结构的解读当中，谈到了要唤醒学生自我成功感。数学学习是一件复杂的工程，不是说我想学数学我就一定能学好数学。我们需要对学生进行逻辑思维的能力培养。而每个学生的认知情况不同，经验不同，基础不同。尤其是对学习有困难的学生，如何让他们拥有这样一个自我认知的能力，了解自己，正确的认知自己，能够在自己的学习当中每天进步一点点。一个学生能够提升到对自我的成功的认知：虽然我今天考了 80 分，我还不如别人，但是我进步了。看到自己的一点点进步，不断的发展，才能让他们更好地拥有信心，才能为后续的学习奠定基础。第三点，要提升学生的自我反思感，我很认同这个观点。一个学生有没有自我反思的习惯，决定他能不能进步。我为什么有这样的观点呢？包括成年人在内，人总会犯错误，人在学习的路上总会出这样那样的问题；但是一个人，如果能用心的反思，他的进步就是从这里开始的。在报告中张义宝老师谈到了要提升学生的自我反思感。我认为就是一个自我反思的习惯，叫作自觉反思的习惯。课堂上，给他尝试的机会，放手让他自己去做。给了他尝试的机会，就是给了他可能出错的机会；不做事的人不会犯错误，做事了就可能出问题；给了探索的机会，探索的空间，就给了可能出错的机会；给了他出错的机会，其实就是给了学生有可能反思的机会；给了学生反思的机会，就是给了学生有可能成长的机会。把学生的发展可能真的变成可能。所以在报告当中，我听到这样三点，对这个元认知教学结构在解释当中，提到了这三点。我觉得是非常值得老师们很好地分享和学习的。

第四，我觉得张义宝老师是一个敢于、勇于坚持教学实践的人。一位大校长，主持学校的全面工作，工作很繁忙。在这种情况下，学校的工作无形当中加大了校长的事务性工作。能够静下心来，走进课堂去上课，这点真的非常了不起。在课堂中，张义宝老师的这几问的教学给我留下了深刻的印象。让学生敢问，首先我得敢问，那学生怎么就能敢问了呢？一定是有一个宽松愉悦的师生关系，一定是有一个平等友好的课堂文化，他才能敢问。不然一问，老师一句话你问的是什么问题呀？不然一问，同学们嘻嘻一笑，一下子这颗想问的心就会关闭。一个人敢问是需要氛围的。为什么有的时候我们不敢问，每个人都有自尊心，问的问题水平太低了怎么办？问的问题让别人当成笑柄怎么办？问的问题别人看不起怎么办？孩子们会有许多的顾虑。张义宝老师提出来让学生敢问，还得爱问。问题导向学生的创新能力、拔尖人才的培养。我认为首先是我们说的这个会提出和发现问题。同样对一件事情可能我们没有感觉，可能有的同学就非常敏感，提出了不同的问题。得爱问，爱问的人一定是爱思考的人。我们接触小朋友，会发现有的小朋友经常喜欢提问题。我就遇到过这样的小朋友，天上的月亮、太阳怎么掉不下来？是什么拽着它？对于大人来讲，这些稀奇古怪的问题，好像早已是常识，但这正是孩子心中的结。一个爱问问题的孩子一定是一个爱思考的孩子。他还提出了善问。今天问，可能我就问是什么？怎么回事？为什么？随着不断的学习，我们要对数学的本质有更深入的思考和提问，那么这个善问，善在哪里？善在思考。只有用心思考，才善于提问，最终，到会问。会问就有了一定的能力：有些问题，可能是边边角角；有些问题是核心问题，是牵一发而动全身的问题；当我们把这个问题打破砂锅问到底的时候，他的答案也就出来了。那么一节课，总有一个核心的问题，还会派生出来不同的一些枝节问题，我们能不能抓住最核心的，最本质的问题，让学生去理解、去问，最终自问、自答、自解，这就是一个学生自主学习的过程。所以在课堂上，今天的课一开始孩子们就提出来了什么是比？为什么要学习比？比有什么用？他带着这样的问题走进课堂，他是有了学习的需求。那么在学习中又不断地产生了新问题，张义宝老师也在不断地激励孩子们提问题。下课的铃声都响了，我们的孩子还在提问题，还在不停地去问问题。那么小数比有没有？小数与小数之间会不会也有比呢？这个问题怎么解决呢？等等等等，铃声响，思未尽，情未了，让孩子还能在继续学习的过程当中继续思考。我今天整整大半天，坐在这里学习分享，收获很多。张义宝老师，他的教育理想，他的执着追求，他知道怎样去完成他的理想，给我们留下了深刻的印象。在学习过程当中，我还需要进一步地慢慢再去理解元认知教学的整个的内涵和框架。我想今天，为我们提供了这样一个学习的材料，我会继续去努力学习和分享，再一次感谢朝阳区教委、教工委，朝阳区教科院以及东坝学区，还有润丰学校，给了我这样一次学习体会的分享，说得不对的地方请大家批评指正。谢谢各位！

朝阳教科院小学教研部主任王颖：

感谢吴老师。每一次听吴老师点评，不管是学科点评还是名师点评，对我来说都是不断学习的过程。吴老师是我们学习的榜样，吴老师曾为朝阳区传经送宝。我回想到曾经看过吴老师上的一节"平均数"课堂，他在课后谈到自己对这节课研究了20多年，让我深受感动。吴老师结合张校长的报告和教学从四个方面谈到了张校长成为优秀老师的原因。其实怎么能够更好的理解自己的学科，怎么更好地去成就孩子，就像吴老师说的一样，要永远不断去追求一个方向，我和屏幕前的所有老师都要像吴老师和马老师一样，一辈子都在不断地成为一个优秀老师，不断地学习，不断地去理解课程，理解学习，理解孩子。再次感谢吴老师。接下来是此次活动的最后一项，也是另一个重量级的环节，请教育部课程教材研究所副所长、博导陈云龙所长作点评。

教育部课程教材研究所副所长、博导陈云龙：

尊敬的各位专家、领导，各位老师、主持人，大家下午好！

我很高兴，也非常荣幸能受到邀请，参加由中共北京市朝阳区教育工作委员会、北京市朝阳区教育委员会主办，由北京市朝阳区教育科学研究院、北京市朝阳区东坝学区以及北京市润丰学校承办的2022年朝阳区名师工程名师教学特色展示活动，主题为"守正·创新·卓越：一切皆有可能"，朝阳区张义宝老师学科教学特色展示报告会。首先对报告会的顺利召开表示诚挚的祝贺！对张义宝特级教师团队微论坛成功的交流表示热烈的祝贺！对张义宝老师成功的展示，表示最热烈的祝贺！

刚才通过观看专题片、张义宝老师的专题报告、课堂教学展示以及张义宝老师教师团队的微论坛展示，特别是听了著名教育专家马芯兰老师的贺词以及国家数学课程标准修订组核心成员吴老师的精彩点评。大家对吴老师和马老师都非常熟悉，近些年来，吴老师在国家基础教育阶段数学学科课程标准的研制当中以及在数学的课程教学改革当中都做了重要的工作，是专家。吴老师的点评也代表着国家基础教育阶段数学教学改革的一种方向。我非常赞同吴老师的点评，也感谢吴老师，多年支持我们单位的工作，支持国家基础教育课程改革中数学学科的改革。

今天下午的活动我很受启发，吴老师的点评、马老师的致辞我都非常赞同。接下来我就向大家汇报一下，我今天下午学习的三点感受。

一是我认为今天下午展示活动的成功举办是朝阳区推进教育高质量发展的智慧之举。朝阳区设立双名工程作为人才培养项目，通过搭建名师教学特色展示平台助力学科名师、教师总结提升教育理念和实践智慧，发挥特级教师的辐射引领作用，创新具有朝阳教育特色的专业人才培养路径和工作模式，培养造就一大批优秀的老师。刚才半天的交流过程当中，有一些领导也分享了自己在这个过程当中得到的成长，得到的锻炼，又成为培养其他老师的经历。所以在这个过程当中，朝阳区培养了一大批的优秀老师。教师是人类灵魂的工程师，是人类文明的传承者，承载着传播知识、传播思想、传播真理、塑造灵魂、塑造生命、塑造新人的时代重任。教师水平的高低将直接影响教育能否进行高质量发展。因此，我认为朝阳区提高教师能力水平的成功做法是智慧的，是推动区域高质量发展的智慧之举。

二是张义宝老师倡导的元数学教学理念以及问学课堂的探索，具有一定的意义和价值。我跟张义宝老师认识多年，对张义宝老师这样持久的探索，也和其他专家对他的点评一样，感同身受，对他敬业的精神很敬佩。他这样的一种探索，我觉得是有意义和价值的。

今年4月份义务教育数学课程标准2022年版发布，这个是吴老师团队三年多的努力所形成的结果，标志着以核心素养为纲的义务教育课程改革在实践层面的正式落地。应用教育数学课程以"会用数学的眼光观察现实世界，会用数学的思维思考现实世界，会用数学的语言表达现实世界"作为义务教育阶段数学学科的核心素养。这就是对学生学完数学之后的一个画像，这样的画像进一步的细化为数感、量感、符号意识、抽象能力、运算能力、几何直观、空间观念、推理意识、数据意识、数据观念、模型意识、模型观念、应用意识、创新意识。这些核心素养的培养，实际上专家对于国家义务教育教学的数学教学，在设计当中是有这样的考虑：希望通过义务教育阶段的数学学习，使学生能达到三个方面的变化，或者说这三方面的成长，使学生能够获得适应未来生活和进一步发展所必需的数学基础知识、基本技能、基本思想、基本互动经验，使学生能够体会数学知识之间、数学与其他学科之间、数学与生活之间的联系。在探索真实情境所蕴含的关系中发现问题、提出问题，运用数学和其他学科的知识与方法分析问题和解决问题。

这样的一种发现问题、提出问题、分析问题、解决问题的要求，今天在张义宝老师的课堂教学当中，也真切地感受到了，在实践的一线课堂上是如何呈现的？这样的探索确实很有意义和价值。希望学生能够对数学具有好奇心和求知欲，了解数学的价值，欣赏数学美，提高学习数学的兴趣，建立学好数学的信心，养成良好的学习习惯，形成质疑问难、自我反思和勇于探索的科学精神。这些要求在今天张义宝老师的课上面也都充分地感受到了，感受到了通过一节课学生怎么样能够学会学习。所以说，张义宝老师所倡导的元数学教学的理念和问学课堂的探索的学习，从今天的展示当中，我得到了深刻的学习和理解！我认为张义宝老师的探索是符合我国基础教育阶段数学教育要求，具有一定的意义和价值。

三是我认为朝阳区张义宝老师及其团队的探索，有利于创新人才的培养。今天下午从一开始到吴老师的点评，都充分地感受到在创新人才培养中大家所作的思考。在今天交流当中有多次提出党的二十大报告给我们指出的发展方向，党的二十大报告明确指出："教育、科技、人才是全面建设社会主义现代化国家的基础性、战略性支撑，必须坚持科技是第一生产力、人才是第一资源、创新是第一动力，深入实施科教兴国战略、人才强国战略、创新驱动发展战略，开辟发展新领域新赛道，不断塑造发展新动能新优势。"这提出一个创新，尤其后四新将是教育取得高质量发展中尤其要考虑的。教育是为党育人，为国育才，全面提高人才自主培养质量，着力造就拔尖创新人才。对于创新人才的培养，在当下的中国尤其具有重要的意义。

2020年9月11日，习近平总书记在科学家座谈会上的讲话指出，我国经济社会发展和民生改善比过去任何时候都更加需要科学技术解决方案，都更加需要增强创新这个第一动力。同时，在激烈的国际竞争面前，在单边主义、保护主义上升的大背景下，我们必须走出适合国情的创新路子，特别是要把原始创新能力提升摆在更加突出的位置，努力实现更多从零到一的突破。要想有更多从零到一的突破，一定是有更多具备从零到一素养的人才。有这样的人才，才能促进国家科技的不断创新和发展。那么人才怎么来呢？人才是要靠教育来培养。所以说教育承担着基础性、战略性支撑的工作。

通过今天的会议，朝阳区注重对教师的培养，朝阳区的老师注重对课堂教学的改革，这样的探索非常有意义和价值，有利于创新人才的培养，值得持续深入的推进！以上是我今天学习的一点体会，如有不好之处，请批评指正。最后再次对张义宝老师成功的展示表示最热烈的祝贺！谢谢大家！

朝阳教科院小学教研部主任王颖：

感谢陈所长的肯定、激励，还有在未来的工作当中指明的方向。刚才陈所长说到这样的活动是卓越人才培养的智慧之举，朝阳区叫它双名工程，张校长既是优秀教师的学科教师代表，也是校长，朝阳区的双名工程既有名师也有名长，张校长是朝阳区无数优秀名师、名校长当中的一员，像这样的好老师、好校长，还有很多，因为朝阳区教委领导在人才培养当中，今年已经是第五轮名师工程工作了。刚才陈主任在开始的致辞当中，已经把这项工作的背景，做了整体的特点的说明，正像刚才陈所长所说的，教育是国之大计，党之大计。强国必先强教，强教必先强师，新时代新的征程，无数的张校长、张老师在朝阳区的每一所学校里边，每一个学科的课堂里面。希望所有的老师和校长不忘初心，在向着第二个百年奋斗目标迈进之际，在贯彻落实新课标新方案之时，再一次凝聚团队的力量，为朝阳每一所学校的每一个孩子都能够享受到优质教育而努力奋斗。最后，再一次感谢各位专家、领导的莅临！感谢承办本次活动的东坝学区，感谢润丰学校张校长所带领的团队，感谢今天参会到现在的各位领导和老师。再过十几天就要迈入新的一年了，祝大家在新的一年里，工作顺利，身体健康。2022 年朝阳区名师工程展示张义宝老师数学学科特色展示活动到此结束。

探索"元数学教学" 培养拔尖创新人才

——记朝阳区"双名工程"名师张义宝

（2022 年 11 月 22 日）

《现代教育报》刊载首席记者郑祖伟专题采访报道：作为教师，他善于钻研，首倡"元数学教学"，是国内小学数学界基于"元认知和元数学"理念下进行小学数学教学改革的早期系列化研究者和建构者之一；作为校长，他以身示范，创设"问学课堂"，并带领团队深耕其中，有效促进了课堂教学质量和教师素养的双提升，探索拔尖创新人才的新路径。他就是北京市润丰学校校长、小学数学特级教师张义宝。

更新观念首倡"元数学教学"

随着信息科技的快速发展，在诸如计算机的硬件设计、人工智能、程序设计、元宇宙教育等方面，都能看到元数学的"身影"，在数学教学中重视和启蒙元数学思想也有着极为重要的意义。

何谓元数学？张义宝介绍，元数学是一种将数学作为人类意识和文化客体的科学思维或知识。元数学是一种用来研究数学和数学哲学的数学，是"数学的数学"，结合心理学家弗莱维尔提出的元认知的核心意义是"对认知的认知"，以及心理学家班杜拉的自我效能感理论，张义宝认为，元认知是元数学的认知基础，元数学是元认知的数学哲学。对此，他提出了"元数学教学"，以此来帮助学生开发数学元认知水平，启蒙元数学思想意识，优化学生数学学习自我效能感的有效策略，教会学生学会学习，达到会学，学以致用，用以致问，从而有效地促进学生数学学习质量的提升和数学学习素养的优化。早在 1997 年和 2013 年，张义宝基于研究实践成果撰写的论文《开发元认知意识，培养逻辑性思维》《元认知开发：元数学意识的自然启蒙——兼谈小学生数学自我效能感的优化策略》，先后荣获被誉为江苏省教师论文"奥斯卡"大赛的"教海探航"征文比赛一等奖，为此他在全省颁奖大会上作代表发言，文章也发表在《江苏教育》上。他也由此被誉为国内"元数学教学"及"问学课堂"教学思想的倡导人和践行者。

实践创新开创"问学课堂"新模式

一个能够提出问题的学生才是一个真正有创新能力的好学生。然而在传统的课堂中，老师讲、学生听，学生不敢问、不会问。如何破解教与学的难题？在"元数学教学"理念的引领下，张义宝提出"敢问想问，会问善问，自解自问"新"好学生"标准，逐步探索并构建了"以问导学—启动导标—自学调控—内化反馈—反思总结—问题解决"的"四六环节问学课堂"新结构模式体系。在他的课堂中，以学生提出问题与解决为主线，以知识的建构与运用为载体，展开各种自主性学习与实践，做到"学"与"问"联动，"学"与"问"相济，以"问"促学，以"问"促思，激活学生的思维。

为了让教师可以更好地掌握"问学课堂"，经过反复的实践研究，张义宝总结出了"问学课堂"的"331"：第一个"3"是课堂中的学生"三问"，分别设计在课堂的伊始、新知识学习结束后以及课堂结束前；第二个"3"和"1"则是教授学生在课堂上进行独立学习、合作学习和竞争学习，最后则指向于创新学习。在依次推进、循环往复中，引导学生形成真正的自主学习，进而在"问学课堂"中润品立德，在学科学习中丰智强体。

他还提出了"以问导学、先学后教、以学定教、问题解决"的"问学课堂"理念十六字要诀。不少老师们在观摩完"问学课堂"后，都能真切感受到"书声琅琅、问题多多、议论纷纷、鼓励阵阵"的课堂景观特征。

示范引领探索拔尖创新人才培养新路径

38年来，张义宝始终倾心小学数学教育。他将"问学课堂"的理念在润丰学校进行推广，并从数学学科拓展到全学科，从小学延伸到初中，实现了学校课堂教学质量的华丽转身，获得区教学质量奖"双优"好成绩。两年来，学生在教育部公布的白名单比赛中屡次站上最高领奖台，荣获全国戏剧和 AI 大赛特等奖和一等奖，彰显了学校五育融合背景下拔尖创新人才培养的新成就。

他充分发挥数学学术委员、特级教师和特级校长的示范辐射作用，先后组建区域及学校"课程整合"项目、"AI+问学"课堂教学项目及"生命安全与健康教育"项目等研究团队。出版专著《校长问学》，主编《五育融合的数学文化》《课程整合：让学校奔跑起来》等60多册成果书籍，为拔尖创新人才培养提供前瞻性、操作性的有效路径。

习近平总书记在党的二十大报告中明确提出，全面提高人才自主培养质量，着力造就拔尖创新人才，聚天下英才而用之。张义宝认为，新颁布的义务教育数学课程标准增加了"学业质量评价"，其"自我监控的过程和结果"等素养评价导向新理念，正是对数学学习过程进行计划、监控、调节的元认知过程、元数学体验。面向未来，张义宝及他的团队将会更加坚定为党育人、为国育才的初心使命，继续深耕"元数学教学"和"问学课堂"，以课程课堂变革撬动学生创新精神，发展学生核心素养，培养更多担当民族复兴大任的时代新人。

（文 /《现代教育报》首席记者郑祖伟）

北京市朝阳区"名师工程"举行张义宝教学展示活动

——新华社客户端北京频道

（2022 年 12 月 17 日）

新华网北京 12 月 17 日电（记者赵琬微） 北京市朝阳区"名师工程"16 日在线举行北京市特级校长张义宝教学特色展示活动。张义宝是北京市润丰学校校长，学校的办学特色是"和谐教育"，办学理念是"一切为了孩子，一切为了明天"，育人使命是"培养有竞争力的现代中国人"。

张义宝校长在小学数学教学方面造诣颇深，是北京市数学特级教师、全国教育学会数学专业委员会学术委员。他首倡"元数学教学"，是国内小学基于"元认知和元数学"理念下，进行小学数学教学改革的早期研究者和建构者之一。作为校长，他创设"问学课堂"有效促进了课堂教学质量和教师素养的双提升，探索拔尖创新人才培养的新路径。他曾出版专著《校长问学》，主编《五育融合的数学文化》《课程整合：让学校奔跑起来》等 60 多册成果书籍，为拔尖创新人才培养提供前瞻性、操作性的有效路径。

在当日的教学展示活动中，张义宝校长以"守正·创新·卓越：一切皆有可能"为题作主旨报告，汇报了基于 38 年教学实践的理论思考、实践探索和宝贵经验，对如何在党的二十大精神引领下培养拔尖创新人才阐述了见解。

全国著名数学特级教师马芯兰在发言中表示，张义宝校长的课堂研究深入，拥有很多成功的教学实践经验和案例，他数十年探索实践所取得的丰硕成果，对小学数学教学有着很大贡献。他几十年如一日专心致志、坚持不懈、勤奋刻苦、孜孜不倦、研究探索的精神令人感动。

据了解，此次展示活动由北京市朝阳区教工委主办，旨在落实朝阳区"双名工程"卓越人才培养项目，通过搭建名师教学特色展示平台，发挥特级教师的辐射引领作用，创新具有朝阳教育特色的卓越人才培养路径和工作模式。

（文／新华网记者赵琬微）

北京市朝阳区"名师工程"张义宝学科教学特色展示活动成功举行

——《郑眼看教育》公众号专题报道

（2022 年 12 月 18 日）

时光匆匆，岁末不坠。12 月 16 日，"守正·创新·卓越：一切皆有可能"2022 年朝阳区张义宝学科教学特色展示活动在线举行。此次展示活动由中共北京市朝阳区教育工作委员会、北京市朝阳区教育委员会主办，北京市朝阳区教育科学研究院、北京市朝阳区东坝学区、北京市润丰学校联合承办。此次活动是朝阳区第五轮"双名工程"卓越人才培养项目的重要组成部分，东坝学区所属学校领导老师代表近 500 人次在线参会，在线直播平台点击量近 5000 人次。活动由朝阳区教科院小学教研室主任、特级教师王颖主持。

活动开始，首先由朝阳区东坝学区理事长、东北师大附中朝阳学校校长高祥旭代表承办方致欢迎词。他介绍，"十三五"以来，东坝学区共开展了 4 批次的教学特色展示活动，11 位学科名师和名班主任进行了展示，起到了示范引领作用。高祥旭理事长指出，张义宝老师对数学教育研究具有深刻的启发性，对教育的探索具有持续的创新性，教育实践具有很强的示范性和引领性。

北京市朝阳区人民政府教育督导室副主任陈先豹作领导致辞，他阐释了此次教学特色展示活动的背景、意义和特点。他表示，张义宝作为特级教师和特级校长的"双特"做名师学科教学特色展示更有意义，希望通过此次"双名"工程展示活动，达到共同学习、共同进步、共同发展的目的，让服务师生的成长一切皆有可能。

会上，播放了张义宝老师专题片，生动形象地展示了张义宝校长从教 38 年来的成长经历、教育思想、教学特色及丰硕成果。张义宝是北京市润丰学校校长、北京市数学特级教师、江苏省数学特级教师、北京市特级校长、全国教育学会数学专业委员会学术委员。难能可贵的是，张义宝老师是在校长正职岗位上获评的数学特级教师，实属不易。虽然他28岁就成了市直属学校最年轻的正职校长，但他却能一直坚守课堂教学主阵地，矢志数学研究，在小学数学教学方面造诣颇深，首倡"元数学教学"，是国内小学数学界基于"元认知和元数学"理念下，进行小学数学教学改革的早期系列化研究者和建构者之一。作为校长，他以身示范，创设"问学课堂"，并带领团队深耕其中，有效促进了课堂教学质量和教师素养的双提升，探索拔尖创新人才培养的新路径。

接着，张义宝校长以"守正·创新·卓越：一切皆有可能"为题作主旨报告。他从秉持"大先生哲学"，厚实拔尖创新人才的初心自觉；探索"元数学教学"，挖潜拔尖创新人才的学科密码；构建"问学式课堂"，创生拔尖创新人才的实践模型；赋能"高阶化机制"，成就拔尖创新人才的卓越生态四个方面，汇报了他38年来矢志不渝前瞻思考、深度研究、理论建构、实践探索的宝贵经验，对如何在党的二十大精神引领下"造就拔尖创新人才"阐述了自己的独特见解。

在"元数学教学"方面，数学特级教师张义宝校长认为，元数学是一种将数学作为人类意识和文化客体的科学思维或知识。它是用来研究数学和数学哲学的数学，是"数学的数学"。元认知是元数学的认知基础，元数学是元认知的数学哲学。为此，他及研究团队经过实践探索，形成了"元数学教学"的"元认知计划策略、元认知监控策略、元认知调节策略"的三大优化策略，着力提高学生数学学习自我效能感，教会学生学会学习，达到会学，学以致用，用以致问，从而有效地促进学生数学学习质量的提升和数学学习核心素养的优化。由此，他也成为我国"元数学教学"发展的积极倡导人和践行者。

在"问学课堂"中，张义宝构建了"问学"课堂"四六环节"基本结构，总结了"54321"实践操作模块体系、"3+1=1"流程的逻辑演绎和"331"操作要领，供老师们操作演练，"问学课堂"让学生会在一系列"有问题"的教学中不断尝试，获得解决问题的经验，最终创造性地解决问题，进而在"问学"课堂中"润品立德"，在学科教学中"丰智强体"，从而带动了学校整体教育品质的提升。

在拔尖创新人才培养方面，张义宝进行了持续20多年的研究、探索和实践。

先后组建区域及学校"课程整合"项目、区域"马芯兰教学法"成果推广项目、区域"拔尖创新人才"培养项目、"AI+问学"课堂教学项目及"生命安全与健康教育"项目等研究团队，进行了拔尖创新人才的前沿研究，培养学生创新精神，发展学生核心素养，培养更多担当民族复兴大任的时代新人。崇尚进取，讲求奉献，是他永恒的性格；跨域发展、逆袭变局是他常有的景观。所经历的学校及教研部门的工作都不约而同地出现"逆袭现象、黑马现象和卓越现象"，师生参加优质课、征文比赛、学科大赛等各类高端比赛展示中，经常出现创造世界冠军、打破世界纪录，荣获全国特等奖、一等奖，全省第一名，承办全国省市高端学术论坛现场会等佳绩奇迹，见证和彰显了他经常的口头禅：一切皆有可能，人人皆可尧舜。

张义宝主报告后，由国务院政府特殊津贴获得者、全国著名数学特级教师、教育界德高望重的教育前辈马芯兰校长作专家致辞。她对张义宝校长几十年如一日的专心致志、坚持不懈、勤奋刻苦、孜孜不倦研究探索基础数学真谛的精神，深表感动和敬佩。她说，张义宝校长才华横溢，对教育充满的是激情，奉献的是智慧。他酷爱学习，善于思考，对很多事情总是站在教育事业的高度，有着独到的，有引领作用的思想主张。几十年来，张义宝校长教育教学思想不断丰富、创新、发展，他提出了"元数学教学"及"问学课堂"，研究得很深入，有很多成功的实践经验，很是前卫，非常宝贵，令人敬佩！对教育事业始终保持着激情和学习力，对教育事业，对教育人才的培养做出了重大的贡献，是教育战线上不可多得的德艺双馨、志同道合的好老师、好领导。

接下来，张义宝校长做六年级数学展示课"比的意义"。课堂上，张义宝老师以学生提出问题为引领，学生深度参与其中。整堂课以自主、开放、高效、生动、互动性强的学习模式和问学课堂氛围，充分彰显了"以问导学、先学后教、以学定教、问题解决"的问学课堂新理念，"启问导标、自学调控、内化反馈、总结反思、问题解决、限时检测"四六环节问学课堂新结构和"书声琅琅、问题多多、议论纷纷、鼓励阵阵"的课堂新景观，深受学生喜爱。

课后，张义宝特级教师团队进行了主题为"聚英才而用之，培养拔尖创新人才"的微论坛展示。来自润丰学校、星河实验学校、朝阳区教研部门的干部、教研员及教师代表分别讲述了自己心目中的张义宝校长，以及在张义宝校长的带领下，在"拔尖创新型"的教师团队建设上的成果丰硕。大家纷纷表示，作为特级教师、特级校长"双特"合一的张义宝校长，他的"一切皆有可能，让不可能成为可能；一切都可以改变，学习可以改变一切"的教育人生哲学给我们以深刻的启示，他的"人人都是拔尖者，个个都是创新人"的理念给我们极大的鼓舞，他的超前布局、守正创新、追求卓越的精神，他的凡事有道、勤慧共生、志在必得的研究策略，让教师受益匪浅，始终激励团队奋力前行，不断成就师生卓越梦想，进入润丰学校仅两年多，就带领老师们正式主编出版了42本基于学校教育教学实践的书籍成果，令人无不称奇。

在"专家点评"环节，中国教育学会小学数学专业委员会理事长、正高级教师吴正宪对张义宝校长的展示课以及主题报告给予了高度评价。她表示，张义宝是一位有理想追求、不忘初心的校长，他孜孜以求的工作态度，强烈的事业心，执着的敬业精神，令人钦佩；同时，他善于学习，潜心教研，并善于学习借鉴前人名家的先进理念和成功范例，敢于提出自己的"元数学教学"的教学主张，并不断丰富理念学术体系，积极建构"问学课堂"实践操作模型，这正是他取得出色成绩的可贵经验。

吴正宪理事长对张义宝老师基于元认知理论的元数学教学的思考、研究与实践基础上形成的"元数学教学结构图"给予了高度关注，她说，从这个结构图中我们可以看出张义宝老师及研究团队的研究深度和实践智慧。接着，吴正宪老师结合张义宝老师的学术主报告及团队展示，重点点评并阐述了张义宝老师"元数学教学"的三大策略，即通过开发元认知计划策略，优化情绪唤醒，提升数学学习自我认知感；开发元认知监控策略，优化行为成就，提升数学学习自我成功感；开发元认知调节策略，优化替代言语，提升数学学习自我反思感。对此，她表示专业认同和积极赞赏。结合张老师"比的意义"课堂教学展示，吴正宪老师高度赞赏了张义宝老师的"问学课堂"实践建构，她特别阐述了"敢问爱问、善问会问、自解自问"与"拔尖创新人才培养"的学理关系。期待大家学习借鉴，也祝愿张义宝校长及研究团队继续深耕"问学课堂",不断丰富"元数学教学"体系,再创新业绩,再结新成果。

活动最后,教育部课程教材研究所副所长陈云龙作总结讲话。他指出,"双名工程"是朝阳区推进教育高质量发展的智慧之举。他充分肯定了张义宝校长的"元数学教学"理念及"问学课堂"的探索意义和可贵价值。教育科技人才是全面建设社会主义现代化国家的基础。陈云龙副所长指出,张义宝校长重视全面提高人才自主培养质量,着力造就拔尖创新人才,具有重要的现实意义和未来价值。

据介绍,朝阳区"双名工程"已经历时18年,为区域教育事业发展提供了强大的人力支撑和智力支持。借助"名校长工作室""名师(正高级教师、特级教师、名班主任)工作室"以及"导师带教"等20多个高端人才培养品牌项目,为名师名校长搭建了良好的发展和展示平台。此次展示活动,旨在落实朝阳区第五轮"双名工程"卓越人才培养项目,通过搭建名师教学特色展示平台,助力学科名师总结提升教育理念和实践智慧,发挥特级教师的辐射引领作用,借助学区的展示平台,创新具有朝阳教育特色的卓越人才培养路径和工作模式。

立足新时代,张义宝校长将带领润丰学校继续坚持立德树人根本任务,坚定"为党育人、为国育才"初心使命,探索构建学校现代治理体系和治理新机制,推进"双减双新",建构"五五课程",深耕"问学课堂",夯实教育"新基建",推进学校"新跨越",创造"新奇迹"。

(文/《现代教育报》首席记者郑祖伟)

润泽新生，丰盈人生

党建引领学校发展　谱写立德树人新篇

润丰改革新篇·首都教育名片系列报道之五

（刊载于《现代教育报》2021年6月19日）

把党建工作摆在落实立德树人的首要位置，以党建引领促进学校各项工作的超越腾飞。近年来，北京市润丰学校始终坚持以党建为统领，精心打造"党建＋理念引领""党建＋育人实践""党建＋队伍建设"党建模式，构建新时代三全育人良好格局，实现了党建工作与教育教学的融合发展，全面提高人才培养质量，谱写了立德树人的新篇章。

一、"党建＋理念引领"把党的领导融入办学全过程

润丰学校党总支把抓好党建作为第一责任，确立了"党建＋发展"的理念，将党支部建在学部上，党小组建在年级组、教研组上，把党的领导融入学校工作的各个环节，引领学校高质量发展。

学校党总支紧扣办学理念，提出以"和谐文化"引领党建工作。和谐党建，具体细化为树立和谐思想、创设和谐关系、保障和谐运行、促进和谐发展四个层面。

为了庆祝建党100周年，润丰学校深入开展党史学习教育。据润丰学校党总支书记王雪梅介绍，学校坚持个人自学和集中学习研讨相结合，线上学习和线下培训相结合，广泛开展主题突出、特色鲜明的学习活动。聚焦高质量发展，学校引导党员立足岗位创先争优，在学生课后服务、学生作业管理、垃圾分类、光盘行动等工作中发挥示范作用。党员教师以社团指导、学科拓展个性化帮扶等多种形式为学生全面发展服务，以示范引领、集体教研、个别指导等形式为教师共同成长服务、为学校"新＋年"质量跨越式发展服务。

润丰学校党员先锋模范作用好，党组织战斗堡垒作用强，学校被评为首批朝

阳区教育系统党建示范点，2020年被朝阳区委授予朝阳区先进党组织称号。

二、"党建＋育人实践"把立德树人融入教育全过程

在润丰学校党总支副书记、校长张义宝看来，"立德树人的育人行动是教育工作者最大的学习赋能，我们要牢记为党育人、为国育才的责任使命"。本着这样的初衷，润丰学校深入推进"党建＋育人"，将育人贯穿教育教学工作全过程，为实现全过程育人、全方位育人提供可靠保证。5月24日，由北京市委教育工委宣教处、现代教育报社共同举办的"永远跟党走"北京教育系统党史学习教育进校园暨建党百年师生主题作品展示活动在润丰学校举行。学校学生带来了合唱《闪闪的红星》、朗诵《为了永久的缅怀》以及歌伴舞《唱支山歌给党听》，表达了对党的感激之情。李大钊先生之孙李建生老师为全体师生讲了一堂特殊党课："革命先驱李大钊烈士事迹"。学校还特聘李建生老师为北京市润丰学校校外学术导师团课程专家。校园记者站的小记者们也怀着无比激动的心情采访了李建生老师，近距离感受到先烈崇高的革命精神和伟大的人格力量。

王雪梅书记介绍，学校将党史教育融入课堂教学、课外活动、文化建设，与德育教育、养成教育密切结合，营造学党史的浓厚氛围。学校先后开展了"守护·清明祭英烈""高举队旗跟党走红色基因代代传"少先队党史小讲堂等学生实践活动，聚焦青少年政治启蒙教育，让党史学习教育更生动、更鲜活，引导广大师生传承红色基因，厚植家国情怀。

三、"党建＋队伍建设"把师德养成融入培养全过程

办好一所学校需要全体教职员工的共同努力，更需要全体党员的示范引领。让全体党员"聚起来是一团火，散开是满天星"，才能激活学校党建和育人的合力。润丰学校以党建为引领，教师要努力做到"重师德、强师能，为中华之富强而教书"。

学校新教师、年轻教师比例大，加大对青年教师的培养特别是师德建设是重中之重。为此，学校实施师德建设"六个"工程，旨在全面规范教师外显行为，引导润丰教师践行和谐教育，成为敬业、精心、求新、和谐、真诚、儒雅的典范。

为了打造高素质教师团队，学校创新完善机制，提高管理效能。学校以新十年建设为起点，开展了一系列高端又接地气的研修活动，助力教师更新教育观念，勇于教育实践；通过大学科研究部的贯通推进提升教师的专业素养；以行督课为抓手，踏踏实实地开展研究课，举行"和谐杯"基本功大赛，给予教师足够的自主尝试和反思的机会，让教师们在实践中获得成长。

教师在系列校本培训、基本功展示研训活动中的真诚付出，让学校呈现出整体面貌的焕然一新，使 A 课率超区平均水平，实现教学质量跨越式发展。教育是国之大计、党之大计，润丰学校将继续践行"党建＋育人"模式的深入推进，办人民满意的教育，谱写立德树人新篇章。

（文/《现代教育报》首席记者郑祖伟）

教科研赋能"双减" 高质量引领"双优"

润丰改革新篇·首都教育名片系列报道之六

（刊载于《现代教育报》2021年11月2日）

10月21日，朝阳区中小学教育教学工作会召开，北京市润丰学校捧回了"朝阳区小学教育教学优秀奖"和"朝阳区初中教育教学工作优秀奖"双优奖杯，张义宝校长代表学校上台领奖接受表彰。在深入落实"双减"的探索中，润丰学校以"双优"的办学成绩为"新十年"建设开好了头、迈好了步，实现了教学质量的跨越发展。在张校长看来，"双减"政策想要真正见效，关键还在于要守好学校这个教育教学的主阵地。对此在学校"新十年"建设中，旗帜鲜明地提出了办"质量上乘、内外兼秀、社会满意、家长热衷"的"家门口好学校"，而实现的途径之一就是学校的高质量教科研。

一、以研促教鼓励教师成为教学能手

"双优"成绩的取得有何秘籍？是教育科研的持续发力！在润丰学校首届科研年会上，学校15位各学科大学部的教师集聚一堂，向全校教师展示教研中心视导过程中的课堂教学经验，从各个方面阐释学校"深耕课堂改革主阵地，打好跨越质量组合拳"的教学战略。文综组通过"变革教学方式和变革教学观念"，进而变革课堂；英语组力求达到"常态课精品化，精品课常态化"；数学组通过"问学课堂＋思维导图"，充分提高课堂效率、提升数学素养……教师认真分析和经验交流，深挖成绩背后的动力、教学策略及成功经验，并将这些教学智慧系统梳理，实现智慧共享。

以研促教，可以解决现实问题，推出新成果。教师在潜心付出中，成人成己，努力成为教学能手，为润丰跨越发展打下坚实的人才基础。

二、以学促研引领教师更新教育观念

"教师要把所授的知识打破重组，结合学生兴趣以及擅长的领域进行教授""问学课堂提升了学生的学习能力，在活动中让学生发现问题、提出问题、分析问题、解决问题的能力获得培养"……质量的提升，是每节高质量课堂的累积。为了切实提高教师的专业能力，润丰学校让"读书成为强校的第一生产力"，引领教师通过深度阅读，提升质量和服务教学效益。连续两个教师节，学校向全校教师赠送了《核心素养导向的课堂教学》《思维导图教学法》等80余本教育教学类畅销书，通过开展"读书沙龙"活动，引导老师在阅读中开阔视野提升专业素养，努力打造书香校园，塑造内蕴厚重、特色鲜明的和谐校园文化。

为了开阔教师的视野，润丰学校于2020年启动了"大家讲堂"项目，邀请各界名家走进校园。在学校首届科研年会上，北京大学博士生导师尚俊杰教授以《未来教育如何重塑：互联网＋促教育流程再造》为题，与教师分享了未来的教育改革之路。吴正宪、钱守旺等名家也先后做客"大家讲堂"，为教师传经送宝。

张义宝校长介绍，学校构建了以"实践—理论—实践—反思"为价值取向的"教育理论研修"式学习模式，把理论学习、行动学习、反思学习、活动学习进行了有机的结合，引导教师学思结合，学用结合，让学习成为教师发展的新常态。

三、以研促效助力学校高质量发展

2020年，润丰学校进入"新十年"办学新阶段。一年多来，学校紧紧抓住教育变革发展的机遇，从创新管理结构、构建"一体双翼两擎双部"管理机制入手，聚焦质量强校目标，确保了润丰优质教育资源的可持续发展。

尤其是今年"双减"实施以来，学校紧抓机遇，提升校内教育质量。小学部提前布局"双减"课程开发，充分强化教育教学管理，积极推进课堂教学改革，打造高质量学校。初中部以质量跨越提升为目标，以育人变革为导向，探索全方位、全时空、全覆盖的"三全"育人新模式。

在"科研兴校""科研强师"的思想指导下，学校用求实精神抓教育科研，以务实作风开展课题研究，以研促效，促进学校高质量发展。学校还坚持用实际行动推进学校教科研的有效开展，引导教师树立"问题即课题""教学即研究"的意识，以研究者的眼光审视、分析和解决自己在教学实践中遇到的真问题，实现科研与教育教学融为一体。

一年来，学校八个学科大学部完成了两轮 13 场教师线上教学专题研训；6 次"大家讲堂"拓宽教师教育视野，首届科研年会凝练教师科研成果，10 位教师获得"朝阳杯""京教杯"一等奖，21 位教师获得"十三五"规划科研先进个人；20 余次行政督导课，践行区域新课堂评价标准，聚焦"四八"环节研、学、教、评于一体的问学课堂建构；以学校"和谐杯"课堂教学大赛为核心，举办教师基本功大赛"8+1"系列竞赛，全面提高教师教学能力等创新变革、扎实有效的举措，也让润丰学校的教育质量实现了跨越式发展。在 2021 年中考中取得了拔尖创新人才培养等方面的"一大突破、两级跨越、三项优质"的历史性好成绩，教学成绩进入全区第一梯队。学生五育并举，全面发展，2020 年来，先后荣获教育部全国青少年人工智能教育成果展示大赛无人机飞控创意挑战赛一等奖等全国市区各类大赛奖励 300 多人次。

勤思善思深思研课题，用心用情用智筑未来。张义宝校长指出，润丰学校广大教师教科研的积极性空前高涨，一个"自觉、积极、浓厚"的教育教学研究氛围已然形成。面向润丰学校新十年建设，学校将着力构建"人才高地""智慧高地""学术高地"，以此促进学校高质量发展。

（文/《现代教育报》首席记者郑祖伟）

精细夯实"双减" 矢志锚定"高标"

润丰改革新篇·首都教育名片系列报道之七

（刊载于《现代教育报》2021年12月7日）

"双减"背景下，北京市润丰学校从规范教育教学秩序、提高课堂教学质量、提高课后服务质量等维度，切实把"双减"的每一个要求落到实处，引领教师矢志不渝为党育人，为国育才。学校喜获"2021年度朝阳小学教育教学优秀奖"和"朝阳区初中教育教学工作优秀奖"的双优成绩。学校还获得中国教育发展战略学会人工智能与机器人教育专业委员会理事单位、中央电化教育馆中小学人工智能教育实验校，学校无人机社团荣获2021年教育部青少年人工智能教育成果展示大赛无人机飞控创意挑战赛一等奖。

一、建构校本教研新体系 重铸教研强校新生态

11月9日，润丰学校以"聚焦'双优'跨越式发展 强化'双减'精细化落实"为主题，召开2021年教育教学工作会。对2020—2021学年度教育教学质量专项考核"优秀团队""优秀年级组""优秀备课组"以及"优秀学科教师""优秀班主任""满分突出学科教师""优秀学科带头人""拔尖创新人才培养导师"进行表彰奖励。

学校基于"双减"背景下打造质量强校的高标达成，设置AI课程项目、美健课程项目、戏剧课程项目、小初衔接项目、问学课堂项目、思维导图项目、课后服务项目等15个项目研究院。至此，以学段纵向贯通研究为主旨的学科大学部和以跨学科横向整合研究为主的项目研究院整体构建目标达成，也标志着治理结构中的"两翼"模块建构丰盈丰实到位。

以此为基础，学校进一步建构了"一核六维"优化校本教研的融合精细体系。"一核"是指学校开展以学校的学科组织"最小细胞""备课组"为核心的校本教研（同年级单学科的成立跨学科教备组）。"六维"的具体内容为"3+3"：

一是与备课组紧密相连的学科教研组"素养聚焦的学段教研"、学科大学部"融合贯通的主题教研"和项目研究院的"攻坚克难的精深教研"三个维度；二是为备课组提供支撑的"年级组统筹、专家组指导和监控组治理"三个维度。六个维度，聚焦"一核靶心"，精准协同发力，使最新教学科研信息发布、可测可操作教学目标制定、教学重难点突破策略、限时作业设计公示、思维导图预设、自主问学学习方式选择等诸多教学备课要素，课前得以充分准备，课堂发力更加精准，共同指向学生的科学高效发展中。

二、加强作业设计管理　大力提升育人实效

作业是落实"双减"的重要一环。学校充分发挥作业在增强学生核心素养和改进教学方法中的积极作用，强化作业管理严控作业总量、提高作业质量，全面减轻学生过重作业负担。学校教学处完善作业监控管理办法，加强备课组、教研组、年级组作业统筹，合理调控作业结构，确保难度不超国家课标。建立作业校内公示制度，并将作业情况纳入教育教学考核。

学校聚焦研讨作业设计，提升作业质量。备课组加大学情调研，强化针对性作业设计。关注学生的个体差异，设计作业兼次性、适应性和可选择性，满足学生的不同发展需求；针对学生的能力和书写等因素，把作业划分为"必做、选做和实践"三个层次。

教研组加大作业形式的研究，精选作业内容和数量，实施有培养创新能力的有效作业。学校还提倡布置探究性、实践性的家庭作业。鼓励编制口语交际作业、综合实践作业、实验操作作业，逐步实现作业形式的多样化和个性化。积极探索尝试"教师试做作业制度"和以"年级组"为核心的"班主任统筹作业制度"。精准学生作业时长，确保作业管理落细落实、落地生根。

三、开设多元课后服务　促进学生全面发展

每天下午4时30分，学校操场、舞蹈教室、茶艺室、篮球馆、游泳馆、冰球馆、剑道馆，到处都是孩子们的欢声笑语。学校丰富多彩的课后活动促进了学生德智体美劳全面发展。

学校提出并践行"双减方向自主化，课后服务课程化，校本实施机遇化，教

育生态创生化"的校本"四化"理念，探索构建"五五"课程体系，即"五特课程全融通，五育并举全覆盖"的课后服务课程。AI课程、双语课程、美健课程、国学课程、戏剧课程等五大校本特色课程，融通在课后服务课程研发实践体系中，"德智体美劳"覆盖在艺术类、体育类、科技类、实践类、文化类等几十门课后服务课程必学选修中，丰富的课程供给为学生与家长提供了充分的自主选择。

除了课业辅导、答疑以外，学生可自愿选择学校为落实"立德树人"根本目标而研发的全面育人的菜单式课程，17时40分以后学生还可以自愿选择心仪的俱乐部课程，18时30分之后，中学部的学生还可以选择晚自习，进行自主选修、答疑辅导、补弱拔尖。

正如北京市润丰学校校长、特级校长、特级教师张义宝在2021年学校教育教学工作会指出的那样："'双减'时代，质量强校锚定高标冲尖，需要我们'咬定青山不放松'；攻坚克难倒逼'真改实变'，需要我们'为伊消得人憔悴'；山高人为峰成就'美丽风景'！"

（文／《现代教育报》首席记者郑祖伟）

构建问学竞合课堂　培养拔尖创新人才

润丰改革新篇·首都教育名片系列报道之八

（刊载于《现代教育报》2021年12月24日）

"要在增长知识见识上下功夫，教育引导学生珍惜学习时光，心无旁骛求知问学，增长见识，丰富学识，沿着求真理、悟道理、明事理的方向前进。"在全国教育大会上，习近平总书记的谆谆教导殷殷期许，值得为人师者和莘莘学子铭记在心。对此，北京市润丰学校牢牢把握课堂教学这一"源头"要素和"关键"环节，在开启新十年质量强校的过程中，根据学生身心特征和发展需求，积极构建与教育的竞合本质属性相适应的"问学"课堂，将课堂变革与减负提质结合起来，在全面提升教学质量上取得显著成效。

一、真"学"须真"问"引领自主创新方向

什么是"好学生"的第一表征？好问是孩子的天性，好奇心和想象力是创新的第一起点。"应答机器"最终成不了真正的拔尖创新型人才。学贵有疑，教贵启问，学会生疑，学会问学。中小学应该把问题权还给孩子，学生应该是问题的主人。为此，润丰学校确立了"敢提想提问题的学生是好学生，善提会提问题的学生是最好的学生，学会解决自己提出的问题是最可贵的学生"的新问题观。"问学"课堂的本质是一种自主学习。如何培养学生的"问题意识"，是高阶思维能力落地生根的必要条件和根本路径。学校"问学"课堂聚焦"学习"和"问题"，努力解决传统课堂教学过于关注学习结果而忽视学习过程、过于关注教师教而忽视学生学的问题回归学习本质，做到"学"与"问"联动，"学"与"问"相济，以"问"促学，以"问"促思，以充分发展学生的认知能力和高阶思维能力，获得情感的体验和品格的提升，发展核心素养，促进学生在"问"与"学"的和谐氛围中塑造积极向上的阳光性格，铸就阳光的学习生涯，奠基阳光人生。

二、十六字要诀促进"问学"课堂落地

如何让"问学"在常态课堂落地生根？润丰学校构建了问学课堂"四六环节"基本结构：启问导标—自学调控—内化反馈—总结反思—自主检测—问题解决，形成了"问学"课堂十六字要诀："以问导学，先学后教，以学定教，问题解决"和"书声琅琅，问题多多，议论纷纷，鼓励阵阵"的"十六字"理想课堂景观。

在常规实践训练中如何操练？

一是强化问学课堂"3+1=1"流程的逻辑演绎。"3"是指"独立学习（个体的）、合作学习（组内的）、竞争学习（组际的）"，第一个"1"是指"创新学习"（目标），第二个"1"是指"自主学习"。每节课设计学生的自主学习要先从"独立学习"开始，接着是"合作学习"然后进入"竞争学习"，才能达到"创新学习"阶段，只有达到"创新学习"境界才能进入新一轮的"以问导学"，再一次的循环往复，螺旋上升，这样的"3+1"学习流程的自然演绎，才是自主学习的逻辑建构，也是问学课程的"学习"意义和"创新"土壤，才能真正地厚积薄发。

二是聚焦问学课堂的"331"操作要领。第一个"3"是课堂中的"三问"，分别设计在课堂的伊始、新知识学习结束后以及课堂结束前。新课开始时，对本节课教学内容或课题进行直接提问，引导学生关注"想研究什么？想知道什么？"等问题。新知识学习后，则引导学生对于知识的困惑之处进行提问，引导同学互助解决。课堂结束前，则更加关注有独特思维以及创新思维的学生，针对课堂和知识的内容进行提问，"你还有什么新问题？新发现？"让学生带着问题走出课堂，形成课堂间问题闭环。第二个"3"和"1"则是教授学生在课堂上进行独立学习、合作学习和竞争学习，最后则指向于创新学习，这样的依次推进，循环往复，才是一个完整的"3+1"学习方式，才形成了真正的自主学习，进而在"问学"课堂中"润品立德"，在学科教学中"丰智强体"。

三、"问学"课堂实现课堂育人价值

基础课程是学校育人的核心，课堂教学是育人的主渠道。所有的教育都是为

了培养未来中华民族伟大复兴的时代新人。这样的"时代新人"有两个特征，一个是"接班人"是社会主义的接班人，这是落实"为谁培养人"的问题，因此课堂教学必须以立德树人为先。目前"卡脖子"的问题的本质就是缺乏具有创新精神和能力的拔尖人才，这样的人才首先要有强烈"问题意识"和"想象力"。一个能够提出问题的学生才是一个真正有创新能力的好学生，善问会问，自解自问，能够引导学生把自己提出的问题解决了，并学以致用后再提出新问题，那就实现了所有课堂当中的最高境界——问学是求知目的，求知成为问学手段。"问学课堂"的价值导向就是指向育人目标的，课堂变革的意义关乎到要培养"拔尖创新型的人才"来担当社会主义未来建设者的育人目标是否落地。

润丰学校校长、特级校长、特级教师张义宝认为，学校要培养社会主义合格的建设者和可靠的接班人，"建设者"具有现实意义、未来意义，就是国家到底最缺什么样的人才。我们要追寻"会学了"的最好境界，实现课堂从"他我""自我"向"无我"最美妙的教学境界嬗变。只有如此，才能让学生成为课堂上真正学习的小主人，管理的小主人，创新的小主人，长此以往，一定能成就未来社会需要的学习型、创新型、复合型人才。

（文／首席记者郑祖伟）

五育融合促成长　拔尖创新筑未来

润丰改革新篇·首都教育名片系列报道之九

（刊载于《现代教育报》2022年10月14日）

第六届全国青少年无人机大赛一等奖、第十三届"希望中国"青少年教育戏剧展评特等奖、全国中小学信息技术创新与实践大赛决赛机器人越野赛项初中组及小学组一等奖、全国青少年航天创新大赛选拔赛太空之旅机器人竞技赛初中组二等奖，2022年，北京市润丰学校的学生在教育部公布的白名单比赛中屡屡站上最高领奖台，彰显了学校五育融合背景下拔尖创新人才培养的成就。在润丰学校新十年开启教育"新基建"的起点上，学校深入贯彻落实习近平总书记关于创新型人才培养的论述和要求，秉承"人人都是拔尖者，个个都是创新人"的理念，积极探索创新型人才早期培育的新模式。

一、人工智能教育进校园点燃学生创新梦想

2022年8月11日，第六届全国青少年无人机大赛在江西省赣州市盛大开幕。作为教育部"2021—2022学年面向中小学生的全国性竞赛活动名单"公布的重点白名单赛事，吸引了全国28个省、市自治区、直辖市和两个特别行政区的1965支队伍、5245名选手、2000余名领队老师参加。经过激烈角逐，润丰学校无人机社团收获优异成绩：任屹夺得初中组旋翼赛编程空中搜寻赛项目一等奖，卜熙城和路腾博分别夺得小学组旋翼赛编程空中搜寻赛项目一等奖、二等奖。

润丰学校校长张义宝高度重视拔尖创新人才的培养，倡导把人工智能教育引入学校教育，在学校"十四五"规划及课程构建中反复强调人工智能是世界的未来。对此，学校不仅率先开设了面向全学段、全体学生的普及AI课程，打造AI课程研究院，还开设了无人机、NOC、鲸鱼机器人等多个课后服务社团课程，深受学生的喜爱，点燃了学生的创新梦想。

二、"555"护航让拔尖创新人才培养落地

人工智能教育是润丰学校拔尖创新人才培养的一个生动写照。为给拔尖创新人才营造成长的沃土，自2020年7月以来，润丰学校逐渐形成了"555"的拔尖创新人才培养模式。

第一个"5"即"五育"。学校根据"立德树人"的重要论述，立足全面发展，促进学生五育并举。学校在课程设置、课后服务都体现"德智体美劳"全覆盖，为学生的全面成长助力。

第二个"5"，是学校在新十年开启的五大特色课程构建。五大特色课程包括AI课程、国学课程、双语课程、美健课程、戏剧课程。学校的AI课程在全国、北京处于领先位置；国学课程通过传统文化的传承，培养有理想、有本领的新时代人才；双语课程则重在探索双语音乐、双语科学、双语数学等融合课程；美健课程通过美育和健康健身的融合，彰显学校"生命至上，健康第一"的理念；戏剧课程指向语文、英语、音乐、美术、体育、信息等多学科融合创生，打破学科边界，打破课时边界，提升学生综合素养。

第三个"5"，是学校在具体探索当中，突出五个新：一是新机制，建立"一体双翼两部双擎"的现代治理结构，架构了九年一贯的八大学部，成立了"9+n"的项目研究院等，确保各项举措的落地落实；二是新教研，通过优化校本教研机制、创新改革作业机制、改革绩效激励考核机制，激发教师发展的内驱力，提升教师专业素养；三是新课堂，通过问学课堂，实现个体"独立学习"、组内合作"学习"、组际之间"竞争学习"，最后达成目标的"创新学习""自主学习"；四是新作业，通过对作业内容、作业方式、作业时长进行改革，让作业赋能成长；五是新科研，学校每年举办一届科研年会，高端专家"大家讲堂"为教师们带来新时代教育学术新动态理论新支撑。

在"双减"背景下，学校通过深化课堂教学改革、拓展课后服务，聚焦高端和创新，以此培养学生的关键能力、必备品格和创新精神。

三、争做"三个小主人"激活学生成长内驱力

在润丰学校，学生人人争做"三个小主人"，即争做学习的小主人、争做创

新的小主人、争做管理的小主人。"三个小主人"有效激活了学生成长内驱力，也成为学校拔尖创新人才培养的具象表达。张义宝校长认为，会学习、会创新、会管理将会是学生成长成才的核心武器。在教育教学中，润丰学校的教师经常会引导学生进行"我是谁？我去哪儿？怎么去？"的人生三问，还会进行"为什么？是什么？怎么办？"的探究三问。在润丰学校，好学生的标准是"敢问想问、善问会问、自问自解"，学校引导学生养成思考的好习惯；生活中、学习中，要多问善问，养成提问的好习惯；更重要的是在深思深问后，自问自解，将自己思考之后提出的问题，通过自主学习、自主探索、自主积累，实现自己解决。

"人人都是拔尖者，个个都是创新人！"润丰学校将在五育融合的大背景下，更新观念、深化体系、做实课程、开设活动，探索基础教育拔尖创新人才培养的新方式，培养能够担当民族复兴大任的时代新人。

（文／首席记者郑祖伟）

以阅读撬动拔尖创新人才培养

润丰改革新篇·首都教育名片系列报道之十

（刊载于《现代教育报》2023 年 4 月 28 日）

在历时一个月的首届"英语口语节"上，学生自编、自导、自演英语戏剧，用英语讲好中国故事；在以"读经典文章，写人生赞歌"为主题的第十一届"校园阅读写作节"上，学生们在阅读写作中激发爱读书、读好书、读经典、学写书的兴趣；"以美育心灵以艺耀中华"为主题的第十一届"文化艺术节"将隆重开启，班班训练、全员展示，让每个孩子的艺术才能都得到展示。在北京市润丰学校，月月有活动，人人有收获。学校通过丰富的阅读活动，促进了学生德智体美劳全面发展，助力拔尖创新人才脱颖而出。

一、阅读为基　为拔尖创新人才培养奠基

《全国青少年学生读书行动实施方案》指出，要"引导激励青少年学生爱读书、读好书、善读书，立志为中华民族伟大复兴而读书，切实增强历史自觉和文化自信，着力培养德智体美劳全面发展的社会主义建设者和接班人"。近年来，润丰学校根据学生认知规律和身心发展特点，引导青少年学生充分利用阅读黄金期，博览群书、拓宽视野。

今年，学校在一年一度"阅读写作节"的基础上，推出了多项系列活动：在阅读写作大赛上，低年级学生制作读书卡、书签、手抄报等，三至八年级学生参与阅读写作大赛，学生全员参与，优秀作品参与学校组织的"未来小作家"优秀作品集展评，以提升学生的写作水平，开拓学生的思维；在文化知识竞赛活动中，比赛内容与学科教学紧密结合，涵盖百科，应知应会，通过该初赛、复赛、决赛，产生冠军；在"图书漂流"活动中，学校一至八年级师生在操场参加绿色图书漂流活动，学生自由兑换心仪图书。

如果说"校园读书节"是学生展示才华的舞台，那"英语口语节"则是学生

们放飞梦想的舞台。2 月 27 日，历时一个月的润丰学校首届"英语口语节"拉开了序幕。英语口语节以"拓展双语交际视域国际文化"为主题，按照"全员性、竞赛性、精英性、创新性"原则，做到全员推进，通过歌谣演唱、绘本讲演、佳作推荐、讲述个人德耀中华故事、戏剧表演等形式，让学生身临英语学习氛围，感受英语魅力，培养学生国际视野，旨在培养拔尖创新人才，促进教育高质量发展，增加学校核心竞争力。

在 2023 年"国际之声"首届"英语口语节"闭幕式及颁奖典礼上，一年级的英语剧《白雪公主》，引得现场一阵阵笑声和掌声；三年级表演的《武松打虎》，涉及了武术、舞蹈、合唱等多种表现形式；六年级（2）班和（3）班的同学们倾力合作，通过《爱丽丝梦游仙境》把大家一起带入了梦幻的世界；八年级学生将经典剧目《木兰从军》搬上舞台，给大家带来了极佳的视听享受……现场还评选出了最佳创意奖、最佳组织奖、最佳导演奖、最佳表演奖、最佳人气奖等11 项大奖。

这些都是北京市润丰学校书香校园建设的一个缩影。张义宝校长介绍，党的二十大报告指出，要"全面提高人才自主培养质量，着力造就拔尖创新人才"。为此，学校通过项目研究院开展多元的课程、多彩的活动，助力学生兴趣、学力、特长等的发展，为拔尖创新人才培养提供合适的土壤，涵养了美丽、阳光、自由的育人新生态。

二、阅读为媒　为高质量教师队伍赋能

近年来，润丰学校丰富和谐教育内涵，建立了"一体双翼两擎双部"的"A型飛体"新型治理机制："一体"是指现有学段行政分类为主体的行政中心化；"双翼"是指"大学科研究部及项目研究院"；"两擎"是指引擎和舵擎，分别是"两高"（高学术、高学历）教师队伍的引进计划和"369 行动"的培育计划；"双部"是指党总支部和督导部。目前，学校已经完成八大学部和 16 个项目研究院的创建工作，并顺利运行。

张义宝校长介绍，教师阅读工程是学校提升教师素养的重要实施路径之一，以教师阅读带动学生阅读、带动家长阅读，引导教师将读书、做人、做事结合起

来，形成自主阅读的氛围，全面提升教师素养。

自润丰学校建校以来，每个教师节的清晨，校长都会带领着校级领导班子成员在学校大厅，以党政工团联合向教师赠书这种独特而有意义的形式，为每位教师送上节日的祝福。

近年来，学校还依托学校"科研年会"活动，举办读书沙龙、成果分享会等活动，引导老师在精彩的阅读世界里，博览群书、厚储知识、开阔视野、提升专业素养。学校还邀请名家、专家进行领读、点评，为教师专业成长把脉。

让教师浸润书香，让校园充满书香，打造有品位的老师，一直都是润丰孜孜不倦的追求。走专业阅读之路，促进教师专业成长已成为学校班子的共识。两年以来，学生集体和个人所获得国家级、市级奖项初步统计有 600 余项；学校蝉联中小学朝阳区教育教学质量"双优"奖；正高级教师、特级教师、特级校长等市区级骨干教师人数占比达 40%，"名师名长"区位占比名列前茅；学校育人质量全面提升，中考实现跨越式提高，助力更多学生进入优质高中，办学成果赢得了更多学生和家长的信赖。

（文／首席记者郑祖伟）

由"怕评价"到"盼评价",朝阳教研中心首试新型教研机制

——《朝阳教育报》、朝阳区宣教中心

(2019年5月15日)

日前,2019年朝阳区学区一体化研训工作研讨会暨东坝学区"科室联合、站校联动"小学学段集体视导工作现场会召开,来自东坝学区及相邻管庄学区、酒仙桥学区、定福庄学区、八里庄学区等10个学区的约400人参与其中,无论是规模还是人数都创历史之最。据悉,本活动为朝阳区教研中心首次采取"双联双全同课异构"新型教研机制进行集体视导,该机制可最大限度发挥学区教研工作站的辐射示范作用和学科教研员的学科专业引领作用,促进优质教育资源共享,推动区域教育均衡发展。

"爬山虎到底有没有脚呢?谁能回答我,请举手!"在星河实验学校平房分校的教室里,入职刚满一年的青年教师王芳淡定从容,给四年级的学生讲了一堂语文课"爬山虎的脚",与以往不同的是,教室里不仅有老师和学生,还有教研员、其他学校老师以及摄影师。

"课堂是学生的学本课堂,王芳老师能够紧紧围绕教学安排,引导孩子从阅读到写作,在课堂上还能关注到学生的习惯培养,这一点做得非常好。至于不足方面,在教学前,我觉得老师应该了解学生的学情,学生会的,是否可以尝试让他们自己来说?在这一点上,老师还可以再加强。"听完王芳的课,朝阳区语文兼职教研员、芳草地国际学校双花园小区教学主管杨晓红给出了这样的评价。

当天,除了王芳老师和杨晓红教研员外,还有21个教室也在同步进行集中听课和课堂录制,400余名老师分坐在各个教室里,学习观摩的同时,记录下自己的所思所得。

"今天的这种视导机制,跟之前比,有几个明显的特点,该机制能够调动多

个层面的教研力量，包括学校老师、教研组、学区领导以及教研中心教研员们，并且从视导的结果来看，各学校共上报了220节课，学校老师从被动到主动，是一次很成功的尝试。"东坝学区发展理事会理事长高祥旭告诉记者。

"我们这次组织了近400人的集体视导活动，人数达到有史以来最大规模，也是首次践行'双联双全同课异构'新型教研服务新机制，改变了传统教研视导工作的局限性。"朝阳区教研中心书记兼小学教研室主任张义宝表示，为推动朝阳教育优质均衡发展，教研中心党总支在"全覆盖全优质学区制一体化研训工作站"和"党员支教志愿教研基地校"工作机制基础上，对教研工作机制的创新转型，对传统集体视导模式进行转型创生，实施顶层新设计，建立"双联双全同课异构"的新型教研服务新机制。

据张义宝介绍，"双联"即科室联合、站校联动；"双全"即一年学区全覆盖、三年学校全覆盖。通过"科室联合、站校联动"的研训方式，由朝阳区教委基教一科、朝阳区教研中心小学教研室联合，学区工作站和学校联动。以"推动课堂教学变革，加强优质学科建设，驱动学科建设和学校改革创新"为工作重点，多方形成合力，强化研究实践，实现学区内学校、学区周边学区和全区教研工作站的研究指导全覆盖。

据悉，该机制改变了传统教学指导模式，充分发挥了学区教研工作站的示范辐射作用，激活了学区工作站及学区内学校、教师的教育研究热情，形成了良好的教学研究氛围，使学校教师由"怕评价"的心理转变为"盼评价"，提高了教学研究积极性和主动性，促进了区域教研质量和教育教学质量"双提升"。

（王　成）

"党建+"：教研让朝阳教育更出彩

（刊载于《现代教育报》2019 年 7 月 1 日）

在建党 98 周年前夕，日前朝阳区教育研究中心党政工联合举办的"忆峥嵘岁月守初心，恰同学少年担使命"红色圣地主题教育课程实践活动走进湖南第一师范旧址，这是朝阳区教研中心"党建教研同体共行"的又一次生动实践。近年来，朝阳教研中心党总支牢固树立"旗帜与旗手"党建理念：旗帜就是方向，旗帜就是使命！旗手就是领导者和先行者！旗手就是高举旗帜走在前面的人！旗帜需要旗手的集结高擎！教研员是教师的教师，教研员党员更应是一个个勇敢的旗手！"敢字当头、争字在先、做字在优"就是新时代教研员党员的本质属性！"旗帜就是方向和使命，旗手就是先驱和领航"的党建主题思想，积极构建具有学术研究部门特点的党建理念体系 1234 结构图谱，形成了"党建+"的特色经验。

在朝阳区教育研究中心党总支书记张义宝看来："'党建+'工作的核心是'融'，我们不仅关心党建'加什么'，也在'怎么加、加得好'上做文章。"教研中心主任杨碧君对党建工作定位有着独到见解："加强党建工作，让教研有了坚强保障。把党建融入教研之中，教研党建才不会成为'空中楼阁'。"

一、"党建+学习"加出教研党建领导力

两年来，教研中心圆满完成了党总支及所属 7 个党支部的换届选举工作，成立了 16 个党小组，为党建工作开展奠定了坚实基础。加强党建双培养机制建设，完成了所属 4 个部门 4 位中层干部岗位竞聘工作，充实了中层管理力量。选派了 18 名正高、特级党员教研员与 22 名青年教研员进行师徒结对，完善了人才培养机制。

创新党建考评机制，首次把各支部党建工作质量评价纳入到年度绩效考核管理体系当中。创新党员教育形式，"党建教研同体共行"国际营地课程基地培训、感悟西柏坡精神、党支部勤廉（廉洁）风采展示、雄安教研指导互动、参观领袖

家风展……一次次精彩的主题教育实践活动，涤荡教研员的心灵。创新党员学习载体，开展了两期"北京大学·朝阳区教研员综合能力提升研修班"，进一步提升了党员的综合素养。创新党组织活动机制，针对教科研员的工作特点，明确中心月度将每月第二个周二定为党支部固定主题党日活动时间，构建了"学、做、改"三合一的党建学习工作模式。

二、"党建+学术"加出教研党建组织力

2017年以来，教研中心构建了"一体双翼两部双擎"的扁平化教研工作新机制，打通部门与学段管理壁垒，组建15个学区教研工作站和8个大学科研究部，为区域教育优质、均衡、内涵发展提供有力支撑。23名学区教研工作站站长和大学部部长中有15人为党员教研员，他们在没有任何特别待遇的前提下，主动承担区域教研转型创新使命，这其中在学区工作站教研员中有80.5%都是党员，他们运用扎实的专业功底为学区、学部做好谋划和帮手，诠释着"重任来袭敢担当"时代精神。

教研中心党总支书记张义宝带头开展党建研究，所主持的"教研部门党员学习方式创新机制的实践研究"获得朝阳区党建课题优秀成果奖。高中教研室党支部主持的"党支部支撑下的协同教研模式研究"顺利结题。目前，教研中心近95%的党员承担市区级课题，为区域教育发展提供了学术支持。

三、"党建+服务"加出教研党建形象力

把教研党建建成学术高地、人才高地、智慧高地，教研部门的党建必须头雁领航！中心党员干部率先成立党员志愿先锋队，面向国内及区内有需求的地区和学校开展对口支援活动。"帮困志愿团行动""扶弱先锋团行动""助强战斗团行动"等打造出了中心"融合党建"团建行动的品牌。

仅在2018年，教研中心就分成13个批次面向内蒙古、新疆、河北等8个地区开展教育支援活动，把优质教育资源输送到贫困地区。在支教团队中，党员教研员占95%以上。

在解决区域教育重点难点工作中，党员教研员同样率先垂范。在新中高考工作中，在重点工作项目的推进中，党员克服压力，迎难而上，屡创佳绩，处处彰

显了党员教研员的先锋模范形象。

四、"党建＋共行"加出教研党建凝聚力

同体共行我先行。朝阳教研中心的"党建＋"促进了区域教育的高品质发展：中高考成绩在全市保持领先水平；20项成果获"北京市基础教育教学成果"奖……

党员们的示范引领也让教研中心更出彩：2018年，中心荣获"朝阳区教育系统第三轮'双名工程'人才工作先进单位""朝阳区教育系统师德建设先进单位""朝阳教育劳动奖状"等多项荣誉称号。"党建＋共行"也促进了个人的专业成长：在新一批的正高级、特级、市学带和市骨干教师评选中，共有72人入选，其中党员占81.5%，在全市名列前茅（居全市首位）；中心成员荣获国际级，国家级，市级一、二、三等奖共计92项，其中获奖党员占八成85.2%。

新时代呼唤新理念，新使命催生新作为。朝阳教研中心的党员们将不忘初心、牢记使命，继续"围绕教研抓党建，抓好党建促教研"，大力弘扬"敢担当、争先锋、做模范"教研员党员旗手精神，创新"党建＋"模式，凝聚起推动朝阳教育高质量发展的磅礴力量！

（文/首席记者郑祖伟）

小学数学教育如何应对未来发展

（刊载于《现代教育报》2019 年 11 月 4 日）

2019 年 10 月 28—29 日，由中国教育学会小学数学教学专业委员会主办，朝阳区教育研究中心、星河实验小学承办的"面向未来的小学数学教育"学术论坛在北京举行。史宁中、郑毓信、邱学华、吴正宪、马云鹏、张丹、张义宝等数学教育专家与全国各省市教研员、数学教师代表齐聚一堂，共话小学数学教育如何应对未来发展。

数学课改助力数学核心素养

传统教育是以知识为本的教育，缺少智慧，而智慧表现于过程，过程即经历、体验、探索。在国家《义务教育数学新课标》修改组组长、东北师范大学史宁中教授看来，未来教育是重视"结果 + 过程"的教育，通过数学的学习，使得学生在掌握知识技能的同时，感悟数学的基本思想，积累基本活动经验。

史宁中指出，基于数学核心素养的理想教学过程应当注意几个环节：把握数学知识本质，把握学生认知过程；创设合适教学情境，提出合适数学问题；启发学生独立思考，鼓励学生相互交流；掌握知识技能，理解数学本质；感悟数学基本思想，发展数学核心素养。

数学教育的终极目标是"会用数学的眼光观察现实世界，会用数学的思维思考现实世界，会用数学的语言表达现实世界"，对此，史宁中教授指出，目标，对教师的专业素养提出了新要求，让教师重视"结果 + 过程"的教育，培养学生的数学眼光、数学思维、数学语言，探索以生为本的数学教育。

史宁中透露，新一轮《义务教育数学课程标准》修订工作已经启动，将充分吸取各方意见，打造面向未来的小学数学。

要做"心中有人"的数学教育

数学教育专家、原南京大学哲学系郑毓信教授以"小学数学教育如何创造未来"进行了分享。他认为，"数学核心素养的基本含义就在于：我们应当通过数学教学帮助学生学会思维，并能使他们逐步学会想得更清晰、更深入、更全面、更合理"。他指出，要创造小学数学更好的未来，必须要聚焦教师的专业成长，通过教师发展促进数学教育的改革。

特级教师、北京教科院正高级教师吴正宪认为：面向未来的儿童数学教育更加强调"心中有人"的教育；更加强调"深度学习"的教育；更加强调"学科整合"的教育（综合实践能力）。吴正宪说："儿童数学教育的本质就是让儿童在每一天的数学学习中真正的获得生命的体验与精彩。"

北京教育科学研究院张丹教授分享了一个引人深思的案例：在回答"能否用求正方体体积的方式来解决圆柱体体积"时，一个学生的答案是："老师还没有教过。"对此，她提出教师要时刻叩问学习内容的教育价值，并切实地读懂学生。

形成数学教育"中国经验"

国务院政府特殊津贴获得者、常州大学常识教育科学研究院特聘专家、特级教师邱学华梳理了中国小学数学 70 年的发展历史，形成了数学教育中的"中国经验"。

邱学华介绍，从新中国成立初期的百废待兴至今，小学数学教育大致可以分为六个阶段。尤其是进入 21 世纪以来，2001 年颁发的《全日制义务教育数学课程标准（实验稿）》以来，数学课改大量吸取了国际数学教育的新理论、新思想、新方法，强调在科技高度发展的信息化时代，学习数学主要在于"问题解决"，重在转变学习方式，发展思维。随着《义务教育数学课程标准（2011 年版）》的颁布，数学教育由"双基"增加到"四基"，增加了数学活动基本经验、数学思想基本方法，使中国的数学有了新的发展。

邱学华介绍，中国数学教育的发展也赢得了国际社会的认可。英国引进中国全套小学数学课本以及学生配套的《一课一练》练习册，在国际社会引起轰动。近期，受中国商务部委托，将为非洲南苏丹制定《南苏丹小学数学教学大纲》，并根据大纲编出全套教材。

何为数学教育中的"中国经验"？邱学华认为，主要包括以下九大方面：数学教学中的教育性、教学导入、尝试教学、加强双基教学、变式练习、师班互动、当堂检测、提炼数学思想方法、完整的教研网络等。

数学"翼课程"受各方关注

在此次研讨会上，马芯兰数学教学法再次受到数学界的广泛关注。朝阳区教委主任肖汶表示，面对人工智能时代、全球化时代，推动教育资源整合、空间改造、路径更新，帮助学生找到适应自身发展的途径方法是当前基础教育重要的时代命题。朝阳区推动区域课程建设、教学改革、人才培养等方面取得丰硕成果，"马芯兰小学数学教学法"是其中代表。

马芯兰是小学数学教育界的著名教育家，现任朝阳区星河实验小学校长。20世纪60年代，她从事小学数学教学改革与实验。她把现行小学数学教材中的重点、难点、共同点和不同点按照知识的内在联系及规律进行组合，将540多个概念归纳成十几个一般基本概念及"和、差、倍、分"四个重点基本概念，将十一类应用题总结成四个基本类型，学生四年就能学完小学六年的数学。

如今，马芯兰以"互联网+"教育为启发，在星河实验小学创立"翼课程"。她深入课程改革，将核心知识点研究透，录制成10~15分钟的一个个"专题课"视频提供给学生。让学生不受时间与空间的束缚，通过掌握核心知识点，能够不断地找到知识的链接，产生新的思维，让学生越学越会学、越学越爱学、越学越轻松。

朝阳区教育研究中心党总支书记、特级教师张义宝介绍，近年来，朝阳区以"翼课程"为引领，促进小学数学教学改革，注重学生问题解决过程中发现与提出问题能力的培养得到了重视并能有效落实。

（文／首席记者郑祖伟）

以教研服务创生促进资源共享 朝阳区试水"四双式"教研新方式

（刊载于《现代教育报》2020年5月15日）

在学区制、集团化办学的大背景下，教研工作如何开展？日前，"2019年朝阳区学区一体化研训工作研讨会暨东坝学区'科室联合、站校联动'小学学段集体视导工作现场会"在北京市星河实验学校平房分校召开。本活动为朝阳区教研中心首次采取"双联双全同课异构，双研双高优质共生"（简称"四双式"）新型教研机制进行集体视导，该机制可最大限度发挥学区教研工作站的辐射示范作用和学科教研员的学科专业引领作用，促进优质教育资源共享，推动区域教育均衡发展。

500名教师观摩同课异构

"爬山虎到底有没有脚呢？谁能回答我，请举手！"在星河实验学校平房分校的教室里，入职刚满1年的青年教师王芳淡定从容，给四年级的学生讲了一堂语文课"爬山虎的脚"，与以往不同的是，教室里不仅有老师和学生，还有教研员、其他学校的老师们。

"课堂是学生的学本课堂，王芳老师能够紧紧围绕教学安排，引导孩子从阅读到写作，在课堂上还能关注到学生的习惯培养，这一点做得非常好。至于不足方面，在教学前，我觉得老师应该了解学生的学情，学生会的，是否可以尝试让他们自己来说？在这一点上，老师还可以再加强。"听完王芳的课，朝阳区语文兼职教研员、芳草地国际学校双花园小区教学主管杨晓红给出了这样的评价。

当天，除了王芳老师和杨晓红教研员外，还有21个教室也在同步进行集中听课和课堂录制，500余名老师分坐在各个教室里，学习观摩的同时，记录下自己的所思所得。

上课当天由教研员和学科组长组织教师利用信息技术结合新课堂评价标准进

行自评、互评，优秀课例还将入选朝阳教研中心资源库。

朝阳区教研中心党总支书记兼小学教研室主任张义宝介绍，此次活动采取了"1+2 同课异构""1+4+10 双全模式"和"3+1 的说课评课"。"1+2 同课异构"即"1"为由承办学校推选 1 节课，"2"为承办学区推选 2 节课，共 3 节课，围绕同一研究重点进行"同课异构"；"1+4+10 双全模式"即"1"为一个学区——东坝学区，"4"为东坝学区周边相邻的四个学区——酒仙桥、管庄、定福庄、八里庄等 4 个学区，"10"为朝阳区其他 10 个学区的参加；"3+1 的说课评课"，即"3"为上课教师本人、本校学科组长、学区学科组长的说课、点评、评课，"1"为教研员对教师组长点评的点评和主题微讲座，通过聚焦高端，共同参与，促进优质共生。

改变传统教研视导的局限性

"今天的这种视导机制，跟之前比，有几个明显的特点，该机制能够调动多个层面的教研力量，包括学校老师、教研组、学区领导以及教研中心教研员，并且从视导的结果来看，各学校共上报了 220 节课，学校老师从被动到主动，是一次很成功的尝试。"东坝学区发展理事会理事长高祥旭告诉记者。

张义宝说，教研部门结合"不忘初心、牢记使命"主题教育中的问题，从区域教育发展需求出发，积极构建区域基于"双高"目标的全覆盖全优质教研新机制。据介绍，"双联"即科室联合、站校联动；"双全"即一年实现学区全覆盖、三年实现学校全覆盖；"双研"即以区级教研带动学区教研、学校教研；"双高"即高水平学校建设和高素质学生培养。这种教研模式以推行新课程标准和新课堂评价标准为契机，推动课堂教学变革；以高阶思维和创新精神为载体，加强优质学科建设。

发挥学区教研工作站辐射作用

这种"双联双全同课异构，双研双高优质共生"的"四双式"新型教研服务机制的建立具有重要意义。教研中心主任杨碧君认为，为推动朝阳教育优质均衡发展，教研中心党总支在"全覆盖全优质学区制一体化研训工作站"和"党员支教志愿教研基地校"工作机制基础上，对教研工作机制进行创新转型，对传统集体视导模式进行转型创生，实施顶层新设计，从而建立了"四双式"新型教研服务机制。

据悉，该机制改变了传统教学指导模式，充分发挥了学区教研工作站的示范辐射作用，激活了学区工作站及学区内学校、教师的教育研究热情，形成了良好的教学研究氛围，使学校教师由"怕评价"的心理转变为"盼评价"，提高了教学研究积极性和主动性，促进了区域教研质量和教育教学质量"双提升"。

（文／首席记者郑祖伟）

北京市润丰学校：精细夯实"双减"矢志锚定"高标"

（刊载于《学习强国》2021年12月12日）

15个项目研究院正式成立

"双减"背景下，北京市润丰学校从规范教育教学秩序、提高课堂教学质量、提高课后服务质量等维度，切实把"双减"的每一个要求落到实处，引领教师矢志不渝为党育人，为国育才。学校喜获"2021年度朝阳小学教育教学优秀奖"和"朝阳区初中教育教学工作优秀奖"的双优成绩。学校还获得中国教育发展战略学会人工智能与机器人教育专业委员会理事单位、中央电化教育馆中小学人工智能教育实验校，学校无人机社团荣获2021年教育部青少年人工智能教育成果展示大赛无人机飞控创意挑战赛一等奖。

建构校本教研新体系 重铸教研强校新生态

11月9日，润丰学校以"聚焦'双优'跨越式发展 强化'双减'精细化落实"为主题，召开2021年教育教学工作会。对2020—2021学年度教育教学质量专项考核"优秀团队""优秀年级组""优秀备课组"以及"优秀学科教师""优秀班主任""满分突出学科教师""优秀学科带头人""拔尖创新人才培养导师"进行表彰奖励。

学校基于"双减"背景下"打造质量强校"的高标达成，设置"AI课程项目、美健课程项目、戏剧课程项目、小初衔接项目、问学课堂项目、思维导图项目、课后服务项目"等15个项目研究院。至此，以学段纵向贯通研究为主旨的学科大学部和以跨学科横向整合研究为主的项目研究院整体构建目标达成，也标志着治理结构中的"两翼"模块建构丰盈丰实到位。

以此为基础，学校进一步建构了"一核六维"优化校本教研的融合精细体系。"一核"是指学校开展以学校的学科组织"最小细胞"——"备课组"为核心的校本教研（同年级单学科的成立跨学科教备组）。"六维"的具体内容为

"3＋3"：一是与备课组紧密相连的学科教研组"素养聚焦的学段教研"、学科大学部"融合贯通的主题教研"和项目研究院的"攻坚克难的精深教研"三个维度；二是为备课组提供支撑的"年级组统筹、专家组指导和监控组治理"三个维度。六个维度，聚焦"一核靶心"，精准协同发力，使最新教学科研信息发布、可测可操作教学目标制定、教学重难点突破策略、限时作业设计公示、思维导图预设、自主问学学习方式选择等诸多教学备课要素，课前得以充分准备，课堂发力更加精准，共同指向学生的科学高效发展中。

加强作业设计管理　大力提升育人实效

作业是落实"双减"的重要一环。学校充分发挥作业在增强学生核心素养和改进教学方法中的积极作用，强化作业管理、严控作业总量、提高作业质量，全面减轻学生过重作业负担。

学校教学处完善作业监控管理办法，加强备课组、教研组、年级组作业统筹，合理调控作业结构，确保难度不超国家课标。建立作业校内公示制度，并将作业情况纳入教育教学考核。

学校聚焦研讨作业设计，提升作业质量。备课组加大学情调研，强化针对性作业设计。关注学生的个体差异，设计作业兼顾层次性、适应性和可选择性，满足学生的不同发展需求；针对学生的能力和书写等因素，把作业划分为"必做、选做和实践"三个层次。

教研组加大作业形式的研究，精选作业内容和数量，实施有培养创新能力的有效作业。学校还提倡布置探究性、实践性的家庭作业。鼓励编制口语交际作业、综合实践作业、实验操作作业，逐步实现作业形式的多样化和个性化。积极探索尝试"教师试做作业制度"和以"年级组"为核心的"班主任统筹作业制度"，精准学生作业时长，确保作业管理落细落实、落地生根。

开设多元课后服务　促进学生全面发展

每天下午4时30分，学校操场、舞蹈教室、茶艺室、篮球馆、游泳馆、冰球馆、剑道馆，到处都是孩子们的欢声笑语。学校丰富多彩的课后活动促进了学生德智体美劳全面发展。

学校提出并践行"双减方向自主化，课后服务课程化，校本实施机遇化，教育生态创生化"的校本"四化"理念，探索构建"五五"课程体系，即"五特课程全融通，五育并举全覆盖"的课后服务课程。AI 课程、双语课程、美健课程、国学课程、戏剧课程等五大校本特色课程，融通在课后服务课程研发实践体系中，"德智体美劳"覆盖在艺术类、体育类、科技类、实践类、文化类等几十门课后服务课程必学选修中，丰富的课程供给为学生与家长提供了充分的自主选择。

除了课业辅导、答疑以外，学生可自愿选择学校为落实"立德树人"根本目标而研发的全面育人的菜单式课程，17 时 40 分以后，学生还可以自愿选择心仪的俱乐部课程，18 时 30 分之后，中学部的学生还可以选择晚自习，进行自主选修、答疑辅导、补弱拔尖。

正如北京市润丰学校校长、特级校长、特级教师张义宝在 2021 年学校教育教学工作会指出的那样："'双减'时代，质量强校锚定'高标冲尖'，需要我们'咬定青山不放松'；攻坚克难倒逼'真改实变'，需要我们'为伊消得人憔悴'；山高人峰成就'美丽风景'，我们就一定会'人在灯火阑珊处'！"

（文 /《现代教育报》首席记者郑祖伟）

"3125 模型"助推北京市润丰学校 不断完善人工智能科普教育课程体系

（刊载于新华网 2022 年 9 月 22 日）

新华网北京 9 月 22 日电　近日，第八届"互联网＋教育"创新周"青少年人工智能科普教育论坛"在中关村互联网教育创新中心举办。北京润丰学校校长张义宝介绍了学校在教学过程中培养学生的人工智能信息科技素养的相关举措。

如何让孩子拥有人工智能的天赋？作为北京市润丰学校的第二任校长，张义宝在 2020 年 9 月就把 AI 作为学校新十年发展教育的战略项目，成立 AI 项目研究院，全面培养学生的人工智能信息科技素养。张义宝介绍，未来，润丰学子的毕业证将是"三证合一"，在学业毕业证、游泳毕业证的基础上，新增"AI 学习合格证书"。

对于上好人工智能课，张义宝提出三个标准，一是大众赋能，营造 AI 学习环境，探索 AI 课堂方式。二是精英赋能，积极倡导探究式、主题式、研究型、项目式。三是机制赋能，探索建构"教师培训、学本编写、课堂实践、学习方式、赛练互动、资源整合、共建共赢"良性运行新机制。

北京润丰学校从 2020 年 9 月开始，将原有的信息课程、信息技术以及其他的相关学科进行了整合，开设了人工智能的课程，针对 AI 教育的整体架构，提出了"3125 模型"，即从三大意识理念、一堂问学课堂、两大教学场景、五大读本版块出发，不断完善人工智能科普教育课程体系。

张义宝介绍，学校的问学课堂强调"以问导学、问题解决、先学后教、以学定教"理念，构建"启问导标、自学调控、内化反馈、总结反思＋问题解决、自主检测"的"四六"环节问学课堂新结构，学生充分经历"现实生活—提出问题—形成项目—分析问题—建立模型—自主求解—创意设计—生活实际—新的问题—新的项目"等"AI＋问学"解决问题的基本过程，达到了意想不到的教学效果。学校挖掘北京的人才资源优势，积极与部分在京高校教授、学会专家等进行资源整合，寻求战略合作、学术支持与互动生成，共建共赢。

（文／新华网责任编辑王琦）

北京市润丰学校：
重视劳动课程建设　共谱劳动教育新篇章

（刊载于《教育头条》2022 年 11 月 17 日）

劳动最光荣，劳动最伟大。北京市润丰学校深入落实中共中央、国务院关于全面加强新时代大中小学劳动教育的决策部署，引导学生树立劳动观念、增强劳动能力、培育劳动精神、养成劳动习惯，培养德智体美劳全面发展的社会主义建设者和接班人。

强化劳动观念，树立崇尚劳动文化风尚

学校一直重视对学生进行劳动观念、劳动技能的教育和培养，以继承和发扬中华民族的传统美德为目标，以多种形式在学生中开展劳动教育活动，激发学生的劳动热情，引导学生从小树立劳动光荣价值观念，提高学生的劳动技能。

为丰富学生的校园生活，提高学生的劳动意识，培养学生细心、耐心和团结合作的精神，学校开展了内容丰富、形式多样的系列劳动教育活动。

例如：将劳动教育纳入课程表，教师组织带领学生在校内开展卫生清整、整理花木等力所能及的劳动项目；让学生负责教室的卫生清整，做到每日清扫、轮流值日，坚持小组承包制、个人责任制等；开展各种形式的劳动教育活动以及志愿服务活动，开展"雷锋月"活动、清理校园垃圾等，取得了良好的教育效果。

学生用绿植装点教室环境

值得一提的是，学校开创性地构建了"绿色生态梦想园"，涵养"班级绿色空间、校园生态空间、社区生态空间"三绿生态课程体系，形成三绿课程新生态，让学生们不仅在校内自觉爱护环境，在校外也能做力所能及的事，共同维护绿色环境。

在校内，学校利用班级绿色空间和墙面空余空间，用绿植装点教室环境，并由专人负责绿植养护，通过浇水修剪等劳动教育，增长学生种植植物的基础知

识，培养学生的责任意识。此外，学生还在校园内的农艺园、门前花坛、年级自留地、楼顶绿色种植园等地方，自主播种、养护、采摘，了解农业时令节气、种植技巧等，积累劳动经验和劳动技能。

在校外，学校以涵养社区生态空间为目标，规划并创建润青湖公园为学校学生的实践活动基地，推进组织学生进入润清湖公园开展丰富多彩的实践活动，将公益活动、志愿者服务、学科实践活动等融入其中，构建"梦想生态园"。目前，校外公园已经成为天然的科学、生物等学科的实践基地。

重视劳动课程建设，劳动教育课平均每周不少于1课时

从今年9月秋季新学期开始，劳动课将正式"升级"为中小学的一门独立课程。根据义务教育课程方案，劳动课程平均每周不少于1课时。

学校重视劳动课程建设，注重学生在劳动课程中的过程性体验，开设了多种多样的劳动课程与活动。在劳动技术课，组织学生学习番茄炒蛋的制作方法，并在其中融入"炒"的国民文化；在跨学科综合实践活动，学生通过微视频等形式进行学习，在老师和家长的指导下完成认识木材、七巧板之锯割技能学习，以及"数学实践园——折纸课程"等跨学科劳动课程的学习。

值得一提的是，学校组织数学组教师编写数学故事系列丛书，并将该图书作为学生课后服务和平时数学阅读拓展的素材。教师们编写的数学故事涵盖德、智、体、美、劳五大板块，落实五育并举，提升育人功能，并且每册书中都有一课涉及AI人工智能方面的数学问题及简介。这种教学方式打破了传统劳动教育的形式，让人工智能、大数据、无人机等新兴产业成为劳动教育的新阵地。

此外，学校还积极组织各种样式的劳动课程，让学生在亲身观察与体验中增长劳动知识。例如以"播撒一粒种子，收获一份希望"为主题的植物种植大赛实践，向学生发放种子，学生在班主任或科学教师的指导下播种和照料种子，并以观察日记的方式记录种子的生长过程，拍摄种子生长过程中的照片，最后举行花卉节和摄影展。

拓展劳动教育途径，形成家校社合力

学校以丰富多彩的劳动课程、实践活动，让劳动教育真正落地，形成劳动教

育的"家校社"合力，让学生在劳动中愉悦身心、强健体魄、增强意志力。

"走出去"是学校联动社区形成教育合力的重要途径之一。学校为学生们搭建朝阳群众志愿服务、垃圾分类我先行、农艺园栽培活动和学雷锋爱心义卖活动等多元平台，为学生们创设更多机会，亲自体验劳动带来的成功、合作与交流的快乐。

为帮助家长转变观念，树立正确的家庭劳动教育新理念，学校鼓励家长们给孩子安排力所能及的家庭劳动，巩固学校劳动教育的成果，让教育实效得到延伸。

假期中，学生利用身边的废旧材料创作出一件件精美的手工作品，动手又动脑；争当"我是家务小能手"，扫地、拖地、做饭、洗衣服、叠被子……这些生活技能统统难不倒他们。同时，学校呼吁家长以身作则，用榜样影响孩子，用创新的劳动方式吸引孩子参与并爱上家庭劳动。通过家庭劳动教育，在帮助学生形成劳动创造幸福和尊重劳动者的意识的同时，也帮助他们养成劳动习惯，掌握基本生活技能，学生的创新思维和动手操作能力逐步增强。

多措并举，拓展劳动教育途径，不仅丰富了教育内涵，更是培养了学生认识劳动、尊重劳动、热爱劳动的观念，同时也让学生们传承"劳动最光荣"的美德，在"一步一步向前进"的道路中迈出更加坚实的一步。

新时代背景下的劳动教育，需要学校与社会、家庭携手合作，才能收获最优的育人价值。北京市润丰学校期待学生们在凝聚家校社合力的劳动教育中，感知和创造劳动的美，学会用自己的双手扮靓家庭、扮靓校园、扮靓社区，为将来扮靓祖国打下坚实的基础，成为具备吃苦耐劳、坚韧顽强、敢于担当等优良品质的优秀少年、时代新人。

（文/《教育头条》记者余琳）

助力小初衔接，北京市润丰学校新学期针对六年级研发专属贯通课程

（刊载于《新京报》公众号 2023 年 2 月 12 日）

新京报讯（记者刘洋）2 月 12 日，新京报记者从北京市润丰学校了解到，该校将在春季学期开学后，充分利用课后服务课程时间，借助学校九年一贯制优质骨干教师资源，为六年级研发专属拔尖特色的贯通课程——"3+X+Y"课程，为孩子们做好小升初的衔接工作。据介绍，该套课程系该校中小学部协同，围绕以 AI 课程、美健课程、戏剧课程、国学课程、双语课程为核心的五育并举、全面发展的"五五"特色课程基础研制，是该校在培养拔尖创新人才方面的最新探索建构。

北京市润丰学校校长、北京市特级教师、北京市特级校长张义宝介绍，党的二十大报告指出："全面提高人才自主培养质量，着力造就拔尖创新人才，聚天下英才而用之。"同时，朝阳区也提出拔尖创新人才贯通培养的目标，作为九年一贯制学校，加强小初的贯通培养是该校的责任和使命，因此，此次首创的"3+X+Y"课程便是贯彻党的二十大精神，推进区域教育重点任务。"做这样的探索和建构也是基于我们学校多年的实践经验，也是学校校本课程发展的应然阶段。"张义宝表示，该校自 2020 年起建立了"五五"特色课程，此次衔接课程中的"3"便是要利用国学、戏剧、AI（人工智能）等课程，做好六年级向初中的贯通培养。

"比如 AI 课程的推进中，让学生觉得人工智能并不难，很有趣，克服了对技术的恐惧感。"张义宝举例介绍，国学课程可以对学生进行传统文化的渗透，是语文学科教学的深化，而戏剧课程将依照新课标，进行跨学科融通融合，所有课程培养均指向未来拔尖创新人才的培养，"创新的起点便在学科边界相融合的地方"。

张义宝进一步介绍，"3+X+Y"课程的"X"是指以主题式、项目式、探究式方式将中学课程衔接到六年级学科课程中，实现了小初的自然衔接。"我们邀请中学教师到衔接课程中担任学科导师、实践专家，开展项目式学习、探究式学习，是学科内容活化、核心素养落地的衔接体现、贯通需要，而不存在中学内容提前教的问题，是让孩子和家庭知道中学学什么，感受中学怎么学，和小学有怎样的不同和相同，使起承转合过渡更自然。"张义宝说道。

"Y"则是指在衔接课程中引入中学学习方法、学习心理、学习载体等方面提前渗透和体系化指导，提升学生们的学习力、逻辑力和心理力等。张义宝举例说道，该校开展的基于"双减"研制推进的"双百课程"便是"Y"，即"百名特色家长走进百节课堂，百位社会名家走进百节课堂"，这是两年来学校课后服务课程资源的宝贵探索建构，学校调动并建立了这一资源体系，对学生的五育拓展、生涯规划、学习能力都起到了重要作用。"在小升初衔接阶段打好基础，是在帮助学生赢在起跑线上，良好的开端是成功的一半，更有助于学生形成终身学习的学习力。"张义宝表示，从操作层面，该校在未来的新学期将抓住课后服务的时间和现有课堂教学的时间，做好这次衔接课程的教学工作。

（文/《新京报》记者刘洋）

专家研讨人工智能助力课堂教学评价改革

（刊载于新华网 2023 年 4 月 10 日）

新华网北京 4 月 9 日电 "人工智能赋能课堂教学评价高峰学术研讨会" 4 月 8 日在北京市润丰学校举行。与会专家围绕人工智能作为辅助教学手段，助力教育评价转型升级开展研讨。

教育部科学技术与信息化司教育信息化与网络安全处处长任昌山在致辞中表示，以人工智能为代表的新一代信息技术与教育深度融合，呈现出向网络化、数字化、智能化加速转型的大趋势。我国高度重视人工智能与教育的融合发展，围绕构建智慧学习环境、探索智慧教育模式、助推教师队伍建设、提升教育治理能力等方面，开展了一系列工作。

中国教育技术协会常务副会长张少刚提出，课堂始终是教育改革的对象和主阵地，希望通过人工智能将课堂教学评价研究引向深入。课堂评价改革引领下的教育高质量发展，具有很强的现实性和前瞻性，意义深远。

4 月 8 日，在北京市润丰学校举行的 "人工智能赋能课堂教学评价高峰学术研讨会" 现场，教师进行课堂教学展示。

研讨会包括 "评价发展前沿专家报告" "评价驱动教育高质量发展区域经验分享" "评价驱动教育高质量发展学校经验分享" 等环节，来自北京、深圳、江苏、山东、湖南、湖北、安徽等地的专家围绕 "评价驱动教育高质量发展" 分享了研究与实践经验。

当日，来自北京市润丰学校、山东省潍坊未来实验学校、湖北省宜昌市西陵区唐家湾中小学、上海市宝山区实验小学的教师进行了课堂教学展示。广东深圳市蛇口育才教育集团校长龚振、北京市润丰学校校长张义宝分别以 "评价改革牵引学校高质量发展" "AI 赋能：涵养课堂评价生态　造就拔尖创新人才" 为题，介绍了人工智能赋能教育评价改革的一线探索。

据了解，该研讨会由中国教育科学研究院比较教育研究所、中国技术教育协会教育测量与评价专业委员会、中国教育发展战略学会人工智能与机器人专业委员会主办，麦盟教育研究院、中国互联网协会智慧教育工作委员会协办，北京市朝阳区教育科学研究院、北京市润丰学校承办。

（文／新华网记者赵琬微　责任编辑／钟勇）